KB120994

당신의 질문에
전생은
이렇게 대답합니다

당신의 질문에
전생은
이렇게 대답합니다

1판 1쇄 발행 2020. 6. 1.
1판 6쇄 발행 2024. 1. 26.

지은이 박진여

발행인 박강휘, 고세규
편집 임지숙 디자인 조은아 마케팅 김새로미 홍보 김소영
발행처 김영사
등록 1979년 5월 17일 (제406-2003-036호)
주소 경기도 파주시 문발로 197(문발동) 우편번호 10881
전화 마케팅부 031)955-3100, 편집부 031)955-3200 | 팩스 031)955-3111

값은 뒤표지에 있습니다.
ISBN 978-89-349-9289-9 03810

홈페이지 www.gimmyoung.com   블로그 blog.naver.com/gybook
인스타그램 instagram.com/gimmyoung 이메일 bestbook@gimmyoung.com

좋은 독자가 좋은 책을 만듭니다.
김영사는 독자 여러분의 의견에 항상 귀 기울이고 있습니다.

친정한 나를 찾아가는 전생 리딩 이야기

당신의 질문에
전생은
이렇게 대답합니다

박진여

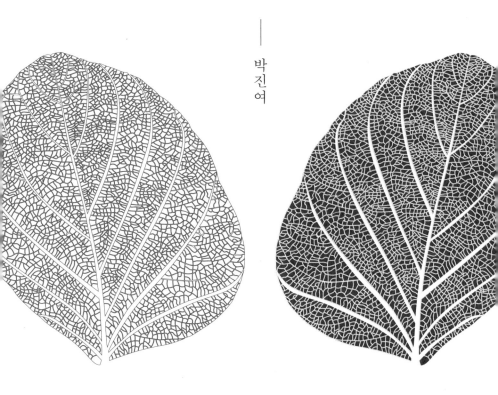

김영사

일러두기

1. 이 책에서 인용하거나 요약하여 정리한 상담 내용은 모두 실제 사례입니다. 상담자의
   사생활 보호를 위해 이름은 드러내지 않거나 필요한 경우 가명으로 대신했습니다.
2. 인용한 이메일 또는 편지는 책의 형태에 적합하게 수정했습니다.
3. 저자의 인터뷰 영상으로 '박진여-가슴의 대화 1~2'가 있습니다.
   http://www.youtube.com/watch?v=IyQHYAP9NS0
   http://www.youtube.com/watch?v=tPHo8exJ0Xo

삶은 현생에서 끝나지 않는다

새봄입니다. 봄은 해마다 어김없이 찾아오지만, 단 한 번도 똑같은 봄은 없습니다. 올봄은 여러분이나 저에게 평생 처음 맞는 '가슴 벅찬 새봄'인 것입니다. 한번 지나가면 다시는 만날 수 없는 봄! 여러분이 가령 강물에 손을 담갔다면, 그 물은 흘러가는 마지막 물이자 다가오는 첫 물입니다. 또한 오늘이라는 날은 우리 인생에서 남은 날의 총량 가운데 첫날입니다. 그러므로 우리는 날마다 새날을 사는 새 사람이고, 첫날을 사는 첫 사람입니다. 올봄 이 순간이 바로 그렇습니다. 일분일초가 천금같이 귀중한 시간입니다.

봄은 짧습니다. 한순간 속질없이 지나갑니다. 그래서 봄을 맞은 식물은 밤낮으로 쉬지 않고 부지런히 뿌리에서 물을 뿜어 올리고,

새순을 틔우고, 꽃망울을 터트립니다. 우리는 봄처럼 늘 부지런해야 합니다. 봄철 식물처럼 모든 순간을 소중하게 아껴 써야 합니다. 인간은 만물의 영장靈長임에 틀림없습니다. 그렇다고 아무렇게나 함부로 살아도 되는 것은 아닙니다.

다음은 1950년대에 실제 있었던 일입니다.

포도주를 가득 실은 영국 화물선이 스코틀랜드 항구에서 짐을 내린 뒤였습니다. 한 선원이 짐이 다 내려졌나 확인하기 위해 냉동실 안으로 들어갔습니다. 이때 다른 선원이 그것을 모르고 밖에서 냉동실 문을 잠가버렸습니다. 안에 갇힌 선원은 문을 두드리고 고함을 질렀습니다. 하지만 아무도 그 소리를 듣지 못했고, 배는 스코틀랜드에서 포르투갈을 향해 출발했습니다. 다행히 냉동실 안에는 먹을 것이 충분했습니다. 하지만 갇힌 선원은 자신이 곧 얼어 죽게 될 것이라고 생각했습니다. 그래서 쇠꼬챙이로 벽에 죽음의 과정을 날짜별, 시간별로 차례차례 기록했습니다. 먼저 손가락과 발가락이 얼었고, 이어 코가 얼었고, 마침내 몸이 서서히 굳어갔습니다.

배가 포르투갈 리스본 항구에 도착했을 때 그 선원은 얼어 죽은 상태로 발견되었습니다. 사람들은 그가 새겨놓은 기록을 통해 죽음의 과정을 알 수 있었습니다. 하지만 놀라운 사실은 냉동실 안이 섭씨 19도로 춥지 않았다는 것입니다. 저온이 필요한 화물이 들어 있지 않아 냉동 장치를 가동하지 않았던 것입니다. 그런데도 선원은 섭씨 19도에서 얼어 죽었습니다. 왜 그랬을까요? 그것은 '자신이 춥다고 생각'했기 때문입니다. 만약 그 선원이 '난 살 수 있어! 이 정도는 별거 아니야!'라고 생각했다면 생존엔 아무 문제가 없었을 것입니다.

그렇습니다. 인간은 생각한 대로 살지 않으면 사는 대로 생각하게 됩니다. 마음먹기에 달려 있는 것입니다. 자그마한 생각의 차이가 엄청난 결과를 만들어냅니다. 그렇다면 도대체 그 '생각'이란 게 무엇일까요? '마음'이라는 건 또 무엇일까요? 그것들은 어떻게 생겨나고 어떤 방식으로 움직이는 걸까요?

저는 2015년 봄에 《당신, 전생에서 읽어드립니다》라는 책을 썼습니다. 제가 15년 동안 리딩하고 상담해온 1만 5,000여 명의 전생前生에 대한 이야기가 담겨 있습니다. 저는 원래 평범한 사람입니다. 그런데 어느 날 우연히 저에게 다른 분들의 전생을 읽는 능력이 있다는 사실을 알게 되었습니다. 간혹 어쩌다 만나게 되는 분의 전생이 한 편의 영화를 단숨에 보듯이 눈앞에 파노라마처럼 펼쳐지는 것입니다.

참으로 당황스러웠습니다. 전혀 꿈에서조차 생각지도 못한 일이었습니다. 처음엔 도저히 받아들일 수 없었습니다. 저의 고백을 들은 다른 사람들이야 두말할 필요도 없었습니다. 그러나 한편으로는 신기하고 놀랍기도 했던 게 사실입니다. 30초에서 1분 정도 되는 짧은 시간에 어떻게 그 수많은 장면이 주마등처럼 흘러갈까?

도대체 내 눈앞에 다른 사람의 전생이 보이는 이유가 뭘까? 나한테 어떻게 하라는 것일까? 여러 의문과 곤혹스러움 때문에 방황했던 우울한 시간도 있었습니다.

만약 다른 사람들에게 전생이 있었다면, 저에게도 역시 전생이 있었을 것입니다. 우리 모두는 다 전생에 인연이 있지만, 죽음을 통한 망각의 섭리에 따라 서로 만났던 기억을 잊어버리고 각각 다른 가성에서 태어나 저마다의 인생을 살아갑니다. 전생은 우리가 분명 살았던 또 다른 시간 속의 삶인 것입니다. 그리고 그 삶의 지문은 카르마karma의 법칙에 입력되어 나무의 나이테처럼 과거 생에 우리가 만들어낸 모든 생각과 행동에 대한 기록을 남깁니다. 불교에서 말하는 인과법칙 같은 의미를 지닌다고 할 수 있습니다. 한마디로 전생은 '현생의 빅데이터'라고 할 수 있습니다. 저는 전생의 빅데이터를 통해 저마다의 고유한 영적 정보를 읽어낼 수 있습니다. 그 영적 메시지를 읽어보면 그 사람에게 부족한 곳이 어딘지 알기에, 그것을 메울 수 있는 매뉴얼을 이야기해줍니다.

결국 현생에서 겪는 모든 사건과 경험은 좋은 일이든, 나쁜 일이든 다 나름의 이유가 있습니다. 우리가 일상에서 경험하는 가난, 질병, 불행 등은 모두 자신이 전생에서 만들어낸 결과라고 할 수 있습니다. 마찬가지로 현생에서의 부유함이나 건강, 행복도 전생에서의 선행과 진실한 삶을 통해 가꾸어 얻어낸 잘 익은 과일 같은 것이라고 할 수 있습니다.

가령 전생에서 고관대작이나 부자였던 사람이 자신의 권위를 내세워 아랫사람을 무시하며 마음대로 살았다면 그때의 습관이 현생에서도 무의식적으로 나타나곤 합니다. 이런 분들은 교만을 없애고 다른 사람들을 사랑으로 대해야 합니다. 끊임없이 낮은 자세로 이웃에게 베푸는 삶을 살아야 합니다. 바로 이것이 전생을 알아야 하는 이유입니다. 그리고 제가 그런 분들의 전생을 읽고 알려주는 이유이기도 합니다. 어쩌면 그것이 저한테 주어진 영적 사명인지도 모릅니다.

결국 윤회와 환생은 여러 생을 거쳐 한 사람의 영혼이 진화하는 과정이라고 할 수 있습니다. 프랑스 영성주의의 아버지라고 불리는 알랑 카르데크Allan Kardec(1804~1869)의 철학은 '영혼의 신보는 연속적인 환생을 통해 이루어진다'는 사상에 기초를 두고 있는데, 이는 《영혼의 책The Spirits' Book》에 자세하게 설명되어 있습니다. 한 사람의 삶은 현생에서 결코 끝나지 않는다는 것입니다.

저는 이른바 신내림을 받은 무속인이 아닙니다. 그런 분들은 접신接神 상태에서 어떤 영적 배경을 보거나 몸주신의 이야기를 듣고 이를 보통 사람들에게 전달해주는 역할을 합니다. 하지만 저는 신내림을 받은 적이 없습니다. 다만 어느 날 제 안에 내재된 '전생 리딩 능력'을 발견하고, 이를 명상과 수행을 통해 더욱 갈고닦았을 따름입니다. 매일 1,000번씩 절하며 마음을 거울처럼 깨끗하게 닦으려고 노력했습니다. 제 마음의 거울이 투명해야 다른 분들의 전생이 더욱 뚜렷하게 보이기 때문입니다. 그래도 하루 세 사람 이상의 전생을 보려면 힘이 듭니다. 그 이유는 다른 사람의 전생을 보는 영적 작업은 무척 많은 에너지가 소모되기 때문입니다. 전생의 삶이 맑고 깨끗한 분들의 전생 장면을 보고 말씀을 나누는 것은 저에게 즐거운 일이지만, 탐욕과 아집이 강해 다른 사람을 힘들게 괴롭힌 전생을 살았던 분들은 대체로 어둡고 사나운 기운이 나타나기 때문에 쉽지가 않습니다.

전생은 무속인이나 저 같은 사람만 볼 수 있는 것은 아닙니다. 최면요법이나 명상을 통해서도 자신의 전생을 알 수 있습니다. 보통 사람들은 무의식적인 꿈을 통해서도 볼 수 있습니다. 그래서 어떤 분들은 제가 자신의 전생을 알려주면 "이미 꿈에서 보았다"며 깜짝 놀라기도 합니다. 큰스님들은 설법 중에 자신의 전생을 토로하는 경우도 있습니다. 만공스님의 전생은 '소'였다거나, 성철스님의 전생은 '대장장이'였다는 것 등이 바로 그것입니다. 최근엔 파란 눈의 하버드대학교 출신 선승 현각스님의 전생이 화제가 된 적도 있습니다. 스님은 자신의 전생이 일제강점기 때 '대한독립군'이었다고 말합니다. 그래서 현생에서 미국인임에도 태극기만 보면 왠지 가슴속에서 뭉클한 감정이 일곤 한다는 것입니다. 성철스님의 책《자기를 바로 봅시다》를 보면 전생에 관한 이야기가 나옵니다.

물만 보면 겁을 내는 사람이 있었습니다. 그는 바다를 구경한 적도 없고 큰 강 옆에 살지도 않습니다. 그런데도 물만 보면 겁을 내는데 아무리 치료해도 소용이 없었습니다. 그래서 그의 전생을 살펴보니 그는 전생에 지중해를 내왕하는 큰 상선의 노예였습니다. 그런데 그만 상선의 상인들에게 큰 죄를 짓는 바람에 쇠사슬에 묶여 바닷물 속으로 던져졌습니다. 그렇게 고통스럽게 바닷물 속에서 눈을 감은 것입니다. 그래서 현생에서도 물만 보면 기겁을 한 것입니다.

그렇습니다. 전생은 '신이 주신 암호' 같은 것입니다. 한번 전생에서 지은 업은 몇 대의 환생을 거쳐도 지워지지 않는 경우가 있습니다. 현생의 아픔과 불행은 우리가 알 수 없는 기억의 저편에서 우리 자신이 지은 행위의 결과일 수도 있습니다. 현생의 삶은 그때 지었던 영적 채무를 갚는 것인지도 모른다는 의미입니다. 그게 바로 카르마의 법칙입니다. 모든 사람은 이 세상에 올 때 각자 풀어야 할 카르마의 숙제를 가지고 태어납니다. 그렇다고 카르마의 법칙이 전생의 과실이나 실책을 처벌하려는 것만은 아닙니다. 전생에서 나쁜 삶을 살았던 사람도 현생에서 사랑과 봉사 그리고 희생의 삶을 산다면, 그 카르마가 맑게 정화되어 다음 생이 평화로워집니다. 현생의 맑고 올바른 삶을 통해 다음 생을 바꾸어나갈 수 있습니다.

전생을 안다는 것은, 곧 여러 생이라는 더 넓은 시각에서 나 자신을 바라볼 수 있다는 것입니다. 우리 삶을 한 번이 아닌 여러 번의 삶이라는 시각에서 바라봐야 하는 것입니다. 사실 과거 전생에서 어떤 신분이었는가는 중요하지 않습니다. 그보다는 어떤 삶을 살았느냐가 중요하고, 나아가 '현생에서 어떻게 살아가야 하는가'가 훨씬 더 중요합니다.

결국 전생을 안다는 것은, 곧 이 세상 모든 생명은 서로 그물코처럼 촘촘하게 연결되어 있다는 것을 깨닫는 일입니다. 설고 나 온자만 행복하고 평화롭게 잘 살 수는 없는 것입니다. 추운 겨울밤, 나는 따뜻한 이불 속에서 잠잘지라도 누군가는 추운 처마 밑에서 밥도 굶은 채 떨고 있다는 것을 모두가 알아야 합니다. 결국 사랑과 봉사가 그 해답입니다. 서로 사랑하고 나누고 베풀 때 비로소 행복이 찾아옵니다. 다시 말해, 자신의 전생을 앎으로써 현생의 슬픔·고통·기쁨의 드라마가 품고 있는 영적 메시지를 깨닫게 되는 것입니다.

전생을 알면 삶의 본질에 대한 이해의 폭이 한층 넓어지고, 우리가 왜 살아가는지에 대한 의문이 풀립니다. 전생이 주는 영적 메시지는 우리가 이번 생에서의 삶을 어떻게 살아가야 하는가에 대한 숙제를 내고, 그 문제를 풀 수 있는 답을 제시하는 것입니다. 우리 영혼이 육신의 몸을 가지고 태어나는 것은 윤회와 환생의 사이클에 따라 끊임없이 발전하고 진화해간다는 뜻입니다.

"나는 누구이고 무엇을 위해 태어나서 사는가?" 이 의문에 대한 답은 여러 생의 장구한 드라마라는 작품을 만든 창작자가 바로 자신이라는 것을 알고, 만약 그 드라마에 쓰여 있는 대본이 잘못되었다면 그걸 교정하고 수정하는 노력을 통해서만 비로소 해결할 수 있습니다. 그 첫 출발이 '전생 리딩'인 것입니다.

2020년 봄날
박진여

도대체 죽음이란 무엇일까요? 전생의 수많은 삶에서 수백 번 죽고 또다시 태어나는 게 무슨 의미가 있을까요? 저는 사람들의 전생을 읽는 사람으로서 '인간의 죽음은 우리가 가진 업을 정화하는 의미'를 담고 있다고 생각합니다. 한 생을 살 때마다 자신의 삶을 더욱 성숙하게 하고, 한 생을 서칠 때마다 자신의 삶을 더욱 새롭고 거듭나게 하는 것입니다. 어쩌면 그것은 '곤충의 허물벗기'나 마찬가지일지도 모릅니다. 죽을 때마다 자꾸 새로워지고 삶이 점점 완성되어가는 것입니다.

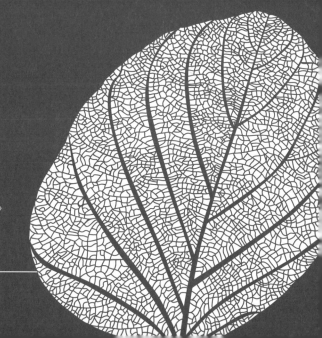

1부 삶과 죽음에 담긴
특별한 의미

1

우리 영혼의
세탁기

지구라는 거대한 정화체

리딩을 통해 전생을 읽어내는 방법으로 수많은 사람의 전생을 이
야기한 지 벌써 햇수로 20년이 되었습니다. 처음에는 '내가 하고
있는 전생 리딩이 사람들에게 얼마나 도움과 위로가 될까' 하는 막
연한 의문이 들었습니다. 그 두려움 때문에 회의감이 든 것도 사실
입니다. 그런데 시간이 지날수록 사람들의 전생을 살피는 일에 믿
음을 가질 수 있는 일들이 일어나기 시작했습니다. 리딩을 받은 사
람들로부터 그들 스스로 도저히 풀 수 없었던 인간관계에 대한 해
답과 위안을 얻었다는 이야기를 듣게 되면서부터입니다. 지금까지
살면서 이해되지 않고 용서할 수 없었던 어떤 사람에 대한 갈등이

나 미움, 부정적 감정이 전생 리딩을 통해 사라지기 시작했다는 긍정적 이야기를 많이 전해 듣고 있습니다.

시어머니와의 심한 갈등으로 이혼 숙려 기간 중이던 어느 40대 주부가 리딩을 통해 전생에서는 시어머니와 자신의 역할이 서로 바뀌어 있었다는 사실을 알고 난 뒤 편지를 보내왔습니다. 현생의 시어머니가 전생에서는 구박받던 며느리이고 자신이 그 시어머니였다는 말을 듣는 순간, 전생에서 시어머니로부터 며느리가 느꼈을 모든 슬픔과 고통의 마음이 너무나 확연하게 다가와 지금의 시어머니를 용서하고 이해했다고 말입니다. 그러면서 자신의 생각과 마음을 바꿀 수 있는 기회를 얻어 너무나 감사하다고 했습니다.

우리가 살아가는 지구라는 행성은 어쩌면 우주의 세탁기에 비유할 기능을 갖고 있다고 할 수 있습니다. 지구는 70퍼센트의 물과 30퍼센트의 육지로 구성되어 있습니다. 세탁기 안의 세탁물과 물의 비율을 과학적 기준으로 지구의 구성과 비유할 수는 없지만, 여러분의 이해를 돕기 위해 그렇게 설명해보았습니다. 세탁기는 통의 회전 원리로 더러워진 의류를 깨끗하게 만들어줍니다. 그 원리를 적용하면 우리가 살고 있는 지구의 자전과 공전은 세탁기의 회전 원리와 닮아 있습니다. 통돌이 세탁기 안의 의류들이 통의 회전으로 깨끗이 세탁되듯 어쩌면 인류의 영혼도 그렇게 지구라는 거대한 세탁기 안에서 오욕五慾(식욕, 색욕, 재물욕, 명예욕, 수면욕)으로 더럽혀진 자신들의 영적 오염체汚染體를 정화하고 있는지도 모릅니다.

그러나 세탁기로도 깨끗해지지 않는 세탁물이 있다면 어떻게 해야 할까요? 답은 간단합니다. 얼룩이 지워지지 않은 세탁물은 따로 꺼내 빨랫방망이로 두들기거나 손빨래를 하면 됩니다. 그렇습니다. 오늘날 우리 인생의 불행과 고단함은 어쩌면 영혼과 육신이 전생에서 지은 얼룩을 세탁하는 과정이라고 할 수 있습니다. 육신은 우리 영혼이 입고 있는 옷입니다. 우리는 육신(옷)을 깨끗하게 하기 위해 지구라는 행성에서 태어납니다. 그래서 우리가 지구에서 환생한다는 것은 카르마를 세탁해 정화한다는 또 다른 의미로도 해석할 수 있습니다.

우리 영혼이 입고 살았던 육신이라는 옷을 정상적인 방법(삶)으로 세척하지 않는다면, 그 작업은 다시 반복(윤회)됩니다. 만약 우리가 모르는 차원의 누군가가 우리 영혼을 지구라는 세탁기에 넣어 빨래를 한다고 가정해본다면, 그 존재는 깨끗하게 세척되지 못한 빨랫감(우리의 영혼)들을 모아 그들의 영적 프로그램에 넣고 다시 지상의 빨래터에 내놓는 것입니다. 삶은 놀라운 반전의 기회입니다. 더러워진 옷을 깨끗하게 할 수 있는 기막힌 찬스입니다. 삶에 오염된 우리의 영혼과 육신을 깨끗하게 세척할 수 있는 천연 세제는 착한 의지로 행하는 선행입니다. 그래서 우리는 항상 감사한 마음으로 자신의 삶을 소중하게 생각하는 사람이 되기 위해 노력해야 합니다.

우리는 지구라는 우주의 세탁기 안에서 살아가지만, 우리 스스로도 영적인 정화를 할 수 있는 자율 세탁 기능을 가지고 있습니다. 저는 그것을 '양심'이라 부르고 싶습니다. 양심이란 우리가 무언가 잘못된 행동을 했을 때 수치심과 죄책감을 느끼게 합니다. 양심은 또한 도덕적이고 이상적인 목표로 이끄는 마음의 둥지이기도 합니다. 우리의 육신은 매일 목욕이나 샤워를 해서 깨끗하게 할 수 있습니다. 하지만 영혼이나 마음은 보이지 않기 때문에 어떻게 정화해야 할지 잘 모릅니다.

그렇다면 영혼이나 마음은 어디에서 찾을 수 있을까요? 영혼과 마음은 느끼는 것이지 보이는 것은 아닙니다. 영혼은 무의식적 차원에 있고, 마음은 의식적 차원에 있습니다. 영혼은 마음보다 상위체이지만 같은 공동체입니다. 마음을 깨끗하게 하면 영혼도 함께 깨끗해지는 것입니다. 그렇기에 잘못이 있으면 반성하고 참회하면서 착하고 선하게 살아가야 합니다. 그것이 영혼과 마음을 깨끗이 씻어내고 마음의 천국을 만드는 정화 방법입니다. 마음의 천국과 지옥은 스스로가 만드는 것입니다. 〈도마복음〉에는 예수와 제자가 주고받는 다음의 문답 대목이 나옵니다.

"주님, 하늘나라가 어디에 있습니까? 저 깊은 바다에 있습니까? 아니면 저 높은 하늘에 있습니까?"
예수는 이렇게 답했다.
"만약 하늘나라가 하늘에 있다고 말하면 하늘을 나는 새들이 너희보다 먼저 그곳에 닿으리라. 만약 하나님 나라가 바다에 있다고 말하면 물속을 헤엄치는 물고기들이 먼저 그곳에 닿으리라. 하나님 나라는 오히려 너희 안에 있고, 또 너희 바깥에 있다."

세례 요한은 "지금은 물로 몸을 씻지만, 앞으로는 성령이 당신을 씻어 내릴 것이다"라고 했습니다. 물로는 몸을 씻지만 성령은 마음을 씻습니다. 세례 요한도 알고 있었을 것입니다. 핵심은 몸이 아니라 마음입니다. 인도 갠지스강의 비구니 스님도 "물로 목욕한다고 죄가 씻기지 않는다. 참회와 반성을 통해서 내 마음을 씻어 내릴 때 비로소 죄가 씻긴다"고 말합니다.

이유를 알 수 없는 질병의 원인

전생 리딩은 많은 영적 메시지를 통해 우리가 어떻게 살아가야 하는지 가르침을 줍니다. '도대체 왜 하필 나에게 이런 일이 일어나는가'라는 의문은 전생의 이야기를 전제로 하지 않고는 이해할 수 없고, 또한 받아들일 수 없는 것이 너무나 많습니다. 전생을 알면 알수록 또 다른 차원에서의 영적 질서가 우리 삶에 깊숙이 개입하고 있다는 사실을 알게 됩니다. 전생 메시지가 가르쳐준 많은 이야기를 이 책을 통해 여러분에게 전하고 싶습니다.

그러나 리딩을 통해 자신의 전생을 알아낸다 해도 그것이 전부는 아닙니다. 리딩의 목적은 전생에 대한 인식 자체가 아니라, 그 사람의 영혼이 경험한 것을 바탕으로 현생에서 삶의 방향과 이해를 얻어내는 것입니다.

한 예로, 원인 모를 심한 편두통과 공황장애로 지옥 같은 고통을 받고 있는 어느 젊은 여성이 있었습니다. 정신과 의사는 그녀의 증상을 오랜 시간 관찰하고 치료하면서 그 병의 원인을 찾아내는 게 무척 어렵다는 것을 알았습니다. 그녀의 심층에 숨어 있는 어떤 무의식적 상처가 현재의 생물학적 기전에 영향을 준다고 판단한 것입니다. 의사가 이런 생각을 하게 된 이유는 그녀를 만나기 전날 밤부터 나타난 이상한 꿈속 장면들 때문이었습니다. 그녀를 치료하는 날에는 어김없이 현생의 그녀 모습과 꿈속의 사람이 오버랩되어 보인 것입니다. 그런 유사한 꿈을 반복해서 꾸자 결국 의사는 두 사람이 동일인이라는 막연하지만 어떤 묘한 확신을 갖게 되었습니다.

의사는 꿈에서 자신의 모습도 함께 보았습니다. 그는 일본 전국시대 때 도쿠가와 집안의 치안관이었습니다. 그리고 치안관의 명령으로 직접 죄인의 목을 칼로 내려치는 사형 집행관이 바로 현재 자신에게 치료받고 있는 그 여성이었습니다. 당시 사형 집행관은 짙은 눈썹에 체구가 단단했습니다.

의사의 또 다른 꿈속 장면에서, 그녀는 그 이전 생에서 십자군전쟁 때 기사단의 일원으로 성전에 참전했습니다. 그때 그녀는 여러 소수 부족민을 정벌하며 이교도를 많이 죽였습니다. 의사는 최면 치료를 시도해보았지만 그녀의 심리적(영적) 방어기전이 너무 강해 그녀가 가진 심층 문제에는 (어떤 영적 트라우마 때문에) 접근할 수 없었습니다.

저는 그 의사의 추천으로 그녀를 리딩하게 되었습니다. 리딩을 통해 본 그녀의 전생은 의사의 꿈 내용과 많이 닮아 있었습니다. 그러나 의사가 꿈속에서 본 장면과 다른 점도 있었습니다. 의사는 일본 도쿠가와 집안의 치안관이 아니라 그 가문의 신관이었습니다. 리딩을 통해 본 그 여성 환자의 병은 전생에서 처형당한 피해자들의 경험과 맞닿아 있었습니다. 요컨대 현생에서 겪는 심한 두통과 공포심은 전생에 그녀가 목을 자른 사람들의 고통에서 비롯된 것이라는 걸 리딩은 말해주었습니다.

원인을 알 수 없는 질병으로 고통받는 환자는 많습니다. 하지만 그 병의 근원이 영적인 현상에 있다고 생각하는 의사는 그리 많지 않습니다. 정신과 육체는 아주 밀접한 상호관계를 맺고 있기 때문에 어떤 환자의 신체적 질병에는 그 사람만이 가진 복합적인 심리적 상처(트라우마)가 원인으로 작용하고 있는 경우를 발견할 수 있습니다. 아직은 소수의 의사들만이 그런 영적 분야에 주목하고 관심을 가지고 있지만 말입니다. 그들은 알 수 없는 질병의 근원을 찾기 위해, 환자가 가진 현재의 질병에 영향을 미치고 있는 원인의 생을 찾기 위해, 수많은 전생을 하나하나 살피는 수고와 노력을 합니다. 그리고 마침내 환자의 무의식(잠재의식)에서 어떤 영적 정보를 찾아내 해결의 실마리를 얻습니다. 물론 실마리를 찾았다고 해도 그 효과나 개선 방향에 대해서는 아무런 장담도 할 수 없습니다. 리딩은 지금 경험하는 어떤 고통이 과거의 나쁜 카르마에 의해 일어나고 있다는 사실을 받아들여야 한다고 말합니다. 지금의 고통을 통해 그 사람이 지은 죄과를 청산함으로써 더 나은 삶을 준비할 수 있다는 마음 자세가 중요하다는 것입니다.

리딩이 말하는 진정한 삶의 본질

미국의 심리학 박사 에디스 피오레Edith Fiore는 자신이 다룬 환자들에게 가장 부정적 영향을 끼치는 요인으로 '죄의식'을 꼽았습니다. 그녀는 저서 《당신은 전에도 이 세상에 있었다You Have Been Here Before》에서 이렇게 말합니다.

> 나는 한꺼번에 네다섯 가지 증상을 나타내는 환자도 보았는데, 그들은 삶이라는 게임에서 패배할 때마다 마치 "나는 자격이 없어. 이런 자격도 없고 저런 자격도 없어"라고 말하는 것 같았다.

피오레는 "아무 원인 없이 고통에 시달리는 사람은 없다"고 말합니다. 환자들이 겪는 불행의 원인은 언제나 그들 스스로의 행위에서 비롯된다는 것입니다.

피오레가 살펴본 가장 드라마틱한 사례가 있습니다. 골수암 때문에 열두 번 수술을 받은 30대 중반의 여성 환자입니다. 그녀는 그렇게 수술을 받고도 효과가 없자 거의 절망에 빠졌습니다. 결국 최면 치료를 받았는데, 그녀는 최면 상태에서 자신이 전생에 고대 종교의 여사제로서 인신 공양 의식을 치르고 있는 모습을 보았습니다. 그녀의 역할은 제물이 된 희생자의 피를 마시는 것이었는데, 정말이지 끔찍한 고역이었습니다. 그러나 선택의 여지가 없었습니다. 그렇게 하지 않으면 자신이 희생당할 처지였던 것입니다. 최면 요법을 통한 퇴행 실험을 마친 후 혈액검사를 하자 기적처럼 그녀에게서 더 이상 암 조직이 발견되지 않았습니다.

《나는 아흔여덟 번 환생했다The Case for Reincarnation》의 저자 조 피셔Joe Fisher는 "훌륭한 전생 치료로 해결하지 못하는 육체적인 문제는 단 하나도 없다"라고 단언합니다. 어릴 때부터 폭력적인 아버지에게 심한 학대를 받아 마음속에 깊은 상처를 안고 살아가던 한 여인이 있었습니다. 그녀는 리딩을 통해 아버지와의 전생 인연법을 알게 되었습니다. 그리고 그 순간부터 지난 시절 아버지로부터 받은 아픔의 상처가 깨끗하게 정리되고 미움도 사라졌습니다. 또 다른 사례는 자신과 아이를 버리고 떠난 남편에 대한 사무치는 원망으로 괴로워하던 여인 이야기입니다. 이 여인은 전생에서 남편과 자신이 반대 역할이었다는 걸 알게 됐습니다. 그 후 여인은 떠난 남편이 남기고 간 상흔傷痕이 더할 수 없이 소중하고 고마웠습니다. 왜냐하면 현생에서 남편이 자신을 버림으로써 전생에 지은 카르마를 청산할 기회를 주었다고 생각했기 때문입니다.

전생 리딩에서 전해주는 메시지는 역지사지易地思之라는 말의 뜻을 절실히 느끼게 합니다. 이를 통해 사람들은 자신에게 닥치는 고통이 결코 우연이 아니라는 것을 알게 되고, 그걸 이해함으로써 그 문제가 제시하는 답을 찾을 수 있습니다. 그런 영적 메시지를 받아들임으로써 현재의 삶에 대한 가치관에 변화가 일어나는 것입니다. 아울러 자신의 의식 영역이 확장되는 것도 알 수 있습니다.

미국의 예언가 에드거 케이시Edgar Cayce는 이렇게 말합니다.

인간은 누구나 우연히 태어나지 않습니다. 지구는 인과관계의 세계이기 때문입니다. 지구에서는 인과율이 자연법칙입니다. 영혼이 물질계로 육체를 가지고 태어나는 것은 자기 삶의 목적과 더불어, 다른 영혼이 이 세상에 태어난 목적 또한 잘 이해하고 서로 돕기 위해서입니다.

리딩을 통해 자신이 살았던 전생 이야기를 들은 사람들은 남을 용서하고 이해하는 것이 진정 자신을 이해하고 용서하는 것임을 배웁니다. '나는 왜 이 세상에 태어나서 살아가야 하는가?' 이에 대한 근본 이치를 깨닫는 것입니다. 윤회, 환생의 사이클에 따라 현생에 태어난 영혼은 자신이 전생에서 쌓은 긍정성을 발전시키게 됩니다. 반대로 부정적 삶에서 연결된 문제점은 교정하고 수정하기 위해 노력합니다. 저마다 스스로가 세운 영적 계획과 약속을 가지고 태어나는 것입니다. 태어나기 이전의 삶에서 지은 카르마가 현생의 삶에 영향을 미치고 있다는 사실을 깨닫게 됩니다. 그때 비로소 우리 삶의 전개가 결코 우연히 시작되지 않았다는 것을 알 수 있습니다. 전생을 알아야 삶의 본질을 이해할 수 있습니다. 그리고 그 전생 속에 우리가 배워야 할 많은 영적 메시지가 숨어 있음을 깨달을 수 있습니다.

2

진정한
행복의 정의

고통의 시대, 출구는 있는가

많은 사람이 큰돈을 벌어 성공하면 행복할 거라고 믿습니다. 그러나 옛말에 "천석꾼은 천 가지 걱정, 만석꾼은 만 가지 걱정이 있다"고 했습니다. 재물과 행복지수가 항상 비례하지는 않습니다. 오히려 재물을 좇다가 불행에 빠지는 사람이 적지 않습니다. 재물은 갖는 것보다 나누는 것에 더 많은 가치를 둬야 합니다. 갖는 것에 집착하면 오히려 삶에 독이 될 수 있습니다. 재물은 분뇨와 같아서 뿌리면 비료가 되지만, 가지고 있으면 오물이 됩니다.

제가 여러분에게 이렇게 말하는 이유는 오늘 하루 느끼는 행복과 불행이 어쩌면 전생의 하루와 연결되어 있을지도 모르기 때문입니다. 인과론因果論에 따라 설명하면 전생에 선행을 행한 하루가 있을 경우, 그 좋은 에너지가 현생의 하루에 연결되어 작용한다는 이야기입니다. 그 반대로 악행을 지은 하루가 현생의 하루와 연결되어 있다면 그 하루는 불행하고 고단할 수 있습니다. 전생 리딩을 통해서 일상이 알려주는 영적 메시지의 의미를 알면, 그 안에 담긴 아주 놀라운 삶의 교훈을 볼 수 있습니다.

우리는 사랑하는 사람들과 즐겁고 행복하게 살아가기를 원합니다. 그러나 현실은 그렇게 녹록지 않습니다. 대부분의 사람은 어려운 환경 속에서 힘든 하루하루를 살아가고 있습니다. 물론 그중에는 행복을 누리며 살아가는 사람도 있지만, 그렇지 못한 사람이 훨씬 많습니다. 또한 갈수록 약물중독, 강박증, 충동적 히스테리, 우울증 등 각종 정신질환과 질병이 늘고 있습니다. 그만큼 우리 사회의 스트레스가 극심하다는 방증입니다.

그렇다면 왜 이 세상에는 우리가 원하지 않는 이런 일들이 일어나는 걸까요? 우리의 삶을 이렇게 고통스럽게 만드는 것은 과연 무엇일까요? 그 이유 중 하나는 이 시대가 대립과 갈등의 세상이기 때문입니다. '만인의 만인에 대한 투쟁'으로 각자의 이기심이 격렬하게 부딪치는 시대입니다. 그 속에선 아무리 노력해도 우리가 바라는 진정한 행복을 찾을 수 없습니다. 우선 집단의 카르마가 서로 충돌합니다. 집단의 카르마란 국가와 국가간의 이해관계를 말합니다. 그리고 그 와중에 개인의 카르마도 부딪치게 됩니다. 그럴 때마다 우리는 숨이 턱턱 막히고 절망의 구렁텅이에 빠집니다. 도대체 우리는 자신의 진정성을 어떻게 다시 찾을 수 있을까요? 그에 대해서 리딩은 모든 삶의 문제는 자신 스스로 만들었고, 그러기에 자신의 잘못을 인정하지 않는 이상 그 답을 스스로 찾기란 불가능하다고 말합니다.

만약 누군가에게 이런 말을 했다고 합시다. "지금 당신이 경험하고 있는 문제는 언젠가 당신 스스로 만든 것입니다. 그러니 그것을 탓하거나 누구를 원망하지 마세요. 문제의 해결을 위해 가장 필요한 것은 미움과 원망이 아닙니다. 그 현실을 받아들이면서 그것을 이겨내기 위한 인내, 용기, 믿음의 선한 마음을 가져야 합니다." 그런데 이런 말을 들으면 사람들은 펄쩍 뜁니다. "왜? 내가? 언제?" 하면서 불같이 화를 냅니다.

대부분의 사람은 자신이 기억하지 못하는 일을 쉽게 받아들이지 않습니다. "내가 살아생전 큰 죄를 짓지 않았는데, 항상 최선을 다해 열심히 노력하면서 착하게 살았는데, 왜 나에게 이런 일이 일어납니까?" 하면서 억울해합니다.

결혼식을 앞두고 갑작스레 일어난 사고

모태 신앙을 가진 한 어머니가 있었습니다. 그런데 어느 날 딸과 함께 새벽 기도를 다녀오다가 교통사고를 당해 그만 딸이 죽고 말았습니다. 딸은 결혼식까지 앞두고 있던 참이었습니다. 마른하늘에 날벼락도 그런 날벼락이 없었습니다. 어머니는 자신에게 왜 이런 일이 일어났는지 도저히 이해할 수 없었습니다. 평소 누구보다 선하게 살기 위해 노력했는데 말입니다. 어머니는 신을 원망하며 울부짖었습니다. "당신을 믿고 의지했는데 왜 나에게 이런 시련을 주십니까?" 그 처절한 비통함에 누가 무슨 말로 어머니를 위로할 수 있겠습니까? 신에 대한 어머니의 절대적 믿음은 한순간 배신감으로 변해버렸습니다. 자신의 전부였던 사랑하는 딸의 죽음 앞에서 신에 대한 믿음도 와르르 무너졌습니다. 나아가 신에게 격렬한 분노까지 터트렸습니다.

그 어머니에게는 중증 장애가 있는 어린 아들과 뛰어난 미모의 딸이 있었습니다. 장애 아들에 대한 깊은 연민으로 우울증에 시달렸지만, 착하고 아름다운 딸에게서 많은 위로를 받았습니다. 그런데 그 딸이 눈앞에서 죽은 것입니다. 왜 이런 일이 일어난 것일까요?

이는 우리 삶이 지닌 어떤 방정식에 대입해도 답을 찾을 수 없는 이야기입니다. 우리는 이 사건이 주는 의미를 도저히 이해할 수 없고 받아들일 수도 없습니다. 하지만 그 어머니가 기억하는 꿈 이야기에서 하나의 어떤 영적 실마리를 찾을 수 있습니다. 그녀는 임신을 하면서 이상한 태몽을 꾸었다고 했습니다. 그때의 꿈이 너무나 선명하고 강렬해서 그 후 더욱 신앙에 매달리게 된 계기가 되었다고 합니다. 어느 날 밤 피를 흘리는 한 젊은 여인이 갓난아기를 안고 자기 몸속으로 들어오는 악몽을 꾼 것입니다. 그 꿈을 꾸고 나서 원인 모를 무기력증에 빠졌고, 계속해서 우울증에 시달렸다고 합니다.

전생 리딩에서 그녀는 16세기 지금의 베트남 지역에 위치한 작은 나라의 귀족 부인이었습니다. 남편은 왕족 방계 혈통의 귀족이었고요. 그런데 오랜 시간이 지나도 자식을 낳지 못했습니다. 그러자 남편은 미모의 어린 첩실을 집안에 들였습니다. 그 후 첩실이 임신을 했고, 남편의 사랑을 독차지했습니다. 그러자 부인은 어느 날 뱃놀이에서 자객을 동원해 첩실을 죽였습니다. 전생 리딩의 장면은 이러했습니다.

화려한 의상을 입은 한 여인이 여러 명의 귀족 부인과 함께 강위에서 뱃놀이를 하고 있습니다. 그때 다른 배에 혼자 타고 있던 어느 아름답고 젊은 여인이 자객의 칼에 찔려 물에 빠져 죽는 모습이 보이고, 건너편 배 안에는 그 장면을 몰래 훔쳐보며 잔인한 눈웃음을 짓는 여인이 있습니다. 그 여인은 화려한 옷을 입은 여인과 동일인인데, 지금 딸을 잃고 절망에 빠진 바로 그 어머니입니다. 그 살해 현장을 지켜보던 여인은 너무 긴장한 나머지 갑자기 목이 말라 엉겁결에 강물을 떠 마십니다. 그 순간 방금 살해당한 젊은 여인의 영혼이 물과 함께 그녀의 몸속으로 빨려듭니다.

리딩은 전생에 억울한 죽음을 당한 그 첩실이 현생에 그 여인의 딸로 태어났다고 말합니다. 전생에선 한 남자를 두고 다투는 원수였지만 현생에선 모녀 관계로 만난 것입니다. 그리고 눈앞에서 죽음으로써 복수를 한 것입니다. 또한 첩실이 임신했던 아이의 영혼은 현생에서 그녀의 장애 아들로 태어났습니다.

이 전생 리딩에 대해서는 또 다른 해석도 가능합니다. 요컨대 그때 죽은 첩실의 억울한 영혼이 현생에서 딸로 태어나 또 다른 자신의 죽음 앞에서 울부짖는 어머니의 슬픔을 통해 위로받고 있는 것은 아닐까요? 그리고 전생에서 임신했지만 낳아 키울 수 없었던 아이를 현생에서 다시 동생으로 태어나게 한 것은 어쩌면 그 부인(어머니)에게 어떤 특별한 속죄의 기회를 준 것은 아닐까요?

이 사례는 흔하지는 않지만, 현생의 문제가 전생의 원혼과 얽히고설킨 복잡한 형태로 나타난 경우입니다. 마치 어두운 밤길에 블랙아이스를 만난 자동차처럼 말입니다.

불행한 일상에 숨어 있는 영적 숙제

다른 차원의 질서(카르마의 법칙)를 사람의 언어로 표현하는 데는 한계가 있습니다. 하지만 궤도에서 벗어난 영혼을 본래의 길로 이끌 수는 있습니다. 그러려면 그 영혼이 '우주의 존재 법칙'을 깨달을 수 있도록 도와줘야 합니다. 우리는 몸이 아프면 병원에 갑니다. 마찬가지로 영적 어려움에 처했을 땐 '왜 하필 나에게 이런 일이 일어났을까?' 하는 의문을 가져봐야 합니다. 그래서 스스로가 자신의 영적 결점을 찾기 위해 노력해야 합니다. 그래야 비로소 그 문제가 던져주는 영적 숙제에 다가갈 수 있습니다.

카르마의 법칙은 잘못을 바로잡는 데 진정한 목적이 있습니다. 말하자면, 책을 출판하기 전 편집자가 원고 중 잘못된 부분을 교정해 바로잡는 것과 같은 의미입니다. 카르마의 법칙은 결코 무자비한 싱벌이 따르는 복수의 개념이 아닙니다. 어디까지나 한 영혼에 대한 교육이자 모자란 부분에 대한 보완인 것입니다. 그러므로 우리에겐 그러한 영적 교훈을 적극적으로 배우려는 노력과 의지가 필요합니다.

자연산 진주는 조개 안에 들어온 이물질로부터 만들어집니다. 이물질을 진주층으로 감싸 조개 자신을 보호하기 위함입니다. 그렇습니다. 우리의 영혼은 스스로 '업의 이물질'을 우리 영혼 속에 넣었는지도 모릅니다. '영혼의 진주'를 만들기 위해서 말입니다.

리딩으로 살펴본 사람들의 영혼은 자신이 지은 카르마를 해결하고 정화하기 좋은 시기에 다시 태어납니다. 자신이 세운 영적 계획과 목적에 맞는 부모를 선택해서 온다는 이야기입니다. 그 계획과 약속은 우리의 무의식에 더 많이 저장되어 있습니다. 그러므로 무의식에 저장되어 있는 정보(전생의 삶)를 알아야 지상에서 삶의 본질을 알 수 있습니다. 태어남과 살아간다는 것의 진정한 의미가 무엇인지 그 수수께끼를 풀 수 있습니다.

정신분석학자나 심리학자는 무의식을 '각성되지 않은 심적 상태'라고 설명합니다. 다시 말해, 지각 작용과 기억 작용이 없는 상태라는 것입니다. 나아가 의식과 무의식은 서로 상응하는 연속적 연결 고리를 가지고 있다고 합니다. 의식의 심층에 무의식의 영역이 존재한다는 말입니다. 우리는 표면 의식으로 생각하고 사유하면서 살아갑니다. 하지만 그 의식 속에는 의외로 무의식의 간섭과 작용이 많다는 것을 알아야 합니다.

우리는 보통 학습하고 익힌 지식으로 일상을 살아갑니다. 학교 공부나 상식 등이 그 좋은 예입니다. 그 지식을 응용해 의식적 사고를 하게 됩니다. 그렇게 우리는 의식적 사고로 자아를 바라보며 살아왔습니다. 학습과 경험으로 터득한 지식은 의식의 영역에 입력되어 삶의 방향타 역할을 합니다.

"의식은 무의식에 뿌리를 두고 있다"고 전생 리딩은 말합니다. 존 바그John Bargh는 저서 《우리가 모르는 사이에Before You Know It》에서 다음과 같이 말합니다. "진정한 자기는 의식과 무의식 모두에 해당하므로 둘 다 알아야 자신을 온전하게 이해할 수 있다." 무의식이 우리의 감정과 생각에 얼마나 많은 영향을 미치는지 잘 알아야 합니다. 이를 이해하지 못한다면 자신이라는 존재를 온전하게 이해하지 못합니다.

알베르트 아인슈타인Albert Einstein 박사는 "과거와 현재와 미래의 구분은 끈질기고 집요한 착각에 불과하다"라고 말합니다. 21세기의 정신분석학은 세포의 생명 질서를 현상의 무의식으로 분석합니다. 이를 바탕으로 우리 존재의 이유와 삶의 의미를 설명하고 있습니다.

동양의 어떤 전통에서는 여섯 번의 험난한 생을 헤치고 나아가야만 일곱 번째 생에서 비로소 그 영혼에게 한 번의 편안한 생이 허용된다고 말합니다. 기독교에서 말하는, 6일을 수고하고 하루를 쉬는 안식일과 같은 개념입니다. 여러분은 어쩌면 지금 여섯 번째의 고단한 생을 살고 있는지도 모릅니다. 그렇다면 분명 다음 생에서는 자신이 원하는 편안한 안식의 삶을 살 수 있을 것입니다.

3

무의식이 우리를
지배한다

자신도 알 수 없는 어떤 마음의 갈등이나 분노 때문에 괴로워하는
사람이 있습니다. 왜 그럴까요? 어린 시절 성장 과정에서 문제가
있었던 것일까요? 아니면 성인이 된 이후, 어느 날 겪은 충격이나
쇼크 때문일까요? 우리 주위에는 그 원인도 모른 채 평생 무겁고
불안한 마음을 안고 살아가는 사람이 의외로 많습니다.

현대인의 50퍼센트 이상이 정신질환이나 크고 작은 스트레스,
만성질환으로 고통받고 있다고 합니다. 그렇습니다. 우리의 세상
살이는 늘 세찬 바람이 불고 고달픕니다. 그 밑도 끝도 없는 일상
에 부대끼다 보면 점점 자신의 정체성을 잃어가기 마련입니다. 또
한 그러다 보면 무력감과 상실감에 허우적거리게 되지요. 급기야

그런 부정적 정서가 지속되면 가장 가까운 가족 관계부터 어긋나기 시작합니다. 나아가 사회는 자학적 충동 인물이 많아지고, 그로 인해 범죄가 끊이지 않게 됩니다.

그렇다면 그 원인을 전생 리딩으로 살펴보면 어떨까요? 보통 인간의 부정적 정서는 무의식에서 비롯된다고 합니다. 어떤 무질서한 충동이 무의식에 쌓이고, 그것이 나도 모르게 현재 의식에 작용하는 것입니다. 한마디로 정화되지 않은 무의식이 현재 의식에 많이 작용하면 할수록 부정적 심리 상태에 빠지게 됩니다. 그런 무의식이 우리 감정(생명)의 주관자일 때 자신이 가진 삶에서 문제를 일으킬 수 있다는 이야기입니다.

지그문트 프로이트Sigmund Freud가 내세운 '충동의 무의식'이나, 자크 라캉Jacques Lacan이 말하는 '상징의 무의식'이 바로 그런 개념입니다. 보이지 않는 무의식이 현재 의식을 조종하는 절대적 지배자 역할을 한다는 것입니다. 다른 시각에서 보면 여기서 말하는 무의식 현상은 몸과 자아의 고통을 치유하기 위한 생명의 몸부림일수 있습니다. 상처로 온전함을 잃은 어떤 사람이 원래 삶의 질서를 되찾기 위해 안간힘을 쓰는 과정인 것입니다. 또한 이때의 무의식적 사고는 그 사람이 '전생에서 만들어낸 심상心想의 결과'라고도 할 수 있습니다.

남편에 대한 원인 모를 분노

결혼해서 첫아이를 출산한 뒤부터 남편에 대한 원인 모를 미움과 심한 분노를 느낀다는 30대 여성의 전생 리딩 이야기입니다.

전생에 그녀는 16세기 지금의 베트남 부근에 있는 소국小國에서 무남독녀 공주로 살았습니다. 그때의 삶에서 현재 그녀가 남편에게 느끼는 불분명한 분노의 원인을 찾을 수 있었습니다. 공주였던 그녀는 자신의 호위 무사(현재의 남편)와 사랑에 빠졌습니다. 하지만 두 사람은 신분의 차이 때문에 결혼할 수 없었습니다. 결국 그들은 나라를 버리고 사랑의 도피를 하게 됐습니다. 한데 하필 그들이 도망친 나라는 영토 분쟁으로 평소 모국과 다툼이 잦던 이웃 나라였습니다. 그때 호위 무사는 자신이 몰래 갖고 있던 왕실의 군사 정보를 알려주는 대가로 은신처를 제공받았습니다.

그런데 일은 거기에서 끝나지 않았습니다. 그들이 몸을 의탁한 그 이웃 나라 왕은 공주의 모국을 호시탐탐 엿보던 차였습니다. 때마침 적국의 공주와 호위 무사가 도망쳐 왔는데, 정보만 받고 그들을 가만 놔둘 리 없었습니다. 그 왕은 계략을 짜서 공주의 남자인 호위 무사로 하여금 공주의 아버지를 죽이도록 했습니다. 호위 무사는 자객이 되어 한때 자신이 모셨을 뿐만 아니라 장인이기도 한 왕을 죽일 처지에 놓인 것입니다. 왕은 공주를 인질(볼모)로 삼고 호위 무사를 다그쳤습니다. 그리고 공주의 아버지가 죽으면 왕권 계승자인 공주가 그 나라의 여왕이 될 수 있도록 도와주겠다고 했습니다.

　한편, 공주의 아버지는 딸이 호위 무사와 야반도주한 게 부끄러워 그 사실을 아무한테도 알리지 않고 혼자 가슴앓이만 하고 있었습니다. 그런데 그것이 오히려 일을 크게 악화시켰습니다. 암살자가 왕의 침실에 손쉽게 접근할 수 있었던 것입니다. 왕을 지키던 사람들은 자객으로 온 호위 무사에 대해 아무런 의심도 하지 않았습니다. 그를 여전히 자신들의 동료로 여겼던 것입니다. 그렇게 공주의 아버지는 죽고, 나라는 극심한 혼란에 빠져 이웃 나라의 침공을 받아 멸망하고 말았습니다.

　시간이 지나 공주는 자신으로 인해 아버지가 죽었고, 나라도 멸망했다는 사실을 알았습니다. 그뿐만 아니라 아버지를 죽인 사람이 바로 자신이 사랑하는 남자라는 것도 알게 되었습니다. 사랑을 지키기 위해 조국을 배반할 수밖에 없었지만, 그 결과가 너무나도 참혹했던 것입니다. 그 이후 공주는 큰 슬픔과 비통에 빠져 살았습니다.

　전생 리딩은 그때의 카르마가 작용해 현생에서 지금의 남편과 결혼하게 되었다는 걸 보여주었습니다. 그녀는 평소 매우 도덕적이고 이성적 가치관을 지닌 사람이었습니다. 그런데도 처음 남편을 만난 순간, 감당할 수 없는 욕정을 느꼈다고 합니다. 보통 이런 경우 사람들은 한순간 당황하지만, 곧 자신이 상대방을 사랑하기 때문이라고 쉽게 합리화해버리고 맙니다.

흔히 인간의 감정은 자기 몸에 대한 뇌의 해석에 따라 일어난다고 합니다. 전생 리딩에 의하면 뇌는 상위 기관인 송과체松果體*의 명령과 지시를 따릅니다. 그곳이 바로 전생의 정보를 저장하고 있는 창고입니다. 그런데 이 송과체는 업연業緣의 상대를 만나면, 성적 도파민(신경전달물질)을 왕성하게 활성화시켜 이를 통해 두 남녀를 사랑이라는 감정에 빠져들게 합니다.

그런데 그 이면에는 여러 가지 '영적 목적'이 숨어 있는 경우도 있습니다. 그 영적 목적 중에는 서로의 카르마를 풀기 위해 사랑의 끈(성적 욕망)으로 두 사람을 꽁꽁 묶어두는 것도 있습니다. 이때는 무서운 '상호 업력'이 작용해 서로 사랑의 포로가 된 두 사람이 꼼짝할 수 없도록 그 감정의 굴레에 빠져들게 만듭니다. 다시 설명하면, 업이 파놓은 함정에 빠진다고 할 수 있습니다. 그것은 자신의 의지가 아닌 카르마와 연결되어 있기 때문에 피할 수 없는 숙명과 같은 강력한 힘이 작용합니다.

---

* 송과체는 해부학적으로는 뇌하수체보다 상위 기관이면서 영성의 극점입니다. 우리 육체 중에 신과 반응할 수 있는 최고의 신성한 영역이라고 생각하면 됩니다. 이 중추가 깨어날 때 신성한 영적 교감을 경험하게 됩니다. 명상을 통해 이를 활성화할 때마다 예지력과 예언력이 나타납니다. 신이 우리 인간에게 전하는 영적 메시지 말입니다. 제7번 차크라인 '사하스라Sahasra'는 궁극적 지혜의 장소이며 우주와 하나가 되는 곳, 즉 신성과의 통로를 가진 연결점입니다. 뇌하수체와 송과체가 긴밀하게 연결되어 있는 것처럼 '아즈나 차크라 Ajna Chakra'와 '사하스라 차크라'도 서로 깊은 연관성을 가지고 있습니다. 제7번 차크라인 송과체가 각성되면 영적 핵심의 중심으로 이어져 우주의 높은 차원과 공명하게 됩니다.

한 남성과의 전생 인연을 궁금해하는 여성이 있었습니다. 리딩 장면에서, 그들은 조선 후기에 살았습니다. 남자는 양반가의 아들로서 예술을 사랑하는 자유로운 영혼을 지닌 청년이었습니다. 그리고 여자는 사물놀이패의 일원으로 북과 장구를 기가 막히게 잘 치는 어린 소녀였습니다. 어느 날 사물놀이패가 청년이 사는 마을에서 거리 공연을 했는데, 그때 두 남녀는 처음 보는 순간부터 서로에게 반해버렸습니다. 두 사람은 짧은 시간이었지만 몰래 사랑을 불태웠습니다.

리딩을 듣던 여성은 "그때의 그 양반집 아들이 지금의 옛 남자 친구입니까?" 하고 물었습니다. 리딩이 그렇다고 대답하자 그 여성은 결혼 전에 사귄 옛 남자 친구를 우연히 만났는데, 다시 불타오르는 정염情炎의 불길을 피할 수 없어 괴롭다고 했습니다. 그러곤 또다시 사랑에 빠진 옛 남자 친구와의 관계를 어떻게 정리해야 하느냐고 물었습니다. 리딩은 그녀와 지금 남편의 관계가 나쁘지 않으므로 서로에게 상처가 되지 않도록 노력해야 한다고 말했습니다. 옛 남자 친구에게 느끼는 사랑의 충동은 전생에서 이루지 못한 안타까움의 불씨가 서로의 무의식에 남아 있기 때문이라면서 말입니다. 그리고 그러한 충동적 감정은 자제해야 하며, 서로의 본래 위치로 되돌아가기 위해 이성적으로 노력함으로써 서로가 지닌 영적 도덕성을 발전시켜나가야 한다고 말했습니다.

에드거 케이시는 인간의 충동적 감정에 대해 다음과 같이 말했습니다. "이성에게 견딜 수 없는 매력을 느끼면 그 마음을 경계해야 한다. 만남의 시간이 짧은 어떤 사람에게 강한 성적 애착을 느낄 때 더욱 그렇다. 그것을 훌륭한 결혼으로 발전시키고 싶다는 바람만큼의 신중함이 필요하다. 또한 언제든 폭발하려는 카르마의 도화선에 불을 붙이기 싫다면 그 감정을 충분히 살피고 조심해야 한다."*

과거와 현재 삶의 연결이 주는 의미

다시 공주와 호위 무사 이야기로 돌아가서, 그렇다면 현생에서 왜 두 사람은 결혼했을까요? 전생에서 공주가 느낀 연인에 대한 강한 배신감을 갚기 위해서일까요? 여기서 카르마 법칙의 정신을 되새겨볼 필요가 있습니다. 카르마 법칙은 징벌이 아닌 정화와 치유에 목적이 있다는 점입니다. 그녀는 결혼해서 딸을 낳았는데, 그 딸이 너무나도 사랑스럽다고 했습니다. "딸이 너무나 사무치게 예뻐 품에서 놓을 수 없을 정도"라고 했습니다. 그런데 이상한 것은 평소 딸을 보고 있으면, 알 수 없는 죄책감이 들어 슬픔에 빠질 때가 많다는 것입니다.

* 지나 서미나라, 《윤회의 비밀》, 백련선서간행회 옮김, 장경각, 1988, p.191.

전생 리딩으로 보면, 지금의 딸은 그때 공주의 배신으로 비참하게 죽은 아버지의 영혼이 환생한 것입니다. 또한 현생에서 그녀가 남편에게 느끼는 분노의 감정은 전생에 있었던 공주의 배신감과 연결되어 있습니다. 지금의 남편은 그녀와 딸에게 매우 잘한다고 했습니다. 중견 회사의 간부인 남편은 오로지 아내와 딸을 위해 태어난 사람처럼 헌신적이라는 것입니다. 어쩌면 과거 생에서 자신의 잘못된 행위가 무의식에 남아 있어 지금의 가족에게 그 보상을 해주고 있는 것인지도 모릅니다.

　전생 리딩에서 살펴보면, 한 영혼이 지니고 있는 과거와 현재의 의식은 서로 연결된 자의식이라고 말할 수 있습니다. 이 영혼은 끊임없이 더 나아지고 더 맑아지려고 노력합니다. 윤회와 환생이라는 말의 뜻 중에는 '자신이 과거에 지은 잘못을 현생에서 다시 교정하고 수정하기 위해 지상의 삶으로 되돌아온다'는 의미가 담겨 있습니다. 가족이나 주위 사람들은 평소 남편에 대한 그녀의 쌀쌀한 태도를 이해하지 못했습니다. 하기야 그녀 자신도 남편에 대한 분노의 정체를 모르는데 어떻게 다른 사람이 알겠습니까? 하지만 전생에 대해 어느 정도 긍정적 시각을 지니고 있는 사람들은 그녀의 마음을 조금은 이해할 수 있지 않을까요? 남편에 대한 그녀의 짜증과 분노가 전생의 경험과 관련이 있다는 것을 말입니다. 나아가 그녀의 마음에 고개를 끄덕이고 영적 공감대를 이룰 수도 있을 것입니다.

물론 전생 리딩이 타인의 이해만 요구하는 것은 아닙니다. 일단 현생에서 일어나는 부정적 일의 원인을 알았다면 앞으로의 행동을 바꿔야 합니다. 전생이 공주였던 그녀도 남편에 대한 마음이 변해야 합니다.

　그녀는 물었습니다. "어떻게 하면 남편에 대한 마음이 편해질 수 있을까요?" 전생 리딩은 그 사람의 과거 생의 경험이 현생에서 어떤 목적과 가치를 가지고 진행되는지에 의미를 둡니다. 어쩌면 그녀도 남편에 대한 무의식적 분노의 감정을 정화하고, 자신의 영적 성장을 위해 현생에 태어났는지도 모릅니다. 이렇게 전생 리딩은 한 사람의 인생 문제를 어떻게 하면 지혜롭게 풀어나가고 해결할 것인가에 목적을 두고 있습니다. 그 사람이 이 세상에 태어날 때 부여받은 가치의 정의를 밝혀 삶의 핵심 원리로 작용하도록 도와주는 것입니다.

　위의 사례를 정리하면, 두 사람은 영적 공범자입니다. 현생에서의 남편은 자신이 너무나 사랑하는 딸의 아버지입니다. 딸은 아버지를 사랑합니다. 리딩은 이렇게 답합니다. "용서할 수 없는 것을 용서하는 것이야말로 진정으로 용서하는 것입니다. 남편은 전생의 잘못을 지금 최선을 다해 보상하고 있습니다. 그의 잘못을 받아들이는 마음으로 그를 다시 사랑하십시오. 지금 생에서 남편을 다시 만난 것은 용서하기 위해서입니다. 남편에 대한 미움이나 불편함은 바로 그 용서를 행할 천재일우의 기회인 것입니다. 결코 그 기회를 놓치지 마십시오."

  인생의 괴로움은 그것이 카르마로 인한 것이든 아니든 항상 우리의 영혼을 성장시키는 데 필요한 메시지를 지니고 있습니다. 우리의 육신은 영혼이 입고 있는 옷입니다.

4

아름다운
영혼을 위한 지름길

윤회 환생이란 무엇인가

과연 우리의 영혼은 어디에서 시작되었으며 어디로 가고 있는 걸까요? 이에 대한 해답은 우리가 전생에 대한 사실을 가슴으로 받아들일 때 비로소 알 수 있습니다. 전생을 알면 삶의 본질에 대한 이해의 폭이 한층 넓어지고, 우리가 왜 살아가는지에 대한 의문이 풀립니다. 전생이 주는 영적 메시지는 우리가 이번 생에서의 삶을 어떻게 살아가야 하는지에 대한 숙제를 내고, 그 문제를 풀 수 있는 답을 제시하는 것입니다. 우리 영혼이 육신의 몸을 가지고 태어나는 것은 윤회와 환생의 사이클에 따라 끊임없이 발전하고 진화해간다는 뜻입니다.

전생이란 무엇일까요? 우리는 각자 영혼의 계절을 가지고 태어납니다. 겨울이 지나면 봄이 찾아오듯 전생은 현생으로 이어지는 통로의 의미가 있습니다. 우리 영혼은 자신이 살았던 전생의 삶을 교정하고 보완·수정하기 위해 다시 태어납니다. 또 어떤 사람은 자신이 쌓은 전생에서의 선행에 대한 보상을 받기 위해 태어나기도 합니다. 그 긍정의 힘으로 자신의 영적 성장을 이루어나가고, 또는 남아 있을 수 있는 부정적 에너지를 정화하는 것입니다.

미국의 사상가이자 시인 헨리 데이비드 소로Henry David Thoreau는 이렇게 말합니다.

지난해 무성했던 초록이 겨울이 되면 낙엽이 되어 사라진다. 그러나 그 뿌리는 봄이 오면 다시 돋아나 푸른 잎으로 재생되듯이 인간의 삶도 그렇게 영원히 계속된다.

우리가 어떤 생각과 행동을 하면 우주는 그에 대한 반작용(진자운동)을 일으켜 (영적) 균형을 유지하려는 경향이 있습니다. 이와 마찬가지 원리로 우리의 생각과 행위가 그 작용에 영향을 미칩니다. 그 개념이 바로 '카르마'입니다. 다시 말해, 원인과 결과의 복합적 상호작용을 통해 모든 불완전함이 해소될 때까지 환생의 과정은 끝없이 이어진다는 것입니다. "씨 뿌린 대로 거두리라" 같은 《성경》구절도 결국 카르마의 작용을 달리 말하는 것입니다.

전생 리딩을 통해 살펴보면 수백수천 생을 살았던 영혼을 가진 사람도 있습니다. 불경佛經에 따르면 부처님은 2만 5,000년 동안 550생을 통해 깨달음의 경지에 올랐다고 합니다. 깨달음이란 무엇입니까? 완성된 자아, 완벽한 성취의 단계를 이루는 것을 말합니다. 그 완성의 지점으로 나아가기 위해 우리는 윤회 환생을 통해 거듭 태어나는 것입니다.

그러면 이런 의문이 생깁니다. '그 완성의 단계에 이르면 그다음은 어떻게 될까?' 기독교에서는 천국에서 태어나 천사와 같이 산다고 합니다. 불교에서는 중생들이 사는 고해苦海를 벗어나 생로병사生老病死가 없는 서방정토에서 태어난다고 합니다. 완전한 성취 단계에 이른 신적인 인간, 즉 다른 존재의 영역으로 진입한 신인神人에 대한 전설은 세계 여러 곳에서 찾아볼 수 있습니다.

그러나 그 전설을 살펴보려면, 인류가 신성한 근원에서 멀어지기 이전 시대로 거슬러 올라가야 합니다. 까마득한 과거에는 물질적 세계로부터 진보해 신성한 존재의 영역으로 들어간 인류가 있었다는 것입니다.《켈트족 국가의 전설적 믿음 The Fairy-Faith in Celtic Countries》이라는 책을 펴낸 에번스 웬츠W. Y. Evans Wentz는 다음과 같이 주장합니다.

신이란 언젠가 한 번은 인간으로 살았던 존재이며, 진정한 인간은 언젠가 신이 될 것이다. 인간은 신성하고 불가시적인 세계와 맞닿아 있다. 짐승들이 인류의 존재 영역과 맞닿아 있듯이.

우리의 영혼이 진화해 다른 높은 차원으로 가기 위한 가장 좋은 방법 중 하나는 일상의 삶에서 선한 마음으로 봉사와 선행을 베푸는 일입니다. 착한 일을 행하는 것은 그리 어렵지 않습니다. 상대방에 대한 배려와 양보도 선행입니다. 길에 버려진 쓰레기를 줍는 것도 선행입니다. 어떤 이해관계를 떠나 서로를 존중하고 예의를 갖는 마음 또한 선행입니다. 아침에 하는 기도도 선행을 하기 위한 준비 도구가 됩니다. 잠들기 전 하루의 잘못을 반성하고 참회하는 것도 다음 날 선행을 하기 위한 그릇을 준비하는 것입니다. 어떤 이익도 전제하지 않는, 조건 없이 베푸는 마음이 바로 선행의 기본입니다. 살아생전에 '사후 장기 기증 서약'을 하는 것도 큰 선행입니다.

얼마 전 어느 학생들의 선행이 알려져 훈훈한 미담이 되었습니다. 한 학생은 길을 잃은 치매 할머니를 무사히 가족의 품으로 인도했고, 또 다른 학생들은 횡단보도에서 넘어져 다친 할아버지를 돕기 위해 용돈을 모아 병원 치료를 받도록 했습니다. 학생들은 이렇게 이야기했다고 합니다. "할아버지와 할머니를 보는 순간 우리 할아버지와 할머니가 생각났고, 그 마음으로 그분들을 도왔습니다." 자신이 사랑하는 가족이나 친구가 어렵고 불편한 처지에 있을 때, 누군가 자신이 한 것처럼 그렇게 도와줄 것이라는 믿음을 갖고 있다면서 말입니다. 평범하지만 얼마나 아름다운 마음씨를 지닌 학생들입니까.

현생에서 다시 만난 약초 상인과 손녀

어느 중년 남성의 리딩에서 그는 전생에 조선 후기 때 산에서 약초를 캐어 시장에 내다 파는 약초 상인이었습니다. 그런데 그는 귀한 약초를 구할 때마다 너무 가난해서 아무런 치료도 받지 못하는, 마을 어귀 움막집 할아버지의 병든 손녀를 위해 기꺼이 내놓았습니다. 그 귀한 약초를 정성껏 조제(調劑)하여 그 손녀를 치료해준 것입니다.

리딩에서 그 병든 손녀의 어머니는 젊은 시절 약초 상인과 서로 사랑하던 사이였습니다. 그러나 두 집안이 너무나 찢어지게 가난해 맺어지지 못했습니다. 여인은 보부상에게 팔려가듯 시집을 갔는데, 얼마 후 딸을 낳다가 산후 후유증으로 그만 죽고 말았습니다. 그 소식을 알게 된 약초 상인은 자신이 사랑했던 여인의 병든 어린 딸에게 깊은 연민을 느꼈습니다. 그래서 손녀의 병을 치료하기 위해 지극 정성을 쏟았습니다.

리딩이 끝나자 중년 남성은 자신의 직업이 한의사라는 걸 밝혔습니다. 그리고 결혼 전 지금의 아내가 자신을 지원하고 격려해준 덕분에 어려운 학업을 무사히 마치고, 오늘날 꽤 유명한 한의원을 운영할 수 있게 됐다고 말했습니다. 저는 지금의 아내가 바로 전생에서 그가 돌보았던 병든 손녀라고 말해주었습니다. 보상과 보은이 함께 이루어진 사례입니다.

선행이라는 사후의 영적 펀드

어느 70대 초반 남성의 리딩에서 아주 놀랍고 흥미로운 전생이 나타났습니다. 보통 제가 리딩을 하기 위해 명상 상태에 들어가면 내담자가 살았던 전생의 장면과 모습이 나타나기 시작합니다. 그런데 명상 속 장면에서 나타난 존재는 놀랍게도 죽은 사람의 영혼을 사후 세계로 인도하는 저승사자였습니다. 다른 사람의 리딩에서도 사자死者의 영혼을 사후 세계로 인도하는 신관(그리스와 이집트에서의 제사장)의 사례가 있었습니다. 하지만 동양적인 사후 생生의 안내자 모습은 처음 본 것입니다. 그는 전생에 고대 그리스에서 주유천하하며 깊은 영성을 가진 철학자로 살았던 적도 있고, 인도의 스님으로 히말라야 설산에 은둔하며 수행한 삶도 있었습니다.

리딩으로 살펴본 그는 참으로 영혼이 맑은 사람이었습니다. 그러나 현생에 직접 영향을 미치는 생은 조선시대 형조刑曹에서 죄인들을 다루는 집행관으로서 삶이었습니다. 그는 형조의 법 집행관으로서 죄인이 자신이 지은 죄에 대해서 거짓 변명을 할 때마다 가차 없이 곤장을 때리거나 주리를 틀어 뼈를 으스러지게 했습니다.

그 행위가 비록 국법에 따른 공정한 체벌이었다고는 하나, 리딩은 그 일에 대한 진정한 아픔과 연민의 마음을 함께 지녀야 한다고 말합니다. 그러지 않고 자신의 행위에 대한 정당성만 앞세워 타인의 고통에 무관심했다면, 다음 생에서는 분명 그 무관심에 대한 교정과 정화가 필요하다고 리딩은 지적했습니다. 요컨대 당시에 지은 부적절한 카르마를 청산하기 위해 이번 생에서는 그에 따른 숙제를 풀기 위한 사명을 가지고 태어난 것입니다.

정형외과 의사인 그는 환자의 뼈를 수술해서 고치는 직업적 역할에 어떤 영적 의미가 있는지 물었습니다. 그러면서 자신이 왜 정형외과 의사가 되었는지 늘 궁금해하며 살았다고 했습니다. 리딩은 이렇게 말합니다. "치료를 받기 위해 병원에 찾아온 환자는 어쩌면 당신이 전생에서 다리를 부러뜨린 사람일 수 있습니다. 그 사람은 그때 자신이 지은 잘못에 대한 대가를 뼈가 부러지는 형벌을 통해 갚았습니다. 이제 당신은 그들에게 가한 상처를 보살펴야 합니다. 흥부가 제비 다리를 치료해준 그 정성 어린 마음으로 말입니다. 그렇게 자신이 지녔던 원래의 신성을 찾기 위해 노력해야 합니다." 어떤 의미에서든 보상은 아름다운 행위라고 리딩은 거듭 말합니다. 보상하는 마음은 아름다운 영혼을 갖기 위한 지름길입니다.

리딩은 반복해서 말합니다. 선행의 공덕功德은 인간 세계에서 가장 훌륭한 영적 가치를 지니고 있다고 말입니다. 현생에서 쌓은 선행의 좋은 에너지가 다음 생의 여정에 작용한다면 그 긍정적 가치는 이루 말할 수 없습니다. 전생에서 병든 소녀를 정성으로 치료해 준 공덕으로 약초 상인이 현생에서 훌륭한 한의사가 되었고, 그 소녀는 영적 보은의 의미로 한의사의 아내이자 현모가 되었다는 이야기는 리딩에서 그리 놀랍지 않은 사례입니다. 그런 전생의 흔적이 현생에서 긍정적으로 나타나는 경우는 너무나도 많습니다.

진실로 인간에게 미래의 생이 있다면, 현생에서의 긴긴한 신행은 우리가 할 수 있는 가장 놀라운 사후의 영적 펀드가 될 수 있습니다. 인간은 누구나 자신에게 주어진 생을 살다가 죽습니다. 그리고 사후에 가져갈 수 있는 것은 살아생전에 지은 자신의 카르마뿐입니다.

리딩은 이렇게 말합니다. "영혼은 자신이 만들어놓은 운명의 바다를 항해하는 배와 같다." 폭풍우 몰아치는 칠흑 같은 어두운 바다에서 해무海霧에 갇혀 길을 잃고 헤매는 것도, 평안하고 안전한 항해를 마치고 붉은 노을이 아름답게 물든 항구에 닻을 내리는 것도 모두 그 사람이 전생의 삶에서 스스로가 만들어놓은 것입니다.

인생에서 마주하는 삶의 경험은 영혼의 성장 기회임을 알아야 합니다. 그 경험이 비록 괴롭고 힘든 것일지라도 '영적 성숙의 자양분'임을 우리는 분명히 깨달아야 합니다.

5

아이의 영혼은
어디에서 오는가

현생의 삶은 누가 결정하는가

임신한 예비 어머니들의 질문은 하나같이 태어날 아이와의 인연입니다. "내 아이의 영혼은 어디에서 오는 걸까요? 나와는 전생에 어떤 인연이 있을까요? 공부는 잘할까요? 엄마가 바라는 훌륭한 사람이 될까요?"

리딩에 따르면 부모와 자식 관계는 전생의 인연에서 비롯한 것이지 우연인 경우는 없습니다. 아이와 부모는 영적 프로그램에 따라 만납니다. 영적 프로그램이란 카르마의 법칙에 따라 입력된 일종의 고차원적 컴퓨터Akashic Records(아카샤 기록)에 의한 연산 작용인데, 불교에서 가르치는 십이연기법十二緣起法으로도 설명할 수 있습니다.

영적 프로그램 작성자(인간의 가장 상위적 존재인 보호령, 지도령, 또는 수호령)는 어떤 사람이 가지고 있는 업의 정보를 기본값으로 전제하고 그 관계를 설정합니다. 그중 부모와 자식 관계는 서로 영적으로 성장하고 진화해나가는 데 궁극적 의미와 목적이 있습니다. 운명이란 영혼이 스스로 의지를 가지고 살아가면서 관계를 다져나가는 과정입니다. 물론 그 과정에는 카르마의 작용도 포함됩니다.

만약 출생이 예정된 아이들의 영혼에게 자기 부모를 임의적으로 선택하라고 하면 어떤 일이 벌어질까요? 그 세계에서도 인간 세상처럼 힘 있고 배경 좋은 영혼이 힘없고 초라한 영혼에게 갑질을 하면서 우선권을 누릴까요? 만약 그렇다면 대부분은 불행한 부모보다 행복하게 사는 부모를 선택할 것입니다. 가난에 찌들고 매일 술에 취해 다투는 부모보다는 부자나 사회적 명성과 명예를 가진 부모의 품에 안길 것입니다.

하지만 카르마의 법칙은 그렇지 않습니다. 어떤 영혼이든 평형 이론에 따라 균등한 삶의 기회가 주어집니다. 여러 생을 거치면서 부자와 가난한 자, 잘생긴 사람과 못생긴 사람, 건강한 사람과 병든 사람의 역할을 번갈아 겪게 됩니다. 주인과 노예, 가해자와 피해자 등의 위치를 바꿔가며 경험하는 것이지요. 그래야만 배움을 얻고 성장할 수 있기 때문입니다. 한 영혼의 삶은 그 영적 DNA가 과거 어떤 성장을 거쳤는지에 따라 정해집니다. 그래서 경우에 따라서는 부족함 없이 행복하게 살아가는 영혼보다 비록 가난하지만 자신의 어려움을 극복해나가는 영혼이 영적으로 훨씬 더 성장하고 진화하는 일도 있습니다. 육체적 생애에서 고단함을 극복하면 할수록 영적으로 더 크게 성장할 수 있습니다. 그 보상은 이 지구에서의 삶을 졸업하고 더 높은 차원으로 나아갈 수 있는 티켓을 얻는 것과 같은 의미를 가진다고 할 수 있습니다.

우리가 살면서 경험하는 어떤 불행과 고단함은 신이 우리에게 준 숙제입니다. 자신 스스로 그 문제를 잘 풀기 위해 선택한 삶이라고 생각하십시오. 그리고 문제의 해답을 찾기 위해 최선을 다하십시오. 어떤 아이의 영혼은 어렵고 힘든 환경에서 살아가는 가난한 부모를 스스로 선택하기도 합니다. 삶의 장애와 고단함이 크면 클수록 자신이 지은 카르마의 빚을 빨리 청산할 수 있다는 것을 알기 때문입니다. 영적 성장을 이룰 수 있는 기회가 더 많아지는 것입니다. 심지어 스스로 장애의 몸을 선택하는 영혼도 있습니다.

선천적 장애를 가지고 태어난 아이가 있었습니다. 리딩에서 그 영혼은 제2차 세계대전 때 일본군 의사로서 악명 높은 만주 731부대의 군의관이었습니다. 당시 그는 수많은 사람을 생체실험 대상으로 삼았습니다. 그리고 그때 얻은 의학 지식과 임상실험 덕분에 전쟁이 끝난 뒤에도 처벌을 받지 않았습니다. 오히려 미국의 어느 대학병원에서 유명한 교수로 일했습니다. 제2차 세계대전은 현재와 그리 멀지 않은 시기입니다. 부정적 카르마를 씻기 위해선 여러 생을 살아야 하는데, 그러기엔 너무나 짧은 기간입니다. 그래서 그 영혼은 자신이 지은 '엄중하고 심각한 카르마의 부채'를 청산하기 위해 이번 생에서 스스로 장애가 있는 육체를 선택한 것입니다.

아이의 영혼은 출생하기 전, 자기 부모가 어떤 인생을 살아갈지 이미 알고 태어난다고 리딩은 말합니다. 그 선택은 아이의 영혼 스스로가 한 결정입니다. 흔히 가난한 부모는 "내가 못 배우고 가진 게 없어 미안하다"는 말을 자주 합니다. 하지만 그런 생각은 잘못된 것이라고 리딩은 지적합니다.

영혼은 이렇게 말합니다. "이번 생에는 알코올중독으로 심신장애가 있는 아버지와 그런 남편으로 인해 생긴 외로움 때문에 매일 밤 성적 갈증으로 괴로워하는 어머니를 만날 거야"라고 말입니다. 그런 가정을 선택한 아이의 영혼은 자신이 지닌 영적 숙제의 답을 얻을 때까지 많은 세월 동안 인내심을 가지고 참아내야 합니다. 또한 부모의 어려움을 해결하기 위해 함께 노력해야 합니다. 그 과정은 결코 녹록하지 않을 것입니다. 어쩌면 그 아이의 영혼은 자신이 선택한 부모의 환경 때문에 중도에 삶을 포기하고 싶은 유혹에 빠질지도 모릅니다. 그러나 자신이 가진 긍정적 의지로 어떻게든 이겨내야 합니다. 그렇게 하다 보면 자신이 세운 이 세상에서의 영적 계획과 약속의 의미를 깨닫게 됩니다. 그리고 마침내 그 영혼은 한 단계 높은 영적 성장을 이룰 수 있습니다.

리딩에서 발견한 흥미로운 점은 아이의 영혼이 부모 중 어느 한

쪽에 더 많은 영적 유대 관계를 가지고 태어난다는 것입니다. 쉽게 말해서 아버지의 카르마와 밀접한 관련이 있는 영적 DNA를 선택하는 아이가 있는가 하면(아버지의 영적 성장을 돕기 위해서나 부적절한 카르마를 정화하기 위해 그에 상응하는 카르마의 상호작용을 가지고 오는 경우), 어머니의 영적 이해관계 청산이나 성장을 도우러 오기도 합니다. 또는 그 집안이 갖고 있는 조상의 카르마를 대신 정화하기 위해 태어나기도 합니다.

현생에서 다시 만난 모자

어느 민간단체에서 연구원으로 일하는 30대 후반 여성이 아들과의 전생 인연을 물어왔습니다. 리딩에서 나타난 모자의 전생 인연은 신부神父와 신도信徒의 만남에서 시작되었습니다. 현생의 아들은 성직자(신부)였고, 그 교구에 물질적 후원을 많이 했던 귀족의 아내가 지금의 어머니였습니다. 그런데 전생에서 그녀는 자신의 미색으로 신부를 유혹해 파계시키고 끝내는 죽음으로 내몰았던 나쁜 인과를 가지고 있었습니다. 그녀는 귀족 명문가의 아내로서 자신의 추문이 세상에 알려지는 게 두려운 나머지 신부 스스로가 자살하게끔 유도하는 잘못을 저질렀습니다. 현생에서 두 사람이 모자의 인연으로 다시 만난 것은 그때의 카르마를 청산하기 위함이라고 리딩은 말했습니다.

"제가 그랬습니까?" 하며 눈물을 보인 그녀는 자신의 아들이 선천적으로 심한 심신장애가 있다고 했습니다. 그때 신부였던 아들의 영혼이 파계의 죄와 자살의 인과를 청산하기 위해 스스로 불구의 몸을 선택해 태어난 것입니다. 그렇게 과거의 카르마를 청산하기 위해 자신을 파계로 이끌었던 여인을 어머니로 선택해 현생에서 모자의 인연으로 만난 것입니다.

그녀는 "한 번의 육체적 삶으로 카르마를 완전히 해결하는 것은 불가능합니까?" 하고 물었습니다. 리딩은 가능하기도 하고, 불가능하기도 하다고 말합니다. 전생의 카르마가 아주 중대하고 심각한 것이라면 한 번의 생으로 그 숙제를 푸는 것은 어렵습니다. 마치 큰 연못의 물을 작은 그릇 하나로 한 번에 다 옮길 수 없는 이치와 같습니다. 아들의 영혼은 성직자로서 신과 약속한 계율을 버리고 음탕한 여인의 유혹에 빠진 죄가 무겁습니다. 여인은 자신의 그릇된 욕망으로 성직자를 유혹해 그를 죽음에 이르게 한 잘못이 큽니다. 그건 현생에서 그들이 풀어야 할 엄청난 숙제인 것입니다. 비록 지금의 자신이 알지 못하는 생에서의 잘못이지만, 그 영적 진실을 받아들이기 위해서는 카르마 법칙에 대한 믿음과 신뢰가 필요합니다. 왜 아들이 그런 육체를 가지고 태어났으며, 왜 여인은 그의 어머니가 되어 아들의 불행을 평생 돌보아야 하는지 말입니다.

우리 삶이 단 한 번만으로 끝난다면 세상은 너무나 불공평할 것입니다. "내가 오늘(현생)은 비록 잘못했지만 내일(미래생)은 잘할 거야" 하는 다짐의 약속이 훨씬 합리적입니다. 자신이 왜 태어나야만 했는가에 대한 진정한 자기 성찰은 어떤 현자의 말씀 못지않게 가치가 있습니다. 카르마를 해결하기 위한 답은 우선 자신이 처한 현재의 삶을 있는 그대로 받아들이는 것입니다. 또한 선행을 통한 자기 용서와 함께 다른 사람을 용서하는 마음을 가져야 합니다. 진정한 용서는 '용서할 수 없는 일을 용서하는 것'입니다. 《성경》에서 이야기하는 "원수를 사랑하라"는 말과 같은 뜻입니다. 그러면 종교가 말하는 은총과 자비의 놀라운 도움을 받을 수 있습니다. 은총과 자비의 법칙은 그런 진정한 용서를 통해 '참으로 회개하고 속죄하는 사람의 영혼과 함께한다'는 것을 우리는 알아야 합니다. 만약 우리보다 높은 차원의 그 무엇이 있다면, 그래서 그 존재가 카르마 법칙으로 인류의 삶을 도와준다면 우리는 지구라는 행성에서의 졸업을 완성할 수 있을 것입니다.

아이를 낳지 못하는 종갓집 며느리

종갓집 장손과 결혼한 30대 중반 여성의 전생 리딩입니다. 그녀는 다섯 번의 자연유산으로 자식을 낳을 수 없다는 정신적 스트레스와 두려움 때문에 심한 우울증을 앓고 있었습니다.

전생 리딩을 통해 나타난 장면에서 그녀는 아틀란티스의 고위 사제였습니다. 그때 그녀는 자신의 능력을 흑마술로 변질시켜 신성神聖을 배반했습니다. 그리고 또 다른 생에서는 아마존 유역에서 집단을 이루고 살던 어느 여인족의 신관神官이었습니다. 그때 그녀는 부족장이던 어머니를 도와 다른 부족 남자들을 납치한 다음 부족민 여자들과 은밀한 관계를 맺게 했습니다. 종족 번식을 위해서였습니다. 그리고 임신에 필요한 일정한 기간이 지나면 비밀을 지키기 위해 잡아온 남자들을 처형했습니다. 그렇게 해서 출생한 남자아이들 또한 모두 살해했습니다. 그때 그녀는 매일 신전에 나아가 어머니와 부족이 지은 모든 죄를 자신이 대신 짊어지겠다고 영적 맹세를 했습니다. 그 표시로 자신의 왼쪽 어깨를 불 인두로 지지기도 했습니다. 리딩에서 그 얘기를 듣는 순간, 그녀는 당혹해하면서 현재 자신의 왼쪽 어깨에 검은 큰 점이 있다고 말했습니다. 전생에서의 어떤 특별한 삶의 흔적이 신체적 특징인 모반母斑으로 나타난 것입니다. 어깨의 검은 점은 바로 그때 신 앞에서 맹세한 표식이었던 것입니다.

그녀는 자신의 의지가 아니라 어머니였던 여인족 부족장의 지시로 남자들을 살해했습니다. 그런 죄업에 동참했던 부적절한 카르마로 인해 현생에서 아이를 낳지 못하게 된 것이라고 리딩은 말합니다. 그럼으로써 생명의 귀함을 깨닫게 하고, 동시에 죄과를 참회하는 시간을 갖도록 한 것이죠. 저는 그녀에게 참회 기도가 완성되는 날, 부족장이었던 어머니의 영혼이 무한의 봉사와 희생의 영적 계획을 가지고 그 집안의 자손으로 태어나 지금의 불임을 해결할 수 있다고 말했습니다. 간절한 참회 기도와 이웃에 대한 봉사의 마음을 가질 때, 그 약속을 함께할 아이가 태어날 것입니다.

앞서 이야기한 모반에 대한 설명을 조금 더 하자면, 환생의 사례에서 알래스카와 미얀마 사람들은 모반이 갖는 특성에 대한 믿음이 있습니다. 그들은 태어나면서부터 갖고 있는 모반에는 그 사람의 한 생과 다른 생 간의 연속적인 동일성이 있다고 주장합니다.

또 다른 사례로, 수천 명의 아기 출산을 도운 50대 산부인과 여의사가 있습니다. 그녀는 저에게 자신이 왜 태어났는지 물었습니다. 그녀는 젊은 시절부터 의사로서 책임감과 사명감이 남달랐다고 했습니다. 그런데 리딩을 통해 본 전생에서 그녀는 소아시아 지역(지금의 터키)의 왕으로서 정복 전쟁을 하며 수많은 아이를 살해했습니다. 어느 종족의 씨를 말린다는 계획을 가지고 말입니다. 현생에서 그녀의 아이에 대한 남다른 사명감과 책임감은 전생의 부적절한 카르마를 갚기 위해 스스로가 세운 영적 계획의 일부였습니다. 그때 그 아이들의 영혼이 다시 엄마의 품에서 태어날 수 있도록 도와주는 것이 현생의 영적 목적이었던 것입니다.

영혼이 선택한 현생의 인연

어떤 어머니의 전생 리딩에서는 지금의 둘째 아들이 전생의 남편이었습니다. 그 말을 들은 그녀는 눈물을 글썽이며 출산 직후 아들

을 처음 보았을 때 아주 편안하고 알 수 없는 믿음이 느껴졌다고
했습니다. 흥미로운 부분은 둘째 아이를 임신할 무렵의 태몽이었
습니다. 꿈속에서 그녀는 어느 아늑한 기와집 안채에 앉아 있었습
니다. 그때 머리에 갓을 쓴 풍채 좋은 중년의 대감이 집 안으로 성
큼 들어섰습니다. 그리고 자신을 보고는 빙그레 미소를 지었습니
다. 순간 그녀는 왈칵 그립고 반가운 마음에 그를 맞이하기 위해
자리에서 일어나려다 꿈에서 깨어났습니다. 그런데 태어난 둘째
아들을 보자 그 꿈의 장면이 오버랩되었다고 했습니다.

전생의 부모나 남편이 현생에서 자식의 인연으로 다시 만나는
경우가 있습니다. 전생에 부모였던 영혼은 리딩에서 이렇게 말합
니다. "전생에서 당신을 낳고 키웠으니 이번 생에서는 당신이 나를
낳아 길러주세요."

반대로 태어날 아이의 영혼이 자신이 선택한 엄마의 마음에 말
을 걸기도 합니다. "어떤 일이 있더라도 저를 꼭 이 세상에 태어나
게 해주세요." 미혼모의 경우, 자신의 환경이 아이를 낳기에 적절
하지 않은데도 불구하고 어쩔 수 없는 끌림에 엄마가 되기도 합니
다. 그럴 경우 리딩에서 아이의 영혼은 이런 메시지를 전합니다.
"지금보다 강한 영혼을 가진 사람이 되세요. 제가 옆에서 도와드릴
게요!" 그런 엄마들은 과거 생에서 자신을 어머니로 선택한 아이가
태어나는 걸 거절한 사례가 리딩에서 적지 않게 나타납니다.

한때는 양반으로 살았지만 정쟁政爭으로 가문이 쇠락하는 바람

에 어쩔 수 없이 기녀가 된 여인이 있었습니다. 그녀는 한 남자와 사랑에 빠졌지만, 남자 집안의 반대로 어쩔 수 없이 헤어지게 되었습니다. 그런데 얼마 후 그녀는 자신이 임신했다는 사실을 알았습니다. 하지만 아기를 낳을 수 없다는 참담함에 그만 강물에 몸을 던지고 말았습니다. 리딩에서는 전생에서 낳지 못한 아이의 영혼이 현생에서 다시 그 여인을 어머니로 선택해 자식의 인연으로 만났습니다. 이럴 경우 그 영혼은 자신을 꼭 이 세상에 태어나게 해달라는 강력한 영적 요구를 하게 됩니다.

여러분은 "그때 사정이 너무 어려워서 자식을 안 낳으려고 했는데 어쩌다 보니……" 하는 이야기를 어머니에게서 들은 적이 있습니까? 그때 아이의 영혼이 현생에서는 자신이 다시 선택한 어머니한테 강력하게 태어나게 해달라고 요구했는지도 모릅니다. 우리를 이 세상에 태어나게 한 어머니는 우리 영혼의 구원자입니다. 우리를 낳고 길러준 그 은혜에 우리는 어떻게 보답해야 할까요?

인간의 죄는 근본적으로 이기주의와 자기중심적인 마음에서 일어납니다. 그러나 우리의 어머니는 자식을 돌보고 사랑함에서 그 경계를 뛰어넘는 분들입니다. 오직 인내와 사랑으로 자신의 삶을 희생합니다. 그리스도란 예수의 이름이 아닙니다. '기름 부음을 받은 자'라는 뜻입니다. 이는 곧 '해탈 의식' 또는 '영적 의식'을 말합니다. 크리슈나 불타도 말하자면 그리스도 의식을 지닌 존재입니다. 우리의 어머니들도 그렇습니다.

우리는 살아가면서 어쩔 수 없이 맞닥뜨리는 고통을 원망하거나 두려워
해서는 안 됩니다. 그것은 우리의 영적 자아가 스스로 계획하고 준비한
것이기 때문입니다. 리딩에 따르면 이 세상에 태어나는 모든 사람은 자
신의 어떤 영적 채무를 갚기 위한 계획과 약속을 갖고 있다고 합니다. 카
르마의 법칙은 징벌이 아닌 치유가 목적입니다. 어쩌면 우리의 태어남은
잃어버린 영적 균형을 찾기 위해서일지도 모릅니다. '전생'은 우리가 알
수 없는 삶의 미스터리를 풀 수 있는 기막힌 열쇠입니다.

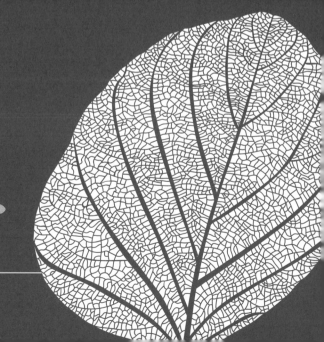

2부 　　　　전생이라는
　　　　　　삶의 열쇠

1

영혼의
청문회

사람의 파동과 공명을 통한 리딩 원리

저는 사람이 가진 고유한 파동수波動數에 공명共鳴해 영적 정보(전생)를 읽어내는 능력이 있습니다. '똑같은 파동은 공명한다', 이것이 공명의 원리입니다. 세상에 존재하는 모든 물체는 저마다 고유한 파동수를 가지고 있습니다. 그 파동수가 서로 반응하는 결합 구조를 가지고 있으면 공명이 일어납니다. 공명은 말 그대로 같은 주파수끼리 반응하는 현상을 말합니다.

　사이코메트리Psychometry(어떤 물체나 특정인의 소유물에 손을 대어 그 물체나 소유자에 관한 정보를 읽어내는 심령적 행위)도 공명의 범위에서 일어나는 영적 현상입니다. 사람의 마음도 저마다 고유한 진동수를 가지고 있습니다. 그 진동수에 상응하는 채널을 가지고 있으면, 그 사람의 생각과 마음을 읽을 수 있습니다. 한 예로 진동수가 같은 소리굽쇠의 한쪽을 때리면 다른 쪽 소리굽쇠도 울리기 시작합니다. 공기를 매개로 일어나는 소리굽쇠의 공명 현상입니다. 소리굽쇠는 U자형의 금속 부분을 때려서 소리를 내는 기구인데, 다수의 고유한 진동을 갖고 있어 악기나 코러스 조율에 사용합니다. 진동을 가하는 방법에 따라 발생하는 소리도 다릅니다. 예를 들이 440헤르츠의 소리를 내는 소리굽쇠를 향해 같은 440헤르츠의 '라' 소리를 충돌시키면, 소리굽쇠는 저 홀로 '웅~' 하는 소리로 반응합니다. 이것이 바로 공명입니다. 유유상종이라는 말이 있듯 같은 파동은 서로를 끌어당겨 반응합니다. 그러니까 저는 여러 사람의 고유한 영적 파동에 공명하는 소리굽쇠 같은 영성체靈性體를 지니고 있다고 할 수 있습니다.

저는 사람마다 가진 고유의 파동수에 채널을 맞춰 전생을 리딩합니다. 그가 어느 생에 누구로 살았으며, 현생에 태어날 때 어떤 영적 계획과 약속을 세우고 왔는지를 설명합니다. 마치 라디오 채널을 맞추듯이 말입니다. 그가 삶의 장애를 만나 고통스러워할 땐 그 원인이 어디에서 시작되었는지 알려줍니다. 그리고 그 문제를 해결하기 위해 어떤 마음으로 살아야 하는지에 대한 영적 메시지를 들려줍니다. 대부분의 경우 '해답은 자기 안에 있다'고 리딩은 말합니다.

부처님 말씀 중에 이런 구절이 있습니다. "너희의 현재는 너희가 과거에 생각하고 행동했던 결과이다." 전생 리딩은 그 사람이 가진 영적 문제에 대해 CT나 MRI를 찍는 것과 비교할 수 있습니다. 병원에서는 환자의 질병에 관한 원인을 CT나 MRI 검사로 찾아내고 그에 맞는 치료 계획을 세웁니다. 이와 마찬가지로 전생 리딩 역시 현생의 어떤 문제에 대해 그 사람의 전생에서 원인을 찾아낸다고 할 수 있습니다. 인간의 태어남은 정자와 난자의 만남에서 시작되고, 그것은 DNA(유전정보)의 결합으로 이루어집니다. DNA에는 그 사람의 모든 카르마 정보가 저장되어 있고, 그 DNA가 선택한 사람의 전생을 리딩으로 들여다보면 조상의 정보도 함께 관찰할 수 있습니다.

전생 리딩은 한마디로 '영혼의 청문회'라고도 할 수 있습니다. 한 사람의 전생을 리딩할 때 그의 보호령이나 수호령이 함께하는 경우가 있기 때문입니다. (영적 존재는 우리의 무의식적 공간에 항상 함께하고 있지만, 리딩 순간에는 의식 차원으로 상승해 리딩을 도와주는 경우도 있습니다.) 그럴 때에는 그 보호령이나 수호령의 의견을 내담자에게 들려주기도 합니다. 그 존재들과 함께 그 사람이 전생에서 어떤 카르마를 지었는지 체크하는 것입니다. 그렇게 그의 영적 건강과 질환의 상태를 알아냅니다.

나아가 영혼이 어떤 영적 근저당 상태에 있는지도 살펴봅니다. 우리가 집을 담보로 은행에서 대출을 받으면 은행에서는 담보물에 근저당 설정을 합니다. 그러게 되면 주택 소유자는 집에 대한 법적 권리를 행사할 수 없습니다. 대출금을 상환해야 소유권(자유의지)을 되찾을 수 있습니다. 이와 마찬가지로 전생에서 지은 부적절한 카르마가 영혼의 채무가 되어 그 영혼에게 영적 근저당이 설정될 수도 있습니다. 그런 영적 현상이 일어나면 카르마의 법칙은 영적 채무를 갚을 때까지 그 사람의 삶에 간섭하게 됩니다. 마치 돈을 빌려준 은행에서 차주(借主)에게 채무 상환을 독촉하듯이 말입니다. 그런 영적 관계에 놓인 사람들은 삶이 고단하기 마련입니다. 그러나 그 고단함을 자신의 '영적 채무를 상환하기 위한 과정'으로 이해하고 받아들이면 그 힘들고 어려운 시련의 강을 무사히 건널 수 있습니다.

형제들과의 유산 다툼

10남매의 다섯째 딸로 살아온 어느 여성이 자신의 친정 가족들과의 전생 인연을 물었습니다. 리딩으로 살펴본 전생 장면에서 그녀는 조선시대 때 세 명의 왕을 모시며 최고 권력가로 살았던 한명회의 아내로 나타났습니다. 당시 한명회의 집에는 아부하려는 사람들이 줄을 이었습니다. 그들이 바치는 금은보화가 곳간에 넘쳐났습니다. 그녀는 세상 남부러울 것 없이 호사스럽게 살았습니다. 하지만 한명회가 받은 뇌물 중에는 출처가 수상쩍은 것들도 많았습니다. 권력으로 빼앗은 멸문 가문의 재물과 전답이 바로 그런 것들이었습니다. 그리고 집안이 망하면서 관노나 노비 신세로 전락한 사람들의 원망과 비참한 아픔도 그 속에 함께 있었습니다. 리딩은 그녀에게 전생에서 누렸던 모든 걸 그 사람들에게 되돌려주어야 한다고 말했습니다.

리딩에서 밝혀진 그때의 피해자들은 현생에서 친정 남매의 인연으로 와 있었습니다. 그녀는 현생에서 1,000억 원대의 재산을 가진 친정어머니를 모시고 살았습니다. 그런데 어머니가 돌아가시자 가족과 치열한 유산 다툼이 벌어졌고, 상고심까지 갔지만 희한하게도 그녀는 백전백패하면서 한 푼도 받을 수 없었습니다. 리딩은 그녀의 유산상속 실패는 전생의 빚을 갚는 과정에서 일어난 일이라고 말했습니다. 그렇습니다. 지난 생에서 지은 업은 반드시 다시 태어나 그 대가를 치러야 합니다. 카르마의 법칙은 무엇보다도 '공정'이 제1원칙입니다.

현생에서 불행한 삶을 살아가는 사람들의 전생을 리딩으로 살펴보면 부적절한 카르마(살인, 약탈, 간음 등)가 너무 많아 빚을 한 생에서 다 갚지 못한 경우도 있습니다. 그럴 땐 다음 생, 그다음 생으로 빚을 다 갚을 때까지 계속 윤회 환생하게 됩니다. 자신이 지은 영적 빚을 갚아야 영적 권리에 대한 근저당을 해결할 수 있기 때문입니다. 그리고 그때야 비로소 자신의 영혼에 대한 자유의지를 되찾을 수 있습니다.

자유의지란 말 그대로 오직 자신의 의지만으로 의사결정을 하고 행동하는 것을 말합니다. 옳고 그름을 판단해 자기 스스로 조절하고 통제하는 힘입니다. 그런데 영혼의 빚(부적절한 카르마)이 있는 사람은 자신의 의지대로 살지 못합니다. 삶의 방향이나 진행이 자꾸 엇갈리고 비뚤어져서 자신이 의도하지 않은 실패와 불행의 결과를 만나게 됩니다. 철길 위를 달리는 기차가 중간에 레일이 끊겨 있거나 삐뚤게 잘못 놓여 있는 곳을 지나면 분명 그 지점에서 탈선 사고가 생길 것입니다. 이처럼 자신이 전생에서 지은 부적절한 카르마가 깔아놓은 인생길을 지나가는 사람은 그 굴곡 지점에서 분명 사고를 만나 불행에 빠집니다. 그러나 그 어려운 경험이 자신의 영적 빚을 청산하기 위해 꼭 필요하다는 사실을 안다면, 자신이 처한 현실의 어려움을 이해하고 받아들이는 마음을 가지도록 노력해야 합니다. 리딩은 '비뚤어진 철길은 그 사람이 전생에 미리 준비한 것'이라고 말합니다.

모든 영혼은 자유의지를 갖습니다. 하지만 그것이 이기적이거나 감정에 치우쳐 어긋나면 카르마의 법칙에 간섭을 받게 됩니다. 카르마 타임은 그런 이기심이 발동할 때 균형을 잡도록 제어장치 역할을 하는 자연의 법칙입니다. 균형을 잡기 위해 일종의 반작용 원리가 작동하는 것입니다. 자유의지는 그 사람이 갖고 있는 영적 힘입니다. 그렇습니다. 그래서 자신이 가진 영적 힘을 올바르고 정당하게 행사하기 위해 영혼은 어떠한 경우에도 빚이 있으면 안 됩니다. 빚은 우리 삶을 간섭하기 때문입니다. 마치 바다를 항해하는 배가 도중에 태풍을 만나는 것에 비유할 수 있습니다.

그렇다면 우리에게 영적 빚이 있다는 것을 어떻게 알 수 있을까요? 그것은 또 어떻게 존재할까요? 도대체 그 빚은 어디에서 시작될까요? 참으로 어려운 질문입니다. 우리의 의식구조로는 답을 찾을 수 없습니다. 이것이 인간의 한계입니다. 만약 인간을 창조한 누군가가 있다면, 애초에 우리가 그 답을 찾을 수 없도록 설계했는지도 모릅니다.

우리는 육체를 가지고 태어나는 순간부터 생로병사로 시작되는 삶의 질서 속에서 기쁨보다는 슬픔에 더 많은 영향을 받고 살아갑니다. 우리의 의식은 행운보다는 불운에 더 잘 견디도록 만들어졌다고 저는 생각합니다. 우리의 인체 구조가 슬픔에 더 잘 적응하도록 되어 있다는 이야기입니다. 우리의 영혼도 행복과 편안함보다는 불행과 고단함 속에서 더욱 성장합니다. 마치 고된 훈련과 수많은 연습을 통해 올림픽 금메달을 목에 거는 스포츠 선수처럼 말입니다.

우리는 살아가면서 어쩔 수 없이 맞닥뜨리는 고통을 원망하거나 두려워해서는 안 됩니다. 그것은 우리의 영적 자아가 스스로 계획하고 준비한 것이기 때문입니다. 육체는 영혼의 부분적인 투영체입니다. 만약 영혼이 어떤 상처를 가지고 태어났다면 육체의 삶을 통해 치유받기를 원합니다. 우리가 가진 상위 자아(영혼)는 하위 자아(육체)의 삶을 통해 정화되고 또한 상승합니다.

영혼의 상처와 질병을 치료하는 법

우리는 몸에 상처나 질병이 생겼을 때 병원에서 치료를 받습니다. 그와 마찬가지로 전생에 지은 잘못으로 영혼이 병들어 있다면 어디에 가서 치료를 받을 수 있을까요? 리딩에 따르면, 이 세상에 태어나는 모든 사람은 자신의 어떤 영적 채무를 갚기 위한 계획과 약속을 갖고 있다고 합니다. 앞에서 말했듯이 카르마의 법칙은 징벌이 아닌 치유가 목적입니다. 원래 카르마라는 말은 '작용'을 뜻합니다. 그 안에는 영혼에게 기회를 주기 위한 연속적인 측면과 밸런스(균형) 유지를 위한 보복적인 측면이 함께합니다.

어쩌면 우리의 태어남은 잃어버린 영적 균형을 찾기 위해서일지도 모릅니다. 병든 영혼의 진정한 치료약은 이웃에 대한 봉사와 희생 그리고 사랑입니다. 그래서 항상 '사랑합니다' '감사합니다' '미안합니다' '고맙습니다' 하는 마음을 가져야 합니다.

건강보건학에 따르면 사람은 매일 세 번의 장애를 당할 위험에 노출되어 있다고 합니다. 그렇다면 지금의 40대는 약 4만 번의 위험에서 무사한 사람들입니다. 50대는 5만 번, 60대는 6만 번의 위험이 있었던 것입니다. 병원에 한번 가보십시오. 병이나 사고로 팔다리를 못 쓰는 분이 얼마나 많습니까. 전신이 마비된 환자의 가족은 환자가 발가락 한 번만 까딱하고 움직여도 기적이 일어났다며 기쁨의 눈물을 흘립니다. 우리는 매일 그런 기적 속에서 살아가는 셈입니다.

오늘 하루 건강하게 보낸 것만으로도 감사한 마음을 가져야 합니다. 당연한 것이 얼마나 소중한지를 깨닫고 느껴야 합니다. 하루하루를 되짚으며 모르고 지나간 잘못에 대해 반성하고 참회하면서, 자신과 이웃을 향해 '내일은 더 열심히 살겠습니다' 하고 기도해야 합니다. 그러다 보면 어둡고 우울한 마음도 밝게 빛나는 황금 세포로 변할 수 있습니다. 현대 의학에서도 선한 행동과 간절한 기도가 열등 세포를 우등 세포로 바꾼다는 걸 임상실험을 통해 설명하고 있습니다. 우리 몸은 60조 개의 세포로 이루어져 있습니다. 그리고 그 세포들은 각각의 정보가 만들어내는 '오라장(생명장)'을 가지고 있습니다. 선한 마음과 기도는 바로 그 오라장의 기운을 긍정적으로 바뀌게 합니다.

오라장은 주변 환경과 영향을 주고받으면서 변화합니다. 특히 오라장은 외부 파장과 부정적 에너지에 많은 영향을 받습니다. 차의과대학 통합의학대학원 이영좌 교수가 20년 동안 연구한 자료에 따르면 "우리 몸을 이루는 세포 속 DNA에는 많은 정보가 담겨 있는데, 그 안에는 먼 조상들의 삶까지 모두 저장되어 있다"고 합니다. 그리고 유전자의 빛이 만들어내는 오라장을 우리가 가진 "생명의 에너지"라고 설명합니다. 리딩의 관점에서 살펴보면, 전생에서 나쁜 카르마를 지은 사람들의 오라는 부정적 에너지의 영향을 많이 받아서 오염되고 어둡게 나타납니다. 그래서 현생의 삶에서도 나쁜 질병에 쉽게 노출되고, 삶의 질 또한 낮은 단계에서 진행됩니다. 마치 비 내리는 캄캄한 밤길(인생)에 무거운 짐(삶의 무게)을 혼자 지고 외롭게 걸어가는 것과 같다고나 할까요?

사람들은 이렇게 묻습니다. "자신이 지은 전생의 나쁜 카르마로 인해 오라장이 어두워진 사람은 어떻게 해야 하나요?" "자신의 넝혼을 정화하기 위해 영적으로 개선할 방법은 없을까요?" 여기에는 지속적인 명상과 자기 이해가 필수적으로 따라야 합니다. 그리고 잘못에 대한 깊은 반성과 참회의 기도를 해야 합니다. 사람들은 되묻습니다. "내가 도대체 무얼 잘못했는지 알아야 무릎을 꿇고 반성하든지 참회하든지 하지요." 그렇습니다. 솔직히 우리는 그 물음에 대한 답을 모릅니다. 사실, 우리가 전생에 지은 잘못을 어떻게 과학적인 잣대를 가지고 명쾌하게 설명할 수 있겠습니까?

불교의《법구경》에는 이런 구절이 있습니다. "전생을 알고 싶다면 현생을 보라. 내생을 알고 싶다면 현생을 보라." 원인 없는 결과가 어디 있겠습니까. 기도와 명상을 통해 자기 내면의 고통을 넘어서면 자연스럽게 오라장의 부정성을 정화할 수 있습니다. 그러나 그런 인내의 시간을 갖는 것은 결코 쉽지 않습니다. 만약 여러분 중에 자신의 삶이 고단하고 불행하다고 느끼는 사람이 있다면, 자기 내면에 깔려 있는 어둠을 밝히기 위해 마음의 등불을 켜야 합니다. 그러나 그 심지를 밝히는 등잔의 기름은 선행의 공덕으로만 만들 수 있습니다. 사회와 이웃을 위한 선행을 통해서만 기름을 채울 수 있습니다. 어느 생에서든 선행을 많이 쌓은 사람은 필히 그에 대한 보상을 받습니다.

어떤 리딩에서 빙과 사업으로 큰 성공을 거둔 사업가가 있었습니다. 그는 8세기경 네팔에서 겨울철 차마고도茶馬古道의 험준한 눈길을 보수하는 선행을 쌓았습니다. 짐을 나르는 노새와 사람이 안전하게 다닐 수 있도록 수시로 길을 다듬고 눈을 치웠던 것입니다.

풍족하고 여유롭게 사는 사람들의 전생은 뭔가 다릅니다. 그런 사람 중에는 과거 생에서 남을 위해 아낌없이 베푼 삶의 흔적이 리딩을 통해 많이 나타납니다. 그런 의미에서 우리가 살아가는 생은 너무나도 소중하고 고마운 기회인 것입니다. 그 이유는 자신이 어떻게 사느냐에 따라 다음 생을 준비할 수 있기 때문입니다. 비록 현생의 삶이 노력에 비해 초라하더라도, 현생의 삶을 통해 다음 생에는 분명 보상받을 수 있다는 믿음을 가진다면 지금의 어려움을 헤쳐나갈 희망이 생기기 때문입니다. 한번 해볼 만하지 않습니까? 그런 희망의 끈을 우리는 결코 놓아서는 안 됩니다.

제가 좋아하는 알렉산드르 푸시킨의 시 〈삶이 그대를 속일지라도〉에 이런 구절이 있습니다.

삶이 그대를 속일지라도

슬퍼하거나 노여워하지 마라.
서러움의 날을 참고 견디면
기쁨의 날이 찾아오고야 말리니.

언젠가 약속했던 삶을 속였기 때문에 지금의 삶이 당신을 그렇게 속이는 것일지도 모릅니다. 그러나 인내와 참의지를 가지고 그 슬픔의 날(현생)을 잘 참고 견디면 봄날(미래생)은 반드시 우리를 찾아옵니다.

2

우리가 산다는 것의
진정한 의미

원인과 결과의 상관관계

여러분은 오늘 하루 어떻게 보냈습니까? 행복한 하루였습니까, 아니면 불행한 하루였습니까? 사람은 누구나 행복하기를 원합니다. 그래서 전생 리딩을 상담하러 오는 사람들은 "어떻게 하면 가장 행복하게 살 수 있을까요?" 하고 묻습니다. 행복의 기준은 사람마다 각기 다릅니다. 하지만 리딩은 '다른 사람이 행복할 수 있도록 진심으로 도와주는 일'이 가장 큰 행복이라고 말합니다. 그리고 더 나아가서 남을 위한 봉사가 자기 미래생의 행복을 준비하는 가장 큰 저축이라고 합니다.

우리 삶은 윤회와 환생의 법칙(자연의 법칙)에 의해 진행됩니다. 환생의 영적 프로그램은 복잡하지만 한 치의 빈틈도 없는 '카르마의 법칙'이 지배합니다. 카르마의 논리에 따르면 인간의 구원은 각 개인에게 달려 있습니다. 이는 자칫 보수적인 종교관을 가진 사람들에게 하나의 도전이 될 수도 있습니다. 하지만 저는 그분들의 종교와 일말의 이해관계도 없습니다. 다만 우리 영혼이 발전하고 진화하기 위해서는 틀림없이 많은 생이 필요하다는 이야기를 하고 싶을 뿐입니다. 윤회를 통한 환생은 부인할 수 없는 사실입니다. 그것은 영혼의 가치를 향상시키는 놀라운 정의를 갖고 있다고 저는 믿습니다. 사실 우리 인생에는 우리가 알 수 없는 미스터리가 너무나 많습니다. 인생의 사각지대死角地帶 말입니다. '전생'은 바로 그런 수수께끼를 풀 수 있는 기막힌 열쇠인 것입니다.

세상 만인은 모두 평등하다고 합니다. 하지만 현실은 꼭 그렇지만도 않습니다. 세속적인 표현이지만 '금수저'로 태어나는 사람이 있는가 하면 '흙수저'로 태어나는 사람도 있습니다. 복지 제도를 잘 갖춘 선진국에 태어나는 사람이 있는가 하면, 아프리카의 어느 후진국에서 태어나 물 한 모금은 물론 끼니조차 제대로 못 잇는 사람도 있습니다. 만약 인간에게 단 한 번의 생만 있다면 이 얼마나 억울한 일일까요? 누군들 금수저 집안에서 태어나 행복하기를 바라지 않을까요? 이런 불공정함을 어떻게 설명할 수 있을까요?

그러나 만약 우리가 윤회와 환생을 통해 수백수천 생을 산다면 이런 것은 하등 문제 될 게 없습니다. 수많은 생을 살면서 왕과 노예, 부자와 거지, 가해자와 피해자, 잘생긴 자와 못생긴 자 등 거의 모든 삶을 두루 경험하기 때문입니다. 모든 생을 통틀어 평균적으로 보면 모두 대동소이하다는 얘기입니다. 부처님도 550생의 삶을 통해 비로소 깨달음을 얻었다고 하지 않습니까.

가령 전생에서 최고의 지위에 있으며 교만과 독선으로 아랫사람을 고통스럽게 한 사람이 있다고 합시다. 그는 분명 후생後生에서 교정이 필요한 삶을 살게 될 것입니다. 아랫사람으로 살면서 상급자의 횡포에 괴로움을 당할 가능성이 많습니다. 그게 카르마의 법칙입니다.

어떤 사회단체의 중간 관리자로 일하는 40대 중년 여성이 그 사례입니다. 그녀는 상관으로부터 이유 없는 무시와 언어폭력으로 정신과 치료를 받고 있었습니다. 전생 리딩에서 그녀는 비교적 가까운 제2차 세계대전 때 일본군 포로수용소에서 근무한 장교였습니다. 그때 포로로 잡힌 미군 전투기 조종사에게 죽음에 이를 정도의 심한 구타와 폭행을 일삼았습니다. 그런데 리딩에 따르면 전생의 그 조종사가 바로 현재 자신을 괴롭히는 직장 상사였습니다. 그 직장 상사는 그녀를 보면 자신도 모르게 화가 치밀어 오른다고 했습니다. 어쩌면 그 분노는 그때 포로로서 무의식의 심층에 쌓여 있던 상처의 기억이 그녀의 직장 상사의 현재 의식에 비집고 들어와 작용하는 것은 아닐까요? 그때 지은 카르마가 현생에서는 갑과 을의 역할을 바꾸어 경험하게 한 것입니다.

카르마란 일종의 거울과 같습니다. 거울 앞에 서서 자신을 비추어보십시오. 거울 속에는 똑같은 자신이 있습니다. 현생에서 자신을 괴롭히는 상대방 모습이 전생에 자신의 모습입니다. 리딩에서 나타나는 장면도 전생에 자신이 했던 역할과 일치하는 경우가 많습니다. 그 사실을 안다면 현생의 고통이 자신에게 큰 교훈을 줍니다. 고통을 통해서 고통을 갚아야 한다는 것입니다. 결국 카르마는 자신으로부터 만들어집니다. 그러므로 그 인과는 자신이 책임져야 합니다. 행위의 잘못은 마음의 일탈에서 비롯합니다. 따라서 마음이 바뀌어야 행위도 변화합니다. 마음은 행위를 주관하는 부모와 같고 영혼의 일부분이기 때문입니다.

이렇듯 우리 삶이 영적 프로그램에 따라 진행된다면, 여기에 한 가지 의문이 생길 수 있습니다. 왜 우리는 전생을 기억하지 못할까요? 그 이유는 우리가 생명체로 이 세상에 태어날 때 어떤 영적 약속을 했기 때문 아닐까요?

그 질문에 대해 심리학자들은 또 다른 설명을 합니다.

마음이 우리에게 고통스러웠던 기억을 억누르는 보호 장치를 갖고 있다는 것은 심리학자들에게 잘 알려져 있다. 따라서 전생을 기억하는 일이 매우 드문 현상이라는 것은 조금도 이상할 게 없다.

1963년 미국 컬럼비아대학교를 수석 졸업한 소설가 키스 마노

D. Keith Mano는 이렇게 말합니다.

> 왜 신이 인간에게 전생에 대한 기억을 금지했는지 나는 안다. 족보 혈통을 중시하는 엘리트주의는 이미 그 폐해가 심각하다. 만약 자신이 전생에 에이브러햄 링컨이었던 것을 기억하는 사람과 같이 산다면 얼마나 힘든 일이겠는가!

태어남의 비밀과 죽음에 대한 약속을 아는 사람은 많지 않습니다. 독일의 실존철학자 마르틴 하이데거Martin Heidegger는 "인간이라는 종種은 우연히 시간과 공간 속에 내던져진 존재"라고 말했습니다. 하지만 삼라만상의 이치에 우연이란 없습니다. 시작에는 반드시 원인이 있고, 결과가 만들어지기 마련입니다.

삶이 불행하거나 불편하다는 것은 분명 무언가가 잘못 작동하고 있다는 증거입니다. 무조건 남을 원망하고 비판만 하는 사람이 있다면, 그렇게 꼬인 마음가짐이 원인일 수 있습니다. 자신의 잘못을 남에게 떠넘겨 모면하고자 하는 비겁함 때문일 수도 있습니다. 그런 자신을 똑바로 알아야 합니다. 자신의 결점이 무엇인지 찾아서 반성하고 고치려 노력해야 합니다. 그 작동 원리가 카르마의 교훈입니다.

우리는 어디에서 오고 어디로 가는가

가진 자들의 반칙이 난무하는 세상입니다. 그들로부터 착취당한 사람들의 아픔과 불만의 소리가 가득합니다. 세상이 왜 이렇게 어지러워졌을까요? 세계 각국의 분열과 대립, 반목과 갈등은 날이 갈수록 심해지고 있습니다. 아울러 우리 삶도 물질만능주의 시대에서 더욱 힘들고 팍팍해지고 있습니다. 우주가 형성되기 이전의 혼란과 무질서를 '카오스의 시대'라고 부릅니다. 지금 우리가 살아가고 있는 이 시대가 바로 그렇습니다. 탈출구가 보이지 않는 가난, 질병, 세대 갈등, 종교 갈등……. 긍정적인 것보다 부정적이고 나쁜 일이 많은 시대를 살아가고 있습니다.

'개미지옥'을 아십니까? 한번 빠지면 영원히 헤어나지 못한다는 그곳 말입니다. 지금의 현실이 아무리 어렵고 힘들더라도 개미지옥만큼은 피해가야 합니다. 누군가 이렇게 묻습니다. "어떻게 하면 그 지옥을 피해갈 수 있을까요?" "도대체 누가 그런 것을 만들었습니까? 개미지옥 같은 세상에서 구원받을 방법은 없을까요?" 우리는 반드시 그 답을 찾아야만 합니다. 유행성 전염병이 인류를 혼란에 빠뜨리고, 인공지능AI의 발전 등 기계 만능 시대가 인간의 삶을 지배하려는 오늘날을 이겨나가는 방법이 없을까요? 원불교의 교리에 이런 가르침이 있습니다. "물질이 개벽하니 정신을 개벽하자." 저는 정말 이 가르침이 오늘을 살아가는 우리에게 기막힌 교훈적 의미가 있다고 생각합니다.

우리는 어린 시절 많은 꿈을 안고 성장합니다. 꿈의 가능성은 무한합니다. 아름다운 꿈은 마음을 설레게 하고 기쁘게 합니다. 마치 작은 연못이 멋진 호수가 되기 위해 하늘의 비를 기다리듯 말입니다. 하지만 점점 성장할수록 그 꿈은 조금씩 위축되기 시작합니다. 가정과 사회에서의 의무와 책임, 앞날에 대한 불안과 두려움 같은 것이 커지면서 현실의 한계를 느끼는 것입니다.

꿈은 희망이고 생명입니다. 하지만 그 꿈이 이기적 욕망으로 바뀌면 꿈꾸던 세상과 현실의 세상이 너무나 동떨어지게 됩니다. 신문과 방송은 매일같이 가슴 아픈 사건을 쏟아냅니다. 세계 곳곳에서 종교 분쟁으로 인한 테러, 악성 전염병, 인종차별, 환경문제 등 끔찍한 사건이 끊이질 않습니다. 시나브로 어릴 적 꿈꾸던 작은 연못이 흙탕물로 차고 넘칩니다. 그 흙탕물에 빠져 허우적거릴 지경입니다. 왜 이렇게 되었을까요? 아마 우리의 작고 소박했던 꿈이 탐욕으로 변했기 때문 아닐까요?

우리는 '현재의 삶 이전에 살았던 삶이 있다'는 사실을 깨달아야 합니다. 그래야 비로소 세상에 태어나 살아가는 이유를 찾을 수 있습니다. 전생을 알면 삶의 본질을 알 수 있고, 산다는 것의 진정한 의미에 다가갈 수 있습니다. 세상에 존재하는 모든 생명체는 거듭 태어남의 비밀을 간직하고 있습니다. 아무도 가르쳐주지 않지만, 저는 전생 리딩을 통해 그 비밀의 열쇠를 찾으려 합니다.

세상길에는 하늘길, 바닷길, 육지길 그리고 인생길이 있습니다.

그중 인생길만큼 어렵고 힘든 게 없는 것 같습니다. 가도 가도 끝이 없고, 묻고 또 물어도 답이 없습니다. 러시아 속담에 이런 말이 있습니다. "거친 바다에 나아갈 때는 한 번 기도하고, 전쟁터에 나아갈 때는 두 번 기도하라. 그리고 결혼할 때는 세 번 기도하라." 그만큼 인생길에서 만나는 결혼 생활이 참으로 어렵다는 이야기일 겁니다.

"너 자신을 알라"는 고대 그리스 철학자 소크라테스가 한 말입니다. 그는 또 이렇게 이야기합니다. "내가 아는 유일한 것은 내가 아무것도 모른다는 사실이다." 다른 사람들에게는 "너 자신을 알라"고 하면서 정작 자기 자신이 누구인지는 모른다는 것입니다. 그렇습니다. 태초에 살았던 인류의 조상부터 지금의 우리는 자신이 누구인지 알려고 했지만 아직까지 그 답을 찾지 못하고 있습니다.

그리스도교 교회가 낳은 위대한 사상가 아우구스티누스 성인st. Augustinus은 다음과 같은 기도를 올렸다고 합니다.

주여, 말씀해주소서. 저의 유년기는 전에 죽은 또 다른 저를 계승한 것입니까? 그것이 제가 어머니의 자궁에서 보낸 시간입니까? …… 그 전에는 무엇이 있었습니까? 저의 기쁨이신 주여, 제가 어느 장소 어느 몸 안에 있었습니까? 여기에 대해 아무도, 그 누구도 말해주지 않았습니다. 아버지 어머니도 말씀해주시지 않고 다른 사람들의 경험이나 제 자신의 기억에 비추어보아도 알 길이 없습니다.

우리는 누구나 자신이 누구인지 알고 싶어 합니다. 내가 어디서 왔고 어디로 가고 있는지 말입니다. 이제 그 답을 찾아 떠나보겠습니다. 제가 그 답을 찾아가는 것은 어쩌면 그 답이 우리의 현재 의식이 아닌 무의식 속에 있을지도 모른다는 희망 때문입니다.

매일 밤 악몽에 시달리는 스님

하루는 매일 악몽에 시달린다는 스님이 찾아왔습니다. 전생 리딩 장면에서 그는 중세 유럽의 성직자로서 마녀 재판관이었습니다. 바로 그 삶이 지금의 악몽과 관련이 있다고 리딩은 말합니다. 그때 그는 희열에 들떠 죄 없는 여인들을 마구 잡아다가 마녀로 몰아 처형했습니다. 겉으로는 자신을 '정직한 신의 대리인'으로 자처했지만, 속으로는 다른 사람의 생명을 좌지우지할 수 있다는 쾌감에 사로잡혔던 것입니다.

그는 처형을 당할 부녀자를 강간하고, 죽음을 앞둔 불쌍한 여자들의 재산을 빼앗았습니다. 사리사욕을 채우기 위해 자신의 지위와 권력을 악용했습니다. 그때 강간당하고 죽어간 여인들의 절박했던 심정이 빙의의 숙주宿主가 되어 지금 악몽으로 나타나고 있는 것입니다.

현생에서 그가 스님이 된 이유도 악몽 때문이었습니다. 좋은 대학을 나와 결혼을 앞둔 스물여덟의 어느 날, 갑자기 찾아온 악몽에 시달리다 이를 피하기 위해 산사로 들어간 것입니다. 그러니까 그 스님의 수도 생활은 전생에서 지은 부적절한 카르마를 해소하는 과정이었습니다. 스님의 악몽은 피투성이 여인들이 악을 쓰면서 떼 지어 달려드는 꿈, 그리고 혀를 길게 빼물고 밧줄에 목을 건 채 대롱대롱 매달려 자신을 뚫어져라 쳐다보는 섬뜩하고 녹한 여사들의 눈길이었습니다. 악몽은 날이 갈수록 심해져 한때 정신병원 중환자실에 격리 수용될 정도였습니다. 지금 그는 악몽으로 인해 육신이 피폐해지고 있지만, 바로 그 경험이 전생의 잘못을 청산하는 과정이라고 리딩은 말합니다.

그는 이미 여러 전생에서 그때의 카르마를 청산하기 위해 힘든 삶을 살았다고 리딩은 말합니다. 조선시대에는 젊은 승병으로 임진왜란에 참전했다가 왜군에 의해 사지가 찢겨 죽었습니다. 제2차 세계대전 때는 유대인 예술가로서 아우슈비츠의 가스실에서 죽어가야 했습니다. 또 한국전쟁 때는 젊은 나이에 집 안의 컴컴한 광 속에 숨어 있다가 미군의 폭격에 비명횡사하는 안타까운 죽음도 겪었습니다. 리딩에 의하면 삶의 전성기라고 할 수 있는 젊은 나이에 목숨을 잃는 것은 전생에 지은 부적절한 카르마를 청산하는 데 따른 엄청난 대가라고 합니다. 속죄의 여러 생을 살았던 그 스님의 영혼은 이번 생에서 진정한 참회와 반성의 기도 시간을 보내면 커다란 영적 채무에서 벗어날 수 있다고 리딩은 말합니다.

전생과 관련해 어떤 사람은 이런 질문을 합니다. "한 번의 잘못된 생이 지은 카르마를 여러 생에서 그렇게 지독하게 갚아야 한다면 카르마 법칙이 말하는 균형의 원리에 어긋나는 것 아닙니까?" 이 질문에 대한 답은 이렇습니다. 즉 그 죄의 장면을 리딩에서는 한눈에 보고 설명할 수 있지만, 만약 죄짓는 현장에 당신이 있었다면 그 참혹하고 끔찍한 장면을 어떤 말로도 표현할 수 없을 것입니다. 수십 명의 죄 없는 여인이 죽어가는 참혹하고 끔찍한 장면과 그 여인들의 처절한 단말마의 비명 소리에 대한 죗값의 무게를 어떤 저울로 잴 수 있을까요?

만약 그 죄를 다룰 수 있는 저울이 있다면 그것은 카르마라는 이름의 저울이 아닐까요? 그 저울에 여인 수십 명의 참혹한 죽음의 무게를 계량計量한다면, 어쩌면 수십 번의 윤회 환생을 통해서 자신이 지은 죄에 대한 참회와 정화의 삶을 살아야 할지도 모릅니다. 저는 전생 리딩을 하면서, 우리는 어쩌면 정도의 차이는 있지만 모두가 '영혼의 신용불량자'인지도 모른다는 생각이 들곤 합니다. 그래서 그 영혼의 신용을 회복하기 위해 다시 태어나는 것은 아닐까요? 카르마의 법칙 중에는 자신만을 위한 이기심이 나타날 때 그에 따른 카르마가 활동하기 시작한다고 합니다. 하지만 남을 위한 이타심利他心이 우러날 때는 그 영혼의 영적 세포가 영롱하게 빛을 발한다고 합니다.

아크등(백열등의 전신)을 발명한 영국 화학자 험프리 데비Humphry Davy는 "양심은 참으로 정의할 수 없는 원천을 갖고 있는 듯하다. 그리고 이전의 존재 상태와 관련이 있는 것 같다"라고 말합니다.

사람들은 흔히 양심良心을 선의 원천이라고 여깁니다. 양심이란 자신의 행위에 대해 옳고 그름 또는 선과 악의 판단을 내리는 도덕적 의식을 말하지요. 그리고 잘못이나 악은 무의식에서 나온다고 생각합니다. 가령 어떤 사람이 알 수 없는 말을 혼자 중얼거리며 길을 걸어가면, 우리는 그를 무의식적으로 정신질환을 앓고 있는 사람이라고 단정해버립니다. (물론 블루투스 이어폰으로 통화하는 정상적인 사람일 수도 있고, 진짜 정신질환을 앓는 사람일 수도 있습니다.) 앞의 이야기를 정리해보면 도덕적 의식은 긍정적이고 무의식적 의식은 부정적이라고 할 수 있는데, 그렇게 단정적인 기준을 가지고 판단하는 것은 잘못이라고 생각합니다. 오늘날 인지과학의 출현과 새로운 방법론 덕분에 우리는 새로운 무의식의 시대에 진입했습니다. 막상 뇌를 영상으로 연구해보니 의식이나 무의식의 심리 과정이 동일했습니다. 요컨대 똑같은 뇌 영역과 조직에서 의식이나 무의식 심리가 동일한 기전을 갖고 있다는 이야기입니다.

미국 예일대학교 심리학과 교수 존 바그는 세계 최고의 무의식 전문가입니다. 40년의 연구 끝에 인간 행동의 비밀을 밝혀냈죠. 그는《우리가 모르는 사이에》라는 책에서 무의식을 믿어야 할 때는 언제이고, 의식을 믿어야 할 때는 언제인지에 대해 설명합니다. 우리는 숨은 마음을 무의식이라고 알고 있습니다. 그리고 무의식에는 과거의 이야기가 숨어 있다고 생각합니다. 그러나 아인슈타인은 "과거와 현재와 미래의 구분은 끈질기고 집요한 착각에 불과하다"고 말합니다.

임사체험을 한 어느 여교수의 리딩이 매우 흥미롭습니다. 그녀는 수술 중 임사 상태가 되어 죽음의 경계선에 섰습니다. 그런데 바로 그곳에서 매우 두렵고 신비한 체험을 했습니다. 한순간의 짧은 찰나에 "다양한 차원으로 통하는, 셀 수도 없을 정도로 많은 의식구조의 통로"를 목격한 것입니다. 매우 정교하게 다듬어진 어떤 통로는 꽃길로 연결되어 있는 것 같고, 또 어떤 통로는 어둡고 짙은 안개 속에서 기괴한 비명 소리로 가득 차 있는 것처럼 느껴졌다고 합니다. 그녀가 봤다는 그 '다양한 차원으로 통하는 문'을 우리는 과연 어떻게 받아들이고 해석해야 할까요? 현실의 삶에선 과학적 근거를 최우선으로 합니다. 하지만 영적·정신적 세계는 도저히 과학으로 설명할 수 없는 부분이 많습니다. 그것은 아직 인간의 영역이 아닙니다. 리딩을 하다 보면 과학의 틀에 담을 수 없는 형이상학적 현상을 많이 목격하곤 합니다. 전생 리딩에서 나타나는 영적 메시지에 대해서는 앞으로 좀 더 많은 연구와 관찰의 시간이 필요할 것 같습니다.

남동생을 향한 이유 없는 분노

세상엔 합리적으로 설명할 수 없는 일이 너무나 많습니다. 그래서 우리 삶의 주변에서는 알 수 없는 의문의 뭉게구름이 항상 모락모락 피어납니다. 도대체 나는 누구이며 왜 여기에서 살고 있는가? 나는 왜 이 사람들과 한 가족이 되었을까? 나는 왜 이 사람과 친구, 연인으로 만나게 되었을까?

아들을 원했던 집안의 셋째 딸로 태어난 한 여성이 있습니다. 그녀는 성장기에 막내 남동생과 심한 차별을 받으며 자랐습니다. 그렇게 외로움과 서러움 속에 어린 시절을 보냈습니다. 오죽하면 자신을 소외시키는 아버지와 남동생을 죽이고 싶다는 마음까지 생겨났을까요. 그렇게 어릴 때부터 각인된 남자에 대한 부정적 정서 때문인지 마흔이 넘도록 결혼하지 못했습니다. 혼자 오랫동안 타지의 학교에서 교사로 살았습니다. 그녀는 평소 매너 좋고 예의 바른 선생님이었습니다. 하지만 속으로는 자신을 힘들게 하는 동료 남자 교사에게 견딜 수 없는 분노를 느꼈습니다. 나아가 그 분노의 끝에는 항상 살인 충동이 일었습니다. 또한 '그냥 죽어버릴까' 하는 자살 충동까지 따라왔습니다. 그녀는 고민 끝에 저를 찾아와 아버지와 남동생에 대한 전생 인연을 물었습니다.

리딩에서 그녀의 이번 생에 영향을 미친 세 번의 전생이 나타났습니다. 첫 번째 삶은 조선 중기 때 어느 사대부 집안의 첩에게서 태어난 서녀庶女였습니다. 당시의 시대 배경은 병자호란이 일어난 혼란의 시기였습니다. 청나라와의 전쟁에서 참패한 조선은 여인들을 공녀貢女로 바쳤습니다. 그때 서녀인 그녀는 정실 소생인 큰딸 대신 청나라에 끌려갔습니다. 그렇게 희생양으로 청나라 관료의 첩실로 타국에서 외롭고 고단한 삶을 살았습니다. 세월이 흘러 우여곡절 끝에 조선으로 돌아왔지만, 그녀에게는 '환향녀'라는 주홍글씨가 기다리고 있었습니다. 고향 집에서는 가문의 명예를 더럽혔다며 문전 박대를 당했습니다. 리딩에 따르면 그때의 아버지가 지금의 아버지이고, 지금의 남동생이 전생의 큰딸, 즉 언니였습니다. 청나라에서 살 때 그녀는 밤마다 소원의 기도를 올렸습니다. 다음 생에는 첩실의 자식이 아닌 꼭 적자로 태어나게 해달라고 빌었습니다. 그래서 이번 생에서 적자로 태어난 것입니다. 하지만 그녀의 무의식에는 그때의 삶에서 각인된 영적 상처의 트라우마가 현생의 아버지와 남동생에 대한 분노의 감정으로 작용하고 있다고 리딩은 말했습니다.

또 다른 생인 16세기 프랑스와 일본 전국시대에서도 현생의 아버지와 남동생의 인연을 찾을 수 있었습니다. 프랑스에서 그녀는 어느 귀족의 가정부로 살았습니다. 그때 무척 권위적이던 귀족이 지금의 아버지이고, 그 집안의 무남독녀 외동딸이 지금의 남동생이었습니다. 그들은 가정부의 헌신과 봉사를 당연하게 생각했습니다. 작은 실수에도 지나칠 정도로 함부로 대했습니다. 그때 그녀는 다음 생에서는 그들과 동등한 가족으로 태어나게 해달라고 기도했습니다. 저녁 기도 시간이면 하나님께 간절하게 소원을 빌었습니다. "간절히 원하면 이루어진다"는 말이 있습니다. 그리하여 그녀는 현생에서 과거에 자신이 그토록 원하던 사람들과 정상적인 가족이 되었습니다. 하지만 무의식에 남아 있는 영적 상처(트라우마)를 어떻게 치유해야 하는가라는 숙제가 남았습니다. 그녀는 현생에서 그 누구도 해치지 않았습니다. 하지만 무의식엔 전생에서 입은 영혼의 상처가 똬리를 틀고 있고, 그 무의식의 깊은 상처가 현재의 마음(의식)에 큰 영향을 미치고 있다고 리딩은 말했습니다.

또 다른 전생인 일본에서 그녀는 작은 마을의 다도 선생이었습니다. 그때 사람들을 가르쳤던 능력이 현생에서 교육자의 재능과 연결되어 있는 것입니다.

리딩을 듣고 난 뒤, 그녀는 치유 방법에 대해 물었습니다. 리딩은 이렇게 말합니다. "당신의 영혼은 친절하고 훌륭한 에너지를 갖고 있습니다. 당신은 현재 많은 사람이 행복할 수 있도록 도울 힘을 갖고 있습니다. 당신의 영혼이 전생에서 받은 상처를 딛고 이세상에 다시 온 것은 또 다른 축복이고 기회입니다. 그 사실을 믿고 신뢰하십시오." 덧붙여 하루에 열 번씩 참회 기도를 하면 마음의 병을 이길 수 있다고 했습니다.

우리는 이 세상에 무엇을 배우고 경험하기 위해 태어났을까요? 태어나서 죽음에 이르는 수많은 세월 속에서 우리가 경험하는 여러 사건이 주는 영적 교훈은 무엇일까요? 그것을 알아야만 이번 생의 목적, 나아가 영적 목표를 완성할 수 있습니다. 먼저 자신을 알고 분수를 알아야 합니다. 그렇다면 그것을 어떻게 알 수 있을까요? 우리가 인간의 가장 상위체인 영혼을 볼 수 있다면, 그 영혼에게 물어보면 됩니다. 하지만 안타깝게도 우리는 영혼을 볼 수 없습니다. 그래도 전혀 방법이 없는 것은 아닙니다. 선행을 하면서 살아가는 이들 중에는 자신만 모를 뿐 매일 영혼과 마주하는 사람도 있기 때문입니다.

그렇습니다. 거울을 마주 보고 웃는 미소에 우리의 영혼이 있는지도 모릅니다. 거울 앞에서 웃고 있는 자신의 눈을 바라보세요. 마음이 선하고 맑은 사람은 자신의 눈으로 함께 웃고 있는 영혼을 볼 수 있습니다.

3

내가 너인 것을 모르는
우리에게

인간의 죽음에 담긴 의미

"저는 언제 어디서 어떻게 죽을까요?" 60대 중반의 한 남성이 자신이 맞게 될 죽음에 대해 물어왔습니다. 제가 되물었습니다. "그걸 미리 알면 오히려 불안하지 않을까요?" 그러자 그는 무덤덤하게 "괜찮습니다"라고 대답했습니다.

저를 찾아오는 분들 중에는 더러 자기 죽음의 시기에 대해 물어보는 경우가 있습니다. 대부분 죽음을 맞이하기 전에 주변을 잘 정리하기 위해서라고 합니다. 또 지병을 앓고 계신 분은 항상 머리를 짓누르고 있는 죽음에 대한 공포로부터 벗어나기 위해서라고도 합니다. 그렇습니다. 인간은 대부분 죽음에 대한 두려움을 갖고 있습니다. 인류 역사상 가장 오래된 기원전 3000년대 메소포타미아《길가메시 서사시Gilgamesh Epoth》에도 그 두려움은 잘 나타나 있습니다. 길가메시는 인류 최초로 성숙한 문명을 만들어냈던 고대 메소포타미아 도시국가 수메르의 실재했던 왕이었습니다. 그들이 점토판에 쓴 인류 최초의 책이《길가메시 서사시》입니다. 이 책에서 그는 3분의 2가 신이고 3분의 1은 인간으로 나옵니다. 그는 3분의 1이 인간이기 때문에 죽어야 하는 운명을 피할 수 없다는 두려움 때문에 절망합니다. 그리고 형제처럼 지냈던 엔키두의 죽음 앞에서 절규합니다.

어찌 내가 편히 쉬며, 어찌 내가 평화를 누리랴? 절망이 내 마음속에 있거늘! 지금 내 형제가 된 것을 보라. 나 또한 죽고 나면 이같이 될 것이다. 죽음이 두렵다.

《성경》의 〈시편〉 22편 1장에 이런 말씀이 있습니다.

나의 하나님, 나의 하나님이여 어찌하여 나를 버리셨나이까?

인류의 죄를 대신해서 십자가에 매달린 예수, 두 발과 두 팔을 십자가에 못 박힌 채 죽음을 기다리던 예수, 예언된 운명을 충실히 따랐던 예수, 그러나 신의 아들이었던 예수도 마지막 순간에는 하나님께 "어찌 나를 멀리하여 돕지 아니하시오며 내 신음 소리를 듣지 아니하시나이까?" 하고 외쳤습니다. 예수가 숨을 거두기까지 무슨 생각을 했는지 알 수 없습니다. 그러나 죽기 전에 이미 아버지 뜻대로 따르겠다고 겟세마네 동산에서 기도했던 예수도 자신이 처한 비극적 죽음 앞에서, 왜 자신을 버리시는지 하나님께 절규하듯 묻습니다. 하나님의 아들인 예수도 죽음 앞에서 순간 두려워했는데, 하물며 범부凡夫인 우리가 어찌 죽음을 두려워하지 않겠습니까?

"죽은 황제보다는 살아 있는 거지가 낫다"라거나 "개똥밭에 굴러도 이승이 저승보다 낫다"는 우리 속담도 마찬가지입니다. 하지만 아무리 그래 봐야 죽음은 한 발 한 발 누구에게나 소리 없이 다가옵니다. 그래서 '인생 참 덧없구나!'라는 생각이 들기도 하는 것입니다.

조선 초기의 함허대사(1376~1433)는 "이 세상에 태어난다는 것은 한 조각 뜬구름이 일어나는 것이요生也一片浮雲起, 죽음이란 한 조각 뜬구름이 자취 없이 사라지는 것이다死也一片浮雲滅"라고 했습니다. 그리고 "뜬구름이란 본래 그 속이 텅 빈 것이니浮雲自體徹底空, 덧없는 인간의 태어남과 죽음 또한 이와 같도다幻身生滅亦如然"라고 했지요. 한마디로 우리가 그토록 매달리는 인생은 알고 보면 오는 바도 없고 가는 바도 없는 허망하고 무상한 것이란 말씀입니다. 신라 문무왕 같은 임금도 눈을 감으면서 인생의 허망함을 진하게 토로했습니다. "지난날의 영웅도 마침내 한 무더기의 흙이 된다. 나무꾼과 목동이 그 무덤 위에서 땅을 구르며 노래를 부르고, 여우와 토끼는 그 무덤 옆구리에 굴을 판다"고 한탄한 것입니다.

저한테 자신의 죽음에 대해 물은 60대 남성은 뭔가 독특한 에너지를 가지고 있었습니다. 그런 사람을 만나면 저는 저절로 그 기운을 감지하곤 합니다. 그리고 그 사람과 함께하는 많은 영혼(보통 사람에게는 보이지 않는 존재)이 나타납니다. 처음에는 그 사람 뒤로 마치 '안개 커튼' 같은 것이 드리워져 있었습니다. 그런데 제가 그 사람의 전생 리딩을 시작하자 커튼이 서서히 사라지면서 주위의 풍경과 그 존재가 나타났습니다.

전생 리딩에서 그는 고대 그리스(희랍)의 대단히 존경받는 철학자이자 웅변가의 모습으로 나타났습니다. 그 주위에는 항상 많은 사람이 따랐습니다. 반백의 그가 돌로 장식한 어느 분수대 옆에서 군중에게 열변을 토하는 모습이 보였습니다. 그리고 또 다른 전생에서는 중세 독일에서 백성에게 선정을 베푸는 성주로 살았습니다. 또한 조선 중기에는 금강산 암자에서 수행하는 비구 스님으로 살았는데, 당시는 임진왜란으로 나라가 혼란스럽고 민심이 흉흉할 때였습니다. 리딩을 하면서 그때 스님이 나라를 지키기 위해 의병을 일으켰다고 이야기하자 그는 순간 묘한 미소를 지었습니다. 그러곤 자신의 윗대 할아버지 중에 의병을 일으킨 스님이 계시다고 말했습니다. 어릴 때 집안 어른들로부터 그 얘기를 들었다는 것입니다. 저는 그 사람의 전생 앞뒤 맥락을 살피면서 미래에 다가올 죽음의 시기를 알려주었습니다. 그는 고개를 끄덕이며 담담하게 받아들였습니다.

그는 오랫동안 중소기업을 경영하면서 사회복지를 위해 많은 기여를 하며 살아왔는데, 지금은 섬에 들어가 요가 수행을 한다고 했습니다. 그리고 현생에서의 삶을 잘 마무리할 수 있도록, 인생의 마감 시간을 미리 알고 싶었다고 했습니다. 그의 말에서 진정성을 느낄 수 있었습니다.

여기서 한 가지 의문이 들 수 있습니다. 우리에게 전생이 있다면 수백 생을 살았던 사람은 수백 번의 죽음을 경험했을 것입니다. 그런데 왜 우리는 그 수많은 죽음의 경험에 익숙해지지 않을까요? 한두 번 경험한 것도 아닌데, 왜 두려워하며 공포에 떨까요? 그 이유는 바로 우리의 영적 성숙 때문입니다.

미래에 대한 궁금증

이쯤에서 우리가 곰곰이 생각해봐야 할 게 있습니다. '과연 우리는 진정 자신의 미래와 죽음에 대해 알고 싶어 하는가' 하는 문제입니다. 여러분은 누군가 여러분의 미래를 알려준다면 어떻게 하겠습니까? 사실 미래 예지 능력은 인류 문명 초기부터 사람들이 꿈꾸어온 것입니다. 동양의 《주역》, 서양의 점성술이 탄생한 것도 바로 그런 영적 배경이 작용했다고 할 수 있습니다. 《주역》이나 점술

법占術法은 제4차 산업혁명의 첨단 과학 시대인 오늘날까지도 여전히 맹위를 떨치고 있습니다. 그만큼 인간의 삶에는 아직까지 우리가 이해하지 못하는 미스터리와 수수께끼가 많다는 것을 뜻합니다. 여전히 우리 삶에서 예지력豫知力에 대한 기대가 강력하다는 방증이기도 합니다.

물론 그 반대의 견해도 있습니다. 독일 막스플랑크협회 인간개발연구소의 게르트 기거렌저Gerd Gigerenzer 박사팀은 한 가지 재미있는 설문 조사를 실시했습니다. 독일과 스페인의 성인 2,000명을 대상으로 "긍정적인 것과 부정적인 것 각각 다섯 가지, 총 열 가지의 미래 상황을 가정하고 그것을 미리 알고 싶은가?"에 관해 물은 것입니다. 질문 내용은 "① 자신과 배우자는 언제 사망할까? ② 왜, 무엇 때문에 죽을까? ③ 자신의 결혼 생활은 행복할까, 아니면 이혼으로 불행할까? ④ 죽음 이후에도 삶이 있는가?" 등이었습니다. 응답자의 85~90퍼센트가 자신의 미래에 일어날지도 모를 어떤 특정한 부정적 사건에 대해 미리 알고 싶지 않다고 답했습니다. 특히 그중 40~70퍼센트는 미래의 긍정적 사건조차 미리 알고 싶지 않다고 응답했습니다. 어떤 경우든 자신 앞에 다가올 미래에 대해 알고 싶다는 답변은 단 1퍼센트에 불과했습니다. (단 하나 예외 사항으로 아직 태어나지 않은 자식의 성별에 대해선 '알고 싶다'가 다수를 차지했습니다.)

왜 이런 결과가 나왔을까요? 연구진은 그 이유를 다음과 같이 설명했습니다. "사람들은 미래에 일어날지도 모르는 일을 미리 알게 됨으로써 받을 고통과 두려움을 피하고 싶어 합니다. 지금의 삶이 행복하다면 즐거운 현재의 상태를 계속 유지하고 싶어 하기 때문입니다."

이른바 '카산드라 콤플렉스Casandra Complex'입니다. 카산드라(고대 트로이의 마지막 왕 프리아모스의 딸이자 트로이 영웅 헥토르의 여동생)는 그리스 신화에 등장하는 '불행한 여신'입니다. 그녀는 올림포스의 신 아폴론으로부터 미래를 내다보는 예지 능력을 받지만, 오히려 그 능력 때문에 불행하고 고통스러운 삶을 살았습니다.

그렇습니다. 만약 우리에게 그런 예지력이 생긴다면 어떻게 될까요? 자신이 사랑하는 가족과 친구가 어느 날 어떻게 죽을지 미리 알게 될 텐데 과연 행복한 삶을 살 수 있을까요? 차라리 아무것도 모르고 사는 게 더 낫지 않을까요? 예지력도 좋지만 자신에게 다가올 그 슬픔과 고통을 이해하고 받아들일 사람이 과연 몇 명이나 될까요?

앞의 설문 조사에서 독일 막스플랑크협회 연구진은 미래 운명에 대해 알고 싶지 않다는 사람들의 심리를 '고의적 무지deliberate ignorance'로 설명했습니다. 미리 답을 알면 후회할 것 같은 생각이 들어 의도적으로 외면한다는 것입니다. 바람직하지 않은 미래의 사건을 알게 될 때 찾아올 후회라는 부정적 감정을 피하려는 심리 때문이라는 얘기입니다.

이는 어디까지나 유럽인을 대상으로 조사한 것입니다. 그러나 한국을 비롯한 동양인은 좀 다르지 않을까요? 오히려 한국인 중에는 자신에게 일어날 미래의 대소사를 미리 알고 싶어 하는 분이 많습니다. 다가올 위기와 환난에 대처하고 싶은 마음이 강해서 그런 것일 수 있다는 거죠. 설령 기복신앙祈福信仰에 의해 알게 된 미래라도 말입니다. 그런데 유럽인과 동양인의 이런 영적 문화의 차이는 어디에서 비롯했을까요? 어쩌면 떠돌이 유목민遊牧民으로 살았던 유럽인과 농경 사회라는 정착 문화에 뿌리를 둔 동양인의 정서적 차이에서 비롯한 것은 아닐까요?

저는 전생의 삶을 통해 그 사람의 현생에서 전개될 미래의 삶에 대해 조언합니다. 그런 관찰은 그 사람의 전생 리딩을 통해 가능합니다. 저는 수행하던 중 저의 스승과 부모님이 언제 저와 이별하게 될지 알게 되었습니다. 그분들의 죽음에 관한 영적 정보 말입니다. 처음에는 미래에 닥쳐올 그러한 충격과 아픔에 대한 준비가 전혀 되어 있지 않았습니다. 그래서 그런 영적 정보를 아는 순간, 이 세상에 혼자 남게 될 그 미래의 시간이 너무나 큰 슬픔과 고통 그리고 불안으로 다가왔습니다. 하지만 차츰 영성이 깊고 맑아지면서 그런 사건은 미래의 시간에 일어날 수 있는 가능성 이상의 의미를 갖지 않는다는 사실을 깨달았습니다. 물론 그 과정에서 끊임없는 기도 생활이 큰 힘이 됐죠.

인간은 삶에서 필요한 것만 알아야지 그 이상을 알면 오히려 고통을 받을 수 있습니다. 저는 미래에 일어날 어떤 가능성에 대한 남다른 정보력을 가지고 있습니다. 하지만 그 능력이 저를 힘들게 하는 것도 사실입니다. 전생 리딩을 하면 어떤 특정인에 대한 무수한 영적 정보를 수신하게 됩니다. 그중 어떤 메시지를 어떻게 해석해야 할지 어려움도 많습니다. 마치 신의 암호를 해독하는 것처럼 난해하고 어렵습니다. 경우에 따라서는 아주 예민한 부분도 많아서 그런 이야기를 풀어내는 게 여간 조심스럽지 않습니다. 미래에 일어날 수 있는 어떤 불행한 일에 대한 정제精製되지 않은 이야기가 그 사람의 일상에 어떤 영향을 줄지 모르기 때문입니다.

《카발라Kabbālāh》는 신비에 대한 유대인의 가르침을 적은 책입니다. 고대부터 구전으로 전해지다가 문서로 기록되기 시작한 것은 2세기경입니다. 예언자 엘리야가 나타나 지혜(카발라)의 신비를 가르쳤다고 합니다. 이는 유대의 신비철학자 카발리스트들의 저서에서 많이 언급되어 있습니다.

랍비이자 신비주의자 이삭 루리아Isaac Luria(1534~1572)는 그가 만난 모든 사람의 영혼을 알아보았다고 합니다. 에른스트 뮐러 Ernst Mueller(1880~1947)는《유대 신비주의의 역사A History of Jewish mysticism》에서 다음과 같이 말합니다.

루리아는 어떤 사람의 이마를 보면 한눈에 그의 영혼이 어느 곳에서 왔고, 어떤 환생 과정을 통과했으며, 현재 이 지상에서의 사명이 무엇인지 알아냈다. 그는 사람의 미래를 예언할 뿐 아니라 과거도 볼 수 있었다. 그래서 사람들에게 전생의 결점을 고칠 수 있는 행동 규범을 가르쳐주었다. 그는 지상에서 일어나는 미래의 모든 일이 하늘에서 정해진다는 것을 알았다. 그는 누가 이전 삶을 살았고, 누가 처음으로 지상에 태어났는지 윤회의 신비를 알았다. 사람을 응시하여 그가 최근에 죽은 영혼인지 고대 시대에 살았던 영혼인지, 올바른 영혼인지를 식별할 수 있었다. 그래서 올바른 영혼의 소유자와 함께 그는 참된 신비를 공부했다. 모든 신비가 그의 품 안에 있었고, 그가 바라면 언제든지 사용할 준비가 되어 있는 것 같았다. 그는 이들을 위해 명상할 필요가 없었다. 그는 촛불 안에서 혹은 불꽃(백회혈) 안에서 경이로운 것들을 읽을 수 있었다.

사람들은 이렇게 전합니다. "이 모든 것을 우리 눈으로 보았다. 이것은 전해 들은 것이 아니다. 《탈무드》의 현자들 중 한 명인 랍비 '시몬 바르 요하이(이삭 루리아의 전생)' 시대 이후 지상에서 본 적이 없는 경이로운 것들이다." 루리아는 13년간 나일강 변에서 은둔 생활을 하다가 전염병에 걸려 죽었습니다.

도대체 죽음이란 무엇일까요? 전생의 수많은 삶에서 수백 번 죽고 또다시 태어나는 게 무슨 의미가 있을까요? 저는 사람들의 전생을 읽는 사람으로서 '인간의 죽음은 우리가 가진 업을 정화하는 의미'를 담고 있다고 생각합니다. 한 생을 살 때마다 자신의 삶을 더욱 성숙하게 하고, 한 생을 거칠 때마다 자신의 삶을 더욱 새롭고 거듭나게 하는 것입니다. 어쩌면 그것은 곤충의 허물벗기나 마찬가지일지도 모릅니다. 죽을 때마다 자꾸 새로워지고 삶이 점점 완성되어가는 것입니다. 철학자 쇼펜하우어는 "죽음은 태어나기 이전의 나 자신"이라고 말했습니다. 애플을 만든 천재 스티브 잡스도 "삶이 만든 최고의 발명품은 죽음"이라고 했습니다. 결국 "밀알 하나가 땅에 떨어져 죽지 않으면 한 알 그대로 남아 있고, 죽으면 많은 열매를 맺는다"는 《성경》 말씀도 같은 의미일 것입니다.

또 다른 가족의 환생

미국 캘리포니아에 사는, 사업으로 크게 성공한 50대 교포 남성이 자신의 손자에 대해 물었습니다. "이 아이는 전생에 나와 어떤 인연을 가지고 우리 집안에 왔습니까?" 리딩에서 그 아이는 전생에 이 집안의 선대 조상(증조부)으로 살았습니다. 손자가 전생에 그분의 증조할아버지였던 것입니다. 그런데 그 증조할아버지는 왜 현생에 다시 이 집안의 자손으로 태어난 것일까요? 저는 그분에게 "증조할아버지가 다시 선생님 집안의 손자로 태어난 것은 전생에서 자신이 지은 선근善根에 대한 보상을 받기 위한 것"이라고 말했습니다.

그 미국 교포분은 매년 가문의 제사를 모시는 시제時祭 때마다 한국을 찾았습니다. 마침 이번에도 미국에서 태어난 네 살 된 손자를 데리고 귀국했습니다. 그는 아장아장 걷는 손자의 손을 잡고 할아버지 산소에 갔습니다. 나름 뿌리 교육에 의미가 있다고 생각한 것입니다. 그날 산소로 향하던 중 그분은 어린 손자에게 지나가는 말로 물었습니다. "지금 우리가 어디에 가는지 아니?" 그러자 아이는 조금도 망설이지 않고 싱긋이 웃으며 대답했답니다. "내가 살던 집에 가요." 눈앞에 보이는 산소를 손으로 가리키면서 말입니다. 그때 그분은 아이의 엉뚱한 말을 그냥 무심히 지나쳤다고 했습니다. 하지만 그분의 아내가 집에 돌아온 손자에게 "우리 귀염둥이, 어디 갔다 왔지?" 하고 묻자, 아이는 뒷짐을 진 채 마치 으스대는 듯한 몸짓으로 "내 집에 다녀왔지"라고 말하더랍니다. 그 이야기를 아내로부터 듣는 순간, 그분은 문득 낮에 아이가 했던 말이 떠올랐습니다. 그리고 자신도 모르게 온몸에 전율 같은 걸 느꼈습니다. '도대체 아이가 말하는 집이란 어디를 말하는 것일까?' 이런 의문과 함께 말입니다.

그 산소는 정말 전생에 집안의 조상으로 살았던 그 아이의 육신이 묻힌 장소일까요? 정말 그 교포분의 할아버지 영혼이 손자로 환생한 것일까요? 미국 버지니아 의과대학의 정신과 의사 이언 스티븐슨Ian Stevenson 박사는 이렇게 말합니다. "말을 배우기 시작한 어린아이가 전생의 기억을 이야기하는 경우가 종종 있으며, 때론 즉흥적으로 흘러나오는 어린아이의 말이 환생의 강력한 증거처럼 보인다." 그 이야기를 비약해보면 그 교포분 손자의 말이 얼마든지 전생의 기억 이야기일 수 있다는 해석입니다.

혹시 여러분은 어린아이의 엉뚱한 말에 놀란 적이 없나요? 아이들은 무심코 자신과의 은밀한 대화, 그리고 문득 자신이 살았던 전생의 모습을 이야기하는 경우가 종종 있습니다. 이언 스티븐슨 박사와 그의 동료 헤멘드라 배너지Hemendra Banerjee는 그런 사례를 찾아 세계 곳곳을 여행했습니다. 많은 유아의 전생 이야기를 수집하고 대조해봤습니다. 그 결과 그들은 '환생은 실재한다'는 것을 확신하기에 이르렀습니다. 배너지는 환생에 대해 24년 동안 연구한 결과를 다음과 같이 말했습니다.

"나는 항상 '이런 현상을 환생이 아닌 다른 방식으로 설명할 수는 없을까' 하고 생각해왔습니다. 그러나 환생으로 설명할 수밖에 없는 증명 사례가 점점 늘어만 갈 뿐이었습니다."

이언 스티븐슨 박사의 또 다른 연구에 따르면, 레바논의 이마드 엘라와르Imad Elawar라는 다섯 살짜리 소년은 폐결핵으로 죽은 이브라힘 보우함지Ibrahim Bouhamzy라는 사람으로 살았던 전생을 기억해냈습니다. 소년은 그에 대해 57가지 진술을 했는데, 그중 51가지가 고인의 생애와 정확하게 일치했답니다. 스티븐슨은 냉철하고 지적으로 엄격한 학자입니다. 하지만 이토록 주도면밀한 전문가도 결국 다음과 같이 고백했습니다.

"아무리 이성적인 사람이라도 자신이 원하기만 한다면 지금 당장 환생을 믿을 수 있다. 내가 말하는 믿음은 종교적 교리와 문화적 전통에 근거한 믿음이 아니라 엄밀한 증거에 입각한 것이다."

어린이의 전생 기억은 곧 이 세상 모든 어린이는 존귀한 존재라는 걸 의미합니다. 그들은 단순히 부모의 유전자 조합체로 태어난 것이 아닙니다. 그들은 스스로가 존엄한 존재인 것입니다. 그런 의미에서 가족은 단지 그들의 무대를 위한 소품에 불과합니다.*

리딩을 해보면 사람들은 한 가정을 이루는 가족의 구성원으로 태어나 각자 위치에서 어떤 역할을 하며 살아가는가에 따라서 희생과 헌신의 생도 있고, 미움과 원망의 생도 나타납니다. 그러나 그 역할의 가치가 갖는 의미의 평가는 매우 영적인 프로그램에 의해 진행되는 부분이 많아 어떤 한 생에 대해 단정적으로 옳고 그름을 판단할 수는 없습니다.

그러나 이러한 전생 기억의 사례가 예상치 못한 결과를 낳거나 종종 주변 사람의 삶에 바람직하지 못한 영향을 미치기도 합니다. 예를 들면, 인도의 네 살짜리 어린 소년이 멀리 떨어진 마을로 당장 자기를 데려다달라고 떼쓰는 일이 있었습니다. 알고 보니 그곳엔 전생에서 그 소년을 죽인 살인자와 관련 있는 범죄자들이 있었습니다. 때로는 어린아이가 전생에 자신한테 아내가 있었다는 등

---

* 조 피셔, 《나는 아흔여덟 번 환생했다》, 손민규 옮김, 태일출판사, 1996, p. 39.

자신이 전생에 살던 집안 환경을 자세하게 설명하기도 합니다. 문제는 그런 이야기를 귀에 딱지가 앉도록 계속 해댄다는 것입니다. 이런 아이를 둔 가정의 아버지는 아침에 일하러 나가기 전에 그런 소리를 듣고, 저녁에 지친 몸으로 돌아와서도 똑같은 소리를 들어야 합니다. 그것은 가족의 행복에 아무런 도움이 되지 않습니다.

캐나다 북부에 살고 있는 이누이트족은 아이들을 절대 체벌하지 않습니다. 전생에서 부모와 자식의 관계가 반대였을 수 있고, 미래에 또 바뀌게 될지도 모르기 때문입니다. 그만큼 그들은 전생과 환생에 대한 믿음이 확실합니다. 우리 부모들은 흔히 아이를 혼내면서 "야단은 네가 받지만, 상처는 내가 더 받는다"라는 말을 하곤 합니다. 업의 차원에서 보면 이는 아주 의미심장한 말입니다. 물론 부모들이야 전생·후생까지 생각하고 하는 말은 아니겠죠. 하지만 결과적으로는 깊은 울림을 가진 말이라고 할 수 있습니다. 전생에 그 부모가 아이의 자식이었을 수 있고, 후생에 부모 자식의 관계가 바뀔 수도 있기 때문입니다. 한마디로 우리 아이가 우리의 조상일 수도 있다는 얘기입니다. 그러니 어린이를 부모의 소유물처럼 함부로 대하지 말아야 합니다. 일찍이 방정환(1899~1931) 선생은 "어린이는 복되다"며 "어린이를 하늘처럼 섬기라"고 말했습니다. 그는 서른둘의 젊은 나이에 눈을 감았습니다. 망우리 공동묘지에 있는 그의 묘비엔 '동심여선童心如仙'이라는 글귀가 새겨져 있습니다. 어린이 마음은 신선처럼 티 없이 맑다는 뜻입니다. 다음은 방정환 선생이 일제강점기에 광야에서 외친 소리입니다.

어린이를 내 아들놈, 내 딸년 하고 자기 물건같이 알지 말고 자기보다 한결 더 새로운 시대의 새 인물인 것을 알아야 합니다. 어린이가 새와 꽃과 같고 앵두 같은 어린 입술로 천진난만하게 부르는 노래, 그것은 그대로 자연의 소리이며, 하늘의 소리입니다. 죄 없고 허물없는 평화롭고 자유로운 하늘나라! 그것이 바로 우리 어린이의 나라입니다. 우리는 어느 때까지든지 이 하늘나라를 더럽히지 말아야 합니다.

음택발복은 언제 발현되는가

고대의 증언과 현대의 증언은 하나같이 "죽음과 신생新生은 하나"라고 말합니다. 정신과 물질은 원래 하나에서 시작되었으며, 영속하는 동일한 에너지라는 것입니다. 그 에너지는 여러 형태로 변화무쌍하며 무한과 교류합니다. 그 속에는 우리 조상이 우리의 자손으로 태어나는 것도 포함됩니다. 집안에 우환이 있거나 큰일을 앞두고 조상 묘를 이장하는 사례를 주변에서 심심찮게 볼 수 있습니다. 그렇다면 정말 조상을 명당에 모시면 자손들이 성공하고 잘살게 되는 걸까요? 우리나라 정치인 중에는 선거에서 좋은 결과를 얻기 위해 조상의 묘를 이장하는 경우도 있습니다. 그 대표적 예가

유력 대권 후보자의 조상 묘 이장일 것입니다.

　도대체 조상 묘는 그 후손의 흥망성쇠나 길흉화복과 어떤 연관
성이 있을까요? 죽음과 장묘 문화는 과연 우리 삶에 어떤 영향을
미칠까요?

　영남대학교의 이문호 교수님은 우리나라 재야의 풍수학을 제도
권 학문으로 끌어올린 분입니다. 그의 학설에 따르면 누구든 자신
의 가문이나 사회에 공헌을 많이 한 사람은 그에 대한 보상으로 그
집안에 거듭 태어난다고 합니다. 그리고 이런 환생의 법칙을 과학
적인 통계로 설명합니다. 그는 '음택陰宅-명당明堂-후손後孫의 상관
관계'를 밝히기 위해 10년 동안 전국의 묏자리 1만 5,000기를 찾
아다녔습니다. 음택과 명당이 후손의 부富와 귀貴 그리고 손孫에 미
치는 상관관계를 알아내기 위해 발 벗고 전국을 누빈 것입니다. 후
손이 많은 묘소와 적은 묘소, 후손이 재벌인 묘소, 조선시대 대제
학의 후손을 둔 묘소, 재벌이 된 기업인의 선대 묘소 등을 찾아 그
지질구조를 탐사하고 분석했다고 합니다. '통계는 세상을 움직이
는 과학이다'라는 말이 있습니다. 그의 연구에 따르면 조상 묘소가
혈穴에 위치한 명당일 때 대부분 후손이 번성하고 부자도 많이 태
어났습니다. 그런데 그의 말 중에 매우 흥미로운 부분이 있습니다.

　"무엇보다 흥미로운 점은 후손 번성과 관계가 깊은 것은 부모 묘
소가 아닌 증조부모 묘소라는 사실입니다."

　그는 음택발복陰宅發福(무덤을 통해 복이 발현하는 현상)의 시기는 묘소

의 3대 후손이라고 주장하면서 이렇게 덧붙입니다. "하지만 1대와 2대가 아닌 3대에서 음택발복이 일어나는 과정과 그 이유에 대한 설명은 현재로서는 불가능합니다."

묏자리의 영향이 왜 하필 증손주 대에 나타나는지, 조상의 묘가 어떤 과정을 거쳐 후손의 행복과 불행에 영향을 주는지는 규명하지 못했지만, '3대 음택발복'을 통계학적으로 분석한 것은 나름 의미가 있다고 저는 생각합니다.

리딩으로 살펴본 '3대 발복'의 이유는 지극히 영적인 사실관계로 풀어야 합니다. 윤회 환생이 지닌 영적 의미로 보면 3~4대가 바로 과거 생에 살았던 자기 자신이라는 설명이 나옵니다. 그 이유는 앞에서 말했듯 자신이 과거 생에서 선행의 공덕을 쌓았다면, 이에 대한 보답을 받기 위해 이 세상에 돌아오기 때문입니다. 그리고 악행을 저질렀다면, 마찬가지 이유로 이에 대한 결자해지結者解之 차원에서 영혼이 다시 돌아와 그걸 해결해야만 합니다. 한마디로 '3대 발복'의 원칙은 지극히 영적 논리로 설명할 수 있는 것입니다.

어느 유명 대학교에 재직 중인 교수님은 전생에 조선시대 대제학 벼슬까지 오른 인물이었습니다. 그러나 대제학 시절 그는 성품이 소심하고 후학에게 자신이 닦은 학문을 베푸는 데 인색했습니다. 제가 리딩을 통해 그 교수님에게 자신의 전생 이야기를 들려주자, 그는 멋쩍은 표정을 지으며 말했습니다. "지금도 내가 닦은 학문이 아까워 제자들에게 나누는 것에 대한 스트레스가 많습니다."

지식은 화려한 장신구처럼 몸에 걸치거나 자신만의 것이라 생각하고 몰래 숨겨놓는 게 아닙니다. 그것은 이상理想을 향한 내적 성장이어야 합니다. 지식은 나누지 않으면 오히려 죄가 되고, 교만의 독이 될 수 있습니다. 지식은 살아 있는 사람에게 필요한 영적 양식이기 때문입니다.

리딩은 끊임없이 반복해서 말합니다. 자신이 가진 것을 아낌없이 베풀고 나누어야 다음 생에 좀 더 나은 환경에서 태어날 수 있고, 자신의 영성을 완성시키는 지름길을 뚫을 수 있다고 말입니다. 지식은 그저 책장에 꽂혀 있는 장식품이 아닙니다. 그러한 지식은 종잇장 이상의 의미를 가질 수 없습니다. 그 종이에 담긴 '영적인 지식'을 주위 사람들과 어떻게 나누느냐가 중요합니다. 지식을 살아 있는 에너지로 만들어 많은 사람의 올바른 삶을 도와줄 수 있어야 합니다.

이문호 교수는 이렇게 말합니다.

"조선시대 어느 대제학의 무덤이 있었는데, 이상하게도 그분의 후손들은 하나같이 쇠락한 것을 알 수 있었다. 그분은 대제학 시절 늘 반듯하고 대쪽 같은 성품으로 유명했다. 결국 본인은 독야청청했지만 타인을 따뜻하게 배려하지 못한 탓에 후손이 망한 것이다. 그분은 증조부모의 영적인 배려로 대제학이 됐지만, 정작 그 자신의 이기심과 몰인정으로 후손들은 쇠락을 맞은 것이다."

그러면서 이문호 교수는 자신의 말이 다소 추상적이거나 싱거운 소리처럼 들릴지 모르지만, 통계학적으로 분석하고 도출한 결론이라고 강조했습니다.

그러나 현실의 장례 문화는 점점 매장 쪽에서 화장 쪽으로 바뀌는 변화의 시기에 있기 때문에 조상 무덤의 기운으로 인한 음택발복 이야기는 점점 사라져가는 추세에 있는 것도 사실입니다.

태종 이방원과 아베 신조의 전생

제가 전생 리딩으로 살펴본 조상과 후손의 윤회 환생의 인연 또한 이문호 교수의 분석과 대동소이합니다. 그들의 3~4대 조상이 현재의 후손으로 태어난 사례가 많았던 것입니다. 이런 현상은 나무의 성장과 쉽게 비교해볼 수 있습니다. ① 씨앗이 떨어져, ② 줄기나 잎이 나고, ③ 꽃이 피며, ④ 열매가 열립니다. 그리고 '열매 속의 씨앗'은 환생을 위한 자연의 이치입니다.

리딩으로 살펴본 우리나라 역사적 인물의 전생에서도 그 예를 찾아볼 수 있습니다. 조선의 3대 임금 태종 이방원이 그 좋은 예입니다. 그는 자신의 왕권을 강화하기 위해 수많은 살생을 저질렀습니다. 하지만 훗날 그는 자신의 후손인 단종(조선의 6대 임금)의 몸으로 다시 태어납니다. 그리고 단종은 영월에서 젊은 나이에 비참한 죽음을 당하죠. 자신이 지은 살생의 인과를 결자해지한 것입니다. 《성경》에서 말하는 "뿌린 대로 거둔다"라는 가르침과 같은 해석을 할 수 있습니다.

일본 아베 총리의 전생도 우연치 않습니다. 그는 외할아버지 기시 노부스케岸信介(1896~1987)의 분령체로 태어나 외할아버지의 꿈을 이어가고 있습니다. 기시 노부스케는 진주만 공격을 감행해 제2차 세계대전을 일으킨 도조 히데키東條英機 내각의 상공대신이었습니다. 전쟁이 끝난 후엔 A급 전범 용의자로 구속되었으나 1948년 맥아더 사령부는 그를 기소하지 않고 풀어주었습니다. 그리고 이후 재기해 총리 지위까지 올랐습니다.

1954년 아베가 태어났을 때 외할아버지 기시 노부스케는 58세였습니다. 같은 시기에 생존했던 분령체의 특이한 예라고 할 수 있습니다. 제2차 세계대전을 일으킨 일본은 지금도 전범들을 신사에 신神으로 모시면서 일본군 '위안부'에 대해 사죄했다고 말합니다. 무척이나 이중적이면서도 아이러니한 위선의 나라입니다. 일본군 '위안부'에 대한 다큐 영화 〈주전장〉을 제작·발표한 일본계 미국 감독 미키 데자키Miki Dezaki는 그 영화에서 아베 신조 정권의 기만적인 역사 왜곡을 조목조목 밝히고 있습니다. 어쩌면 지금의 일본은 전범 출신 총리 기시 노부스케의 망령이 그의 외손자로 되살아나 망국의 길로 가고 있는지도 모르겠습니다.

4

또 다른 영혼의
자화상

인간이 가진 고유한 파동

전생 리딩을 할 때 당사자가 참석하지 못할 경우, 사진으로 진행하는 경우도 있습니다. 어떻게 그것이 가능할까요? 대부분의 사람에게는 오감(시각, 청각, 미각, 후각, 촉각)을 통하지 않고도 사물을 분별할 수 있는 '육감'이란 게 있습니다. 그런 능력을 태어날 때부터 타고난 사람도 있겠지만, 그렇지 않을 경우 자신의 잠재력을 끊임없이 계발하고 발전시켜 최선의 노력을 한다면 누구나 가능합니다.

사진에는 그 사람의 생사와 관계없이 저마다 고유한 파동이 담겨 있습니다. 그런 진동에너지는 사람 눈에 보이지 않지만 극히 미세한 입자 하나하나에 상상을 초월하는 놀라운 정보가 숨어 있습니다. 수많은 생을 살았던 흔적들의 정보가 남아 있는 것입니다. 그것을 일종의 '상념체想念體'라고 부릅니다. 우리 눈은 카메라 렌즈 같은 역할을 합니다. 사람들은 살면서 많은 사물을 관찰하는데, 눈의 무의식적 깜박임(일종의 카메라 버튼을 누르는 작용)을 통해 신체의 순환 작용을 이어갑니다. 그리고 어떤 강렬한 장면을 만나게 되면 순간 특별한 진동을 가진 파동체로 인식해 그 정보가 뇌 속 깊숙한 공간에 있는 어떤 특별한 뇌엽腦葉에 저장됩니다.

사람이 살다 보면 무의식에 저장된, 자신도 잘 기억하지 못하는 장면이 갑자기 나타나는 경우가 있습니다. 그런 현상은 보통 예기치 못한 갑작스러운 사고로 극단적 생명의 위험을 느끼거나, 죽음의 문턱에 섰을 때 종종 일어납니다. 찰나의 순간에 주마등처럼 말입니다. 자기 전생의 장면들이 파노라마처럼 스쳐 지나가는 것입니다. 마치 아날로그 카메라의 뒤쪽을 열어 자동으로 필름을 되감는 것과 같습니다.

지금은 고인이 된 최인호(1945~2013) 작가는 살아생전 다음과 같은 경험담을 이야기한 적이 있습니다. "건너편 군용 트럭이 중앙선을 넘어 내 차로 돌진해왔다. 그 순간, 어릴 적 모든 일이 차르르 고속 필름으로 눈앞을 지나갔다. 그 후 충돌로 인한 충격으로 정신을 잃었다." 어느 고산 등반가도 실족해 높은 암벽에서 떨어질 때 똑같은 경험을 토로했습니다. 찰나의 순간에 눈앞을 스치고 지나가는, 평생을 살아온 장면들을 보았다는 것입니다.

이렇듯 사람이 각자 가지고 있는 고유한 파동의 응집체를 어떤 영적 공간에서 공명하게 되면, 그 속에 입력되어 있는 시공간을 초월한 정보를 읽을 수 있습니다.

오래전의 티베트 사람들이나 라오스 소수민족인 '커족'은 지금도 사진을 찍으면 영혼이 빠져나간다고 믿습니다. 특히 영혼의 방어력이 약한 여자와 어린아이는 사진 찍히는 것을 극히 꺼려 합니다. 사진에 대한 그들의 인식이 어쩌면 영혼에 대한 우리의 인식보다 감각적으로 더욱 섬세하기 때문에 그런지도 모릅니다.

앞에서도 설명했듯이 사람의 의식은 파동으로 이루어져 있고, 육체와 분리되어 있습니다. 그렇기 때문에 육체적 생명이 끝나도 고유한 파동체(의식)는 계속 남아 있습니다. 죽음은 하위 자아와 연결된 육체의 화학적 분해 이상의 의미를 가지고 있지 않습니다. 하지만 사람의 상위 자아와 이어진 고유한 의식의 파동은 그대로 존재합니다. 전생 리딩을 할 때, 살아 있는 사람의 사진 속 눈이나 영정 사진 속 눈을 보는 것은 전혀 다를 바가 없습니다. 파동을 읽어내는 이치에서는 같은 의미를 가지고 있기 때문입니다. 그래서 죽은 사람의 리딩도 가능하고, 사진 속 영혼이 전하고 싶은 영적 메시지를 읽어낼 수도 있습니다.

홍채虹彩 연구가들은 사람의 홍채를 통해 질병 종류를 알아낼 수 있다고 합니다. 우리의 홍채는 혈관이 풍부하게 분포되어 있고, 삼차신경(얼굴의 감각 및 일부 근육운동을 담당하는 제5뇌신경)의 분지를 이루는 구조적 환경을 갖추고 있기 때문입니다. 리딩에서도 이러한 홍채가 사람의 카르마적 질병과 연관성이 있다고 말합니다.

한글에 담긴 특별한 에너지

각 나라의 고유한 언어와 말에도 파동의 힘이 있습니다. 그래서 언어의 리듬이 얼마나 좋은 파동을 가지고 있는가에 따라 그 나라의 흥망성쇠에 많은 영향을 미칩니다. 물론 그런 언어가 지니고 있는 영향은 시대적 배경과 황도대黃道帶(태양을 도는 주요 행성들의 행로)의 위치, 또 지구의 배열과 그 나라의 지정학적 위치에 따른 변화에 의해서도 나타납니다. 마치 태양과 달의 중력이 지구의 바다에 파도를 일으키고 계절에 영향을 미치듯이 말입니다. 지금의 우주적 위치에서는 기축언어基軸言語라고 할 수 있는 영어가 파동음이 가장 높고 좋은 힘을 가지고 있습니다. 17세기 무렵 대영제국이 해가 지지 않은 나라로 번영했던 것도, 또한 지금의 미국이 세계 최강국으로 군림하고 있는 것도 어쩌면 그런 이치와 연결되어 있기 때문인지도 모르겠습니다.

이런 원리로 보면 미래(2050년대 이후부터)에는 한글도 기축언어의 힘을 가질 수 있습니다. 그 이유는 한글의 파동이 이 시대의 인류가 진정 바라는 놀라운 치유와 정화의 힘을 가지고 있기 때문입니다. 한글의 파동 에너지는 치유 에너지 그 자체입니다. 리딩으로 살펴보면, 생물학적 구조로 이루어진 인간의 육체에서 가장 상위 기관은 송과체이지만, 우주적 에너지와 공명할 수 있는 또 다른 기관은 후두부에서 목소리를 내는 성대聲帶입니다. 의학적으로는 아직 밝혀지지 않았지만, 성대에는 우주적 차원과 공명하는 특별한 센스가 숨어 있습니다. 목소리에서 나는 떨림의 진동이 뇌 깊숙이 존재하는 어떤 특별한 뇌엽에 자극을 주게 됩니다. 그리고 그에 대한 반응이 지속적으로 반복되면 어떤 특정 부분의 뇌혈류가 활성화하면서 우리가 지닌 의식의 영역이 확장됩니다. 이러한 이론을 비약하면, 종교적 주문이나 기도문을 반복해서 계속 외울 경우 그 자체가 갖고 있는 파동의 힘이 우주센스(우주적 메시지를 수신할 수 있는 통로)를 가지고 있는 성대 속의 특정한 세포를 자극해서 의식의 영역대를 확장할 수 있습니다.

원래 과학의 기초도 인간의 오감에 의해 만들어진 것이고, 오감을 이루는 상위체는 곧 파동이라고 할 수 있습니다. 그러니까 그 파동체의 가장 상위적 에너지를 한글이 갖고 있다고 이해하면 됩니다. 예를 들어 전 세계적으로 이름을 떨친 싸이의 〈강남 스타일〉과 같은 K팝이나 비틀스의 인기를 뛰어넘는 방탄소년단의 예기藝妓는 결코 우연한 것이 아닙니다.

봉준호 감독의 영화 〈기생충〉은 제72회 칸영화제에서 황금종려상을 수상했고, 제92회 아카데미 시상식에서는 오스카 92년 역사상 비영어권 영화로는 처음으로 최고 권위인 작품상을 수상했습니다. AP통신은 이를 "세계의 승리a win for the world"라고 평가했습니다. 백인, 영미권 중심의 오스카 심장부에 태극기를 휘날린 것입니다. 이날 〈기생충〉은 4관왕(작품상, 각본상, 국제영화상, 감독상)이라는 쾌거를 이루었습니다. 〈뉴욕타임스〉와 CNN도 "오스카가 오늘 밤 역사를 썼다"며 극찬을 아끼지 않았고, 일본 NHK와 영국 BBC도 이례적으로 메인 뉴스 속보로 수상 소식을 전했습니다. 미국의 블룸버그통신은 북미 지역에 있는 2,000개의 영화관에서 〈기생충〉을 상영한다고 보도했습니다. 한국의 영화예술이 세계에 널리 알려지는 것은 우리 민족이 지닌 깊고 높은 영성을 알리는 것과 같습니다. 세계 곳곳에서 거대한 대한민국의 굿판이 벌어지고 있는 것입니다.

그러나 이런 일들은 작은 시작일 뿐입니다. 그 이유는 지금의 대한민국이 4,000년 역사의 기운을 가진 땅의 지기地氣와 하늘의 기운이 가장 왕성하게 전개되는 운이 함께 만나는 시기에 있기 때문입니다. 인류의 의식 혁명은 2050년 이후부터 우리나라에서 시작됩니다. 앞으로 우리나라에서 태어날 후손은 대단히 깊은 지혜를 가진 영격 높은 영혼들입니다. 어쩌면 그들은 남북이 통일된 나라에서 천년의 융성함을 누리기 위해 태어나는 가장 신비로운 영혼일지도 모릅니다. 그런 시대가 오면 의식과 영성의 고차원적인 여러 단계가 열립니다. 그 통로를 통해 얻을 수 있는 뛰어난 과학의 메시지를 통해 우리 후손은 5차원 세계를 열어갈 것입니다. 그런 놀라운 희망과 가능성을 가진 나라가 대한민국이라는 사실을 우리 모두는 알아야 합니다.

인간의 육체에 거주하는 영혼과 마찬가지로 지구도 바뀝니다. 고대인은 지구도 환생한다는 믿음을 가지고 있었습니다. 그리스 로마 철학을 대표하는 스토아학파는 이 세상이 주기적으로 큰 재앙에 의해 멸망했다가 다시 새롭게 태어난다고 주장했습니다. 헬레니즘 시대의 유대 지도자이자 대표적 철학자이며 신학자인 필론 Philon은 이렇게 적고 있습니다.

"이것은 끊임없이 타오르는 불의 힘에 의한 것이며, 이 불은 만물 안에 내재되어 있다. 그래서 장구한 시간의 순환 안에서 만물이 그 불 속으로 용해되어 들어가고, 또 그로부터 나온 만물이 새로운 세상을 구성하는 것이다."

그렇게 진화한 지구는 황도 12궁과 달의 인력, 은하의 영향을 받습니다. 그러므로 지구가 새로운 황도대에 진입하게 되면 그 시대 진동의 영향을 받습니다. 우리 후손의 미래가 어떻게 전개될지, 오늘을 사는 우리가 미래의 조국을 위해 어떤 마음으로 준비하고 노력해야 할지 진지한 고민이 필요한 때입니다.

이런 이야기를 하면 보통 사람들은 매우 혼란스러워하거나 두려워합니다. 일반 상식을 벗어나는 미래의 현상에 본능적으로 의문이 들고 거부 심리가 일기 때문입니다. 그러나 우리 민족이 가진 고유성이 다른 민족에 비해 높고 깊은 파동으로 이루어져 있으며,

그렇게 형성된 우리의 민족의식이 지금 시대에서 최고의 정점으로 향하는 우주적 흐름과 함께하고 있다는 현상의 원리를 깨닫게 되면 자연히 그에 대한 거부 감정이 해소됩니다. 모르기 때문에 의문스럽고 두려운 것이지 이치를 알면 오히려 긍정적 마음을 가질 수 있습니다. 사람이 지닌 의식의 정보는 바다보다 넓고 깊습니다. 그 광활함은 이루 말할 수 없습니다. 정보의 바다인 지구는 우주 의식의 일부분이고, 우리는 지구 의식의 일부분입니다.

5

선행과 악행이라는
이분법적 사고

불변의 영적 법칙

저의 전생 리딩에 대해 의문을 품는 회의론자도 있습니다. 그들은 처음부터 저에 대한 공격을 멈추지 않았습니다. 그중에는 제가 "돈을 목적으로 허황된 이야기를 꾸며낸다"고 말하는 사람도 있습니다. 제가 작은 재능과 교묘한 말장난으로 그럴듯한 얘기를 지어낸다는 것입니다. 이른바 영성靈性을 공부한다는 사람으로서 어떻게 그런 거짓을 말할 수 있느냐는 겁니다. 하지만 제가 그런 내담자에게 전생 리딩이 주는 영적 메시지를 차근차근 설명해주면 그분은 이내 고개를 끄덕입니다. 바로 그 메시지가 그분의 삶에서 가장 고통스러웠던 상처이기 때문입니다. 인간은 누구나 살다 보면 점점 삶에 대한 통찰력이 깊어집니다. 때론 특이한 체험(신기한 경험)을 하는 경우도 있기 마련입니다.

저는 내담자에 관한 그 어떤 정보도 사전에 알지 못합니다. 다만 옆에서 전생 리딩을 도와주는 선생님의 안내에 따라 내담자의 이름을 듣는 순간, 그 사람이 가지고 있는 영적 파동을 한순간에 읽어내고 그걸 이야기해주는 것뿐입니다. 우리 삶에는 미스디리나 비밀이 너무나 많습니다. 그런 것은 전생을 전제했을 때에야 비로소 이해되고 해석할 수 있습니다.

15년이라는 긴 세월 동안 정신쇠약으로 고통받는 한 여성이 있었습니다. 그녀는 불면, 불안증, 공황장애로 전문 병원에서 심리 치료를 받았지만 전혀 나아지지 않았습니다. 전생 리딩에서 그녀는 제2차 세계대전 당시 독일군 장교였습니다. 수많은 유대인을 가스실에 몰아넣어 처형하는 현장에 있었습니다. 공포에 떨며 죽어가는 유대인들을 곁에서 지켜봐야만 했습니다. 그러니까 그는 현생에서 한 여인으로 태어나 전생의 카르마를 정화하고 있었던 것입니다. 자신이 갖고 태어난 영적 프로그램에 따라 처절하고 절박했던 유대인의 심정을 현생에서 경험하는 중이었습니다. 결국 그녀는 15년 동안의 고통스러운 수행(경험)을 통해 영적 프로그램을 끝냈습니다. 그리고 그 프로그램이 끝나는 시점에서 더 이상 병원에 가지 않아도 마음이 강같이 편안해졌습니다.

기원전 4~5세기 그리스에서 활약한 의학의 아버지 히포크라테스Hippocrates는 "같은 것이 같은 것을 치료한다"는 말을 했습니다. 그 원리는 "독毒을 가지고 독을 치료한다"는 동종요법에 있습니다. 동종요법이란 동종의 물질을 써서 치료한다는 유사성의 법칙law of similar에 뿌리를 두고 있습니다. 카르마의 법칙도 비슷합니다. 전생에서 지은 죄업을 현생에서 자신이 직접 겪어봄으로써 카르마를 치유하고 정화하는 것입니다.

에드거 케이시의 리딩 파일에 이런 말이 있습니다. "이 세계에는 불변의 영적 법칙이 있다. 닮은 것은 닮은 것을 낳는다는 것이다. 당신은 스스로 뿌린 씨를 그대로 거두어들이게 될 것이다. 신(자연의 법칙을 운용하는 존재)을 속일 수는 없다. 지금 당신이 이웃을 대접하듯이 장차 그대로 대접받게 된다."

리딩의 다양한 사례는 '사람들의 현생은 과거 생과 굳게 연결되어 있다'는 사실을 어김없이 보여줍니다. 그 사람이 전생에 선행을 했다면 그에 대한 보상을 받을 것입니다. 반대로 악행을 했다면 그에 따르는 영적 채무를 반드시 해결해야 합니다. 현생에서 나쁜 죄를 짓고도 운이 좋아 체형(감옥살이)이나 체벌(심각한 병)을 피해갈 수는 있습니다. 하지만 다음 생에서는 그에 대한 죗값을 반드시 치르게 됩니다. 하늘의 촘촘한 그물코는 결코 빠져나갈 수 없습니다.

영혼을 위한 또 하나의 패스포트

휴 다우딩Hugh Dowding은 제2차 세계대전 당시 영국 공군 전투기 사령부의 총사령관이었습니다. 그는 1945년 11월 런던의 신지학회 모임에서 "종교재판 시대에 잔학한 참상의 씨를 뿌린 자들이 베르겐벨젠Bergen-Belsen과 부헨발트Buchenwald의 포로수용소에서 그 업보를 받았다"고 말했습니다. 휴 다우딩이 말한 중세 유럽의 종교재판은 이단이라는 이유로 수많은 사람을 죽인 악명 높은 사건을 말합니다. 죄 없는 사람들이 아무 영문도 모른 채 끌려가 온갖 고문을 당하다가 죽어갔습니다. 다우딩의 말은 그때의 가해자들이 다시 태어나 제2차 세계대전 때 포로 생활을 했다는 것입니다. 그들이 종교재판 때 억울한 죽음을 당했던 사람들만큼의 고통을 맛보았다는 얘깁니다.

〈요한계시록〉 13장 10절에는 힌두교와 불교 경전에 나오는 업보에 대한 설명이 있습니다. "사로잡혀갈 사람은 사로잡혀갈 것이고, 칼에 맞아 죽을 사람은 칼에 맞아 죽을 것이다."

제1차 세계대전 중 영국의 전시 내각을 이끌고 베르사유조약을 성사시킨 영국 총리 데이비드 로이드 조지David Lloyd George는 이렇게 말했습니다. "우리 모두 이 세상에 다시 태어날 것이고, 다음 생에서는 이 세상에서 행한 바에 따라 응징을 받든가 아니면 축복을 받을 것이다. 예컨대 일꾼을 혹독하게 부려먹은 고용주는 그 자신 역시 같은 처지에 놓일 것이다."

전생 리딩에 따르면 벌칙은 그 카르마가 작용하는 미래생에서 이루어집니다. 당연히 카르마의 법칙은 인간 세상의 법칙보다 위에 있습니다. 그런 원리를 우리의 삶에 적용한다면, 하루하루의 삶이 얼마나 소중하고 조심스러운지를 깨달아야 합니다. 죄를 지으면 반드시 그에 상응하는 죗값을 치르고, 선행은 분명 다음 생에 놀라운 행운과 은혜로 보상받을 수 있습니다. 이는 마치 무제한 사용할 수 있는 신용카드를 가지고 태어나는 것과 같습니다.

우리 주변에는 선행을 쌓을 수 있는 기회가 엄청납니다. 선행은 크고 작음에 차이가 없습니다. 남을 배려하는 따뜻한 마음이면 됩니다. 작은 양보나 눈에 띄지 않는 봉사도 모두가 선행일 수 있습니다. 한 60대 여성이 길에서 의식을 잃고 쓰러졌습니다. 그때 시내버스 운전사가 심폐소생술로 그 여성의 목숨을 구했습니다. 평소 회사 안전 교육을 통해 심폐소생술을 익힌 게 도움을 주었습니다. 그는 쓰러진 여인을 보자마자 주저 없이 다가갔다고 합니다. 몸이 즉각적으로 반응한 것입니다. 나중에 그는 먼저 떠난 자신의 아내 생각이 났다고 말했습니다. "내가 아내 곁에 있었으면 살릴 수도 있었는데, 그러지 못해 그냥 보냈다는 후회의 마음이 들었습니다." 선행의 에너지는 "누군가가 내 가족을 도와주는 것처럼 나도 다른 사람을 돕는다"는 마음에서 나옵니다. 만약 모든 사람이 그렇게 생각하고 행동한다면 이 세상은 지금보다 훨씬 아름다워질 것입니다.

전생 리딩은 "남을 돕는 일이 스스로를 돕는 것"이라고 말합니다. 남을 위하는 마음이 곧 스스로를 위하는 마음인 것입니다. 그런 작은 선행의 조각들이 모여 '빛의 에너지'가 되고, 그것이 이 세상을 한 차원 높게 만듭니다. 비록 한 생이 아니라 여러 생에 걸쳐 이루어진다 하더라도 말입니다. 그렇게 우리는 우리의 영성을 점점 완성해갈 수 있습니다.

소아마비로 다리가 불편한 중년 남성

어릴 때 소아마비를 앓아 다리가 불편한 중년 남성이 있었습니다. 리딩에서 그는 두 번의 생이 이번 생에 영향을 미치고 있었습니다. 첫 번째는 십자군 전쟁 때 이교도를 탄압하고 살육한 삶이었습니다. 바로 그때 지은 부정적 카르마를 정화하기 위해 이번 생에서 불편한 신체로 태어난 것입니다. 이는 그의 영혼이 스스로 선택한 삶이었습니다.

두 번째 생은 유럽에서 수녀로 살았던 삶이었습니다. 유럽 인구의 3분의 1이 흑사병으로 죽어나가던 시절이었습니다. 당시 그녀는 헌신적으로 환자들을 돌봤습니다. 그 선행이 이번 생에 좋은 영향을 미쳤습니다. 부모로부터 많은 유산을 물려받은 것입니다. 그는 그 유산으로 사회복지재단을 만들어 힘들고 가난한 이웃을 위해 봉사하는 삶을 살고 있습니다.

그는 꿈속에서 늘 어두운 계곡을 헤매는 자신을 보았습니다. 그러면서 누군가를 애타게 찾고 있었습니다. 또 전장에서 한 장군이 무자비하게 살상하는 장면도 자주 나타났습니다. 다행히 그런 어둠 가운데서도 한 줄기 밝은 빛이 머리 위를 맴돌았습니다. 그리고 그 빛이 항상 자신을 어둡고 습한 계곡에서 빠져나갈 수 있도록 이끌었습니다. 그건 바로 그가 어머니 몸속에서 나올 때 기억하는, 자신을 인도했던 그 빛이었습니다. 엄마 배 속에서 있던 일을 어떻게 기억할까요? 하지만 이상하게도 그에겐 그 빛의 느낌이 평생 뚜렷하게 남아 있었습니다. 그래서 어렵고 힘들 때마다 그 빛을 떠올리게 된다고 했습니다. 그리고 그 빛이 그에게 "이웃을 위해 살아라" 하고 말하는 것 같다고 했습니다.

그렇습니다. 그 빛은 바로 영혼의 최상위 에너지체입니다. 기독교에서는 '수호천사', 불교에서는 '불보살佛菩薩'이라고 부르는 영적 수승체首僧體를 말합니다.*

케이시의 파일에는 이런 말이 있습니다. "당신은 처음에는 신神과 하나였습니다. 그러나 물질적 욕망을 채우는 것에만 급급했기 때문에 신과의 일체성을 잃게 되었습니다. 그러므로 당신은 예수가 말했듯이 몇 번이고 되풀이해서 이 지상에 태어나는 것입니다.

---

* 지나 서미나라, 《윤회의 비밀》, 백련선서간행회 옮김, 장경각, 1988, p.334.

당신은 법칙을 성취하기 위해 왔습니다. 신과의 일체성을 회복하기 위해, 당신을 이 세상에 태어나게 한 법칙을 성취하기 위해 온 것입니다."

기독교에도 윤회에 대한 구절이 있습니다. 〈마태복음〉 17장 12~13절에서 세례 요한은 엘리야의 재생을 말합니다. 예수는 윤회라는 단어를 쓰지 않았지만 "세례 요한이 엘리야로 왔다"고 분명하게 말하고 있습니다. 초기 그리스도교 신부들의 행적을 보면 상당수가 윤회를 긍정했고, 이에 대해 공개적으로 설교했음을 알 수 있습니다. 알렉산드리아학파의 대표적 신학자 오리게네스Origenes, 순교자 유스티누스Justinus 등이 그 좋은 예입니다. 이들은 예수가 살던 때와 그리 멀지 않은 시대의 사람들입니다. 오리게네스는 "카르마의 교리가 기독교에 적합하다"고 주장했다는 이유로 사후 299년 파문당했습니다. 그런데 예수는 그노시스교의 복음서《피스티스 소피아Pistis Sophia》*에서 "영혼은 하나의 몸에서 다른 몸속에 부어진다"라고 말합니다.

2,500년 전 싯다르타는 "네 속에 깨달은 부처가 있으니 그 불성佛性을 찾으라"고 가르쳤습니다. 하지만 그걸 찾지 못하고 방황하는 게 인간입니다. 부처님도 깨달음을 얻는 데 500번 넘는 생을 거

---

* '믿음의 지혜'라는 뜻으로 예수가 막달라 마리아에게 준 비밀의 가르침이라고 전해집니다.

쳤습니다. 평범한 인간은 그보다 훨씬 더 오래 걸릴 수밖에 없습니다. 어쩌면 수천 생을 살아야 가능할지도 모릅니다. 그러므로 우리는 이 현생이 마지막 기회일지도 모른다는 생각으로 알차게 살아야 합니다.

현생에서의 고통스러운 삶을 자신이 과거 생에 지은 나쁜 카르마를 청산하는 과정이라고 생각하는 사람은 그 어려운 고난을 극복하면 다음 생에서 분명 자신이 원하는 삶을 살 수 있습니다. 이번 생이 한 번뿐이고 그 생이 불행과 절망뿐이라면 스스로 자신의 삶을 포기하는 사람이 줄을 이을 것입니다. 죽음은 우리에게 위대한 교훈을 줍니다. 죽음 앞에서 인간은 누구나 다 겸손해집니다. 과거의 잘못을 반성하고 속죄하도록 하는 기막힌 신神의 한 수인 것입니다.

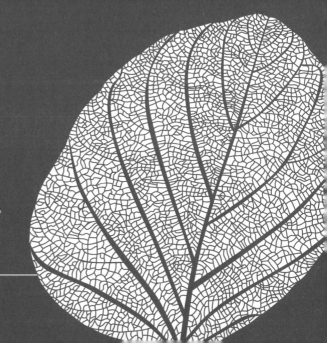

3부　　　　　인생에 대한
　　　　　　위로와 해답

1

사랑과 성에 따른
결혼의 인연법

인연법에 따른 세 가지 결혼

우리는 흔히 사랑에 빠진 사람들을 가리켜 "눈에 콩깍지가 씌었다"
고 말합니다. 실제로 다른 이들 눈에는 보이지 않고 오직 그 사람
에게만 보이는 특별한 감정을 느끼게 하는 상대가 있다고 합니다.
예를 들면 상대가 환한 빛에 둘러싸여 있다든지, 보는 순간 심장이
쿵쾅거리고 얼굴이 빨개지는 특별한 심리 상태에 빠지는 것 등입
니다. 그런 반응은 전생으로부터 이어진 무의식에 숨어 있던, 어떤
강렬한 사랑에 대한 기억 입자粒子의 작용 때문입니다.

 윤회와 환생을 공부하는 사람들은 이를 '업력의 상호작용'이라
고 합니다. 쉽게 설명하면, 누군가를 첫눈에 사랑하는 감정은 과거

로부터 물려받은 그 사람의 DNA에 입력된 영적 상속 정보에서 생겨난다는 것입니다. 전생에 사랑했던 사람을 현생에서 다시 만날 때 일어나는 현상인 것이죠.

그리고 그 감정에는 이 세상에 태어나려는 아이의 영혼도 일정한 작용을 합니다. 좀 더 쉽게 설명하면, 아이의 영혼이 자기가 선택한 부모의 성선性腺을 자극해 애정의 샘을 넘치게 한다는 것입니다. 그렇게 서로를 사랑하게 만들어 자신이 태어날 통로를 만드는 겁니다. 이처럼 특정 이성에게 견딜 수 없는 매력을 느끼면서 동시에 강한 성적 애착이 일어난다면, 그 충동적 감정에는 어쩌면 자신들을 통해 세상에 태어나고 싶은 아이의 강렬한 욕망이 개입되어 있는지도 모릅니다.

결혼은 다음의 세 가지 형태를 띤다고 리딩은 말합니다.

1. 태어날 아이의 영혼이 원하는 결혼
2. 순수한 사랑으로 이루어지는 결혼
3. 성적 욕구로 인한 결혼

첫 번째 '태어날 아이의 영혼이 원하는 결혼'은 20대 초반 미혼모의 리딩 사례가 있습니다. 그녀는 준비되지 않은 상태에서 아이를 낳았습니다. 아이 아빠는 종교 수행 단체에서 만나 평소 가깝게 지내던 동갑내기 대학생이었습니다. 어느 날, 그들은 함께 종교 행사와 관련한 산행을 마치고 돌아오다가 소나기를 만났습니다. 그래서 잠시 비를 피하기 위해 농막農幕에 들어갔는데, 비에 젖은 두 사람은 심한 추위를 느꼈습니다. 그래서 자연스럽게 서로의 몸을 밀착했는데, 순간 그들의 의지와 상관없이 정념이 불타올랐습니다. 마치 무엇에 홀린 듯 말입니다. 그런데 리딩으로 살펴보니 한 아이의 영혼이 그들의 홀린 듯 타오른 정염에 불을 붙이고 있는 장면이 나타났습니다.

그 아이의 영혼은 전생에서 두 사람이 가난한 부부로 살았을 때, 자식의 인연으로 만난 적이 있었습니다. 소작인 농부였던 부부는 아이가 태어나던 해 심한 기근을 겪었습니다. 아이는 엄마의 마른 젖을 빨다가 아사餓死했습니다. 그 아이의 영혼이 현생에서 다시 태어나기 위해 두 사람을 만나게 한 것입니다. 하지만 그럼에도 불구하고 현생에 태어난 그 아이의 영혼이 두 사람을 다시 부부의 인연으로 맺어지게 하는 힘은 약하다고 리딩은 말합니다.

두 번째 '순수한 사랑으로 이루어지는 결혼'의 사례입니다. 30대에 결혼해 늦게 임신한 소방 공무원의 아내가 저를 찾아와 배 속 아이와의 인연을 물었습니다. 리딩을 통해 본 전생에서 그녀는 조선시대 병자호란이 지난 후 민심이 혼란스러울 때 살았습니다. 그녀는 20대 중반의 나이에 어느 양반집 며느리로 착한 남편을 만나 행복하게 살고 있었습니다. 그러던 어느 날 친정아버지가 돌아가셨다는 갑작스러운 부음訃音을 들었습니다. 그 소식에 그녀는 급하게 험한 산길을 넘어 친정으로 향했습니다. 하지만 도중에 거센 산불에 휩싸여 죽을 위험에 처하게 되었습니다. 관군들이 산적 무리를 토벌하기 위해 그들의 소굴이 있는 산에 불을 지른 것입니다. 그때 공교롭게도 산채를 탈출한 산적 한 명이 그녀를 구해줬습니다. 그 산적은 정신을 잃은 그녀를 깊은 동굴에 데려가 여러 날 간호한 끝에 살려냈습니다. 그리고 그녀를 절간 일주문 앞까지 데려다주었습니다. 시집 식구들이 그녀를 의심할까 봐 사찰에 맡긴 것입니다. 사려 깊게도 그녀의 행적에 대한 알리바이까지 만들어주었죠. 그렇게 몸을 회복한 그녀는 무사히 집으로 돌아갈 수 있었습니다.

현생에서 그녀는 어머니가 강력하게 추천한 소방관 남편을 만나 결혼했습니다. 평소 불심이 깊었던 어머니는 "좋은 인연을 찾아 너를 시집보내는 것이 소원"이라며 절에서 기도를 많이 했습니다. 어머니는 그녀를 지금의 남편과 이어준 뒤 마음 편히 세상을 떠났습니다. 리딩에서는 전생의 사찰 주지 스님이 현생의 어머니이고, 목숨을 구해준 산적이 지금의 남편이며, 태중의 아이는 전생의 남편이라고 했습니다. 현생의 어머니는 전생에서 딸을 구해준 산적의 은혜를 딸이 갚을 수 있도록 돕기 위해 온 인연이었던 것입니다.

세 번째는 '성적 욕구로 인한 결혼'입니다. 어떤 사람이 전생에서 불륜의 카르마를 지었다면 현생에서 다시 그 상대방을 만났을 때 강렬한 충동적 욕정이 그를 지배할 수 있습니다. 자신의 여자 친구가 다른 남자와 깊은 관계를 맺고 있다는 사실을 알면서도 그녀와 결혼한 남자가 있었습니다. 그는 여자의 강렬한 성적 매력에 끌려 다시는 그 남자를 만나지 않겠다는 약속을 믿고 결혼한 터였습니다. 그러나 아내는 결혼 후에도 그 남자와의 만남을 계속했습니다. 남편과의 사이에서 아이를 둘이나 낳고서도 말입니다. 그는 아내의 계속된 불륜 행각에 헤어지겠다는 고민을 수없이 했지만, 아내에 대한 깊은 사랑 때문에 도저히 이혼할 수 없었습니다. 저를 찾아온 그는 자신에게 왜 이런 불행이 일어났는지 물었습니다.

리딩은 그가 전생에 아내를 배반했기 때문이라고 말했습니다. 전생에서 그는 1900년대 초 대지주 양반 가문의 대감이었습니다. 그 집에는 미모의 하녀가 있었는데, 집안 선대 어른 때부터 집안을 위해 헌신해온 노비의 딸이었습니다. 그녀의 아버지였던 노복老僕은 대감에게 자신의 미천한 딸을 잘 돌봐달라는 유언을 남기고 세상을 떠났습니다. 그런데 평소 하녀에게 음심淫心을 품고 있던 대감이 그녀를 겁탈했습니다. 하녀에게는 이미 사랑하는 남자가 있었는데, 대감은 그에게 누명을 씌워 멀리 쫓아버렸습니다. 이후에도 대감은 하녀를 욕망의 대상으로 삼았습니다. 리딩에서 놀랍게도 지금 아내의 애인은 전생에서 하녀가 사랑하던 남자로 밝혀졌습니다. 현생에서 그 두 남녀의 관계는 지극히 잘못된 만남이라고 지탄받을 수 있습니다. 하지만 현생의 남편이 괴로워하는 고통에 대해 리딩은 전생에 자신이 저지른 잘못된 욕망의 대가를 그렇게 청산하고 있다고 말합니다.

사랑은 아주 정교합니다. 또 신의 뜻이 담겨 있기에 도덕적으로 올바르게 사용해야만 합니다. 남녀가 결혼해 아이를 잉태하는 과정을 "생명이 흘러 영혼이 육체에 깃들기 위한 물길"이라고 말합니다. 윤회와 환생의 고리에서 가장 중요한 것 중 하나는 결혼 전 섹스입니다. 이는 매우 유의해야 합니다. 평소에는 품행이 단정해야 하고, 성적인 행위에서는 그에 따른 질서가 필요합니다. 여자의 자궁을 아이의 영혼이 지상으로 소풍 오는 정원이라고 생각해봅시다. 그러면 아이는 어떤 정원이 마음에 들까요? 푸른 잔디와 아름다운 꽃이 피어 있는 밝은 정원이 좋을까요? 아니면 잡목이 무성하고 흙탕물이 고여 있는 어두운 정원이 좋을까요?

자궁은 아이들의 영혼이 머무는 궁전입니다. 그 궁전에 대한 관리 책임은 스스로에게 있습니다. 사랑하는 사람과의 성적 관계는 그에 따르는 도덕적 기준과 정상적 질서가 있어야 합니다. 오직 성적 쾌락과 유희만을 즐기는 섹스는 절제해야 합니다.

종교와 인간의 성에 대한 차이

전생에서 어떤 종교적 계율에 따라 섹스를 멀리하는 수행자로 살았던 사람들 중에는 현생에서 성에 대해 강렬한 집착증을 보이는 경우가 있습니다. 유난히 섹스에 강한 집착을 보이는 어느 젊은 부부가 바로 그런 사례입니다. 캠퍼스 커플로 만나 사랑에 빠져 결혼한 그들은 성에 대한 조급증 때문에 하루에도 한 번 이상 서로를 확인하지 않으면 못 견뎌 하는 성중독자 같은 일상을 보냈습니다. 리딩에서 나타난 그 원인은 조선시대 말기 두 사람의 삶에 있었습니다. 당시 그들은 천주교 세례를 받은 남녀로 집안 어른들의 약속에 따라 결혼했습니다. 그러나 두 사람은 결혼하기 전에 이미 평생 순결을 지키겠다고 천주님께 서약한 상태였습니다. 이를 지키기 위해 서로에 대한 열망을 누르고 성관계를 갖지 않았습니다. 그렇게 평생을 참고 인내했던 욕망이 현생에서 한꺼번에 솟아나 지금의 성적 갈애渴愛의 원인으로 작용한 것이라고 리딩은 말했습니다.

프로이트는 "성욕은 생명의 에너지이자 원천이다"라고 말했습니다. 하지만 그리스도 신학에서는 성을 죄라고 주장함으로써 성에 대한 부정적 인식을 심어놓았습니다. 이는 〈창세기〉의 상징적 이야기를 잘못 해석했기 때문에 비롯되었다고 볼 수 있습니다. 《성경》에서는 인류의 조상인 아담과 이브가 하나님이 먹지 못하게 금지한 선악과를 따 먹음으로써 원죄를 짓게 되었고, 그로 인해 인간은 태어날 때부터 원죄를 가지고 태어난다고 설명합니다. 비록 결혼을 통해 성적인 관계를 합리화하지만, 아이는 죄 속에서 잉태되는 모순이 생겨난 것입니다. 하지만 《성경》에서 이브를 유혹한 뱀은 단지 쿤달리니Kundalini*의 상징이었으며, 금단의 열매를 따 먹은 것은 일곱 개 차크라가 갑자기 열렸다는 걸 의미합니다. 또 금단의 열매를 따 먹지 말라고 한 것은 섹스를 금했다는 의미로 해석할 수 있습니다. 그리고 뱀은 남성의 성기를 뜻하고, 이브가 이를 유혹해 취했다는 것입니다. 하지만 신은 송과선과 뇌하수체(백회혈)보다 생식선(회음혈)이 강조되는 것을 싫어했습니다. 그래서 원죄라는 이름을 붙여 모든 인류에게 성에 대한 심리적 그늘을 만들어놓은 것입니다.

《성경》에서는 사랑의 하나님을 깨닫지 못하는 사람들은 완전한 신의 사랑에 도달할 수 없다고 이야기합니다. 에덴동산에서 살 수 없는 원죄를 지은 조상을 둔 죄가 크다는 것입니다. 그래서 지상에 태어난 우리는 다시 에덴동산으로 돌아가기 위해 열심히 기도하는 마음으로 살아가야 한다고 가르칩니다. 원죄는 섹스입니다. 그런데 불행하게도 우리는 섹스를 통하지 않고는 세상에 태어날 수 없습니다. 섹스를 통하지 않고 태어난 사람은 하나님의 아들 예수뿐입니다. 그래서 우리는 에로스적인 사랑의 범주를 뛰어넘을 수 없는 것입니다. 《성경》의 말씀을 믿는 사람들은 예수를 그리워합니다. 인류가 원하는 완전한 사랑이 거기 있기 때문입니다. 예수는

성령聖靈으로 잉태되었지만 우리는 섹스로 잉태되었습니다. 이것이 신과 인간의 차이입니다.

리딩으로 살펴본 사랑의 전말

미국 코넬대학교 인간행동연구소의 신시아 하잔Cynthia Hazan 교수 연구팀은 2000년 사랑이 우리 몸속 화학물질과 관련이 있다는 연구 결과를 발표했습니다. 연구팀에 따르면 사랑을 시작할 때 특정 호르몬과 신경전달물질이 그 감정을 전달하고 퍼뜨리며 평소와 다른 상태로 만든다고 합니다. 그중 페닐에틸아민phenethylamine은 제어하기 힘든 사랑의 열정에 휩싸이게 하는 물질이라고 합니다. 농도가 짙어질수록 이성이 마비되고 열정에 빠져든다는 것입니다. 이를 업의 논리로 해석하면, 전생에서 서로 사랑했던 사람을 현생에서 다시 만났을 때 일어나는 업력의 현상이라고 할 수 있습니다. 몇백 년, 몇천 년을 애타게 기다렸다는 식으로 말이죠. 그런 업력 속에 잠재되어 있던 애정이 되살아 생기고 그 통로를 따라 아이가 태어난다는 논리가 리딩으로 살펴본 사랑의 전말입니다.

영원한 사랑, 무한의 시간에서도 변하지 않는 사랑. 우리는 모두 그런 사랑을 원합니다. 하지만 인간의 사랑은 욕망에서 비롯하는 경우가 많기 때문에 아무리 채우고 채워도 갈증을 해소할 수 없습니다. 욕망의 크기만큼 마음의 공허도 커집니다. 마르틴 하이데거에 따르면 인간은 누구나 텅 빈 시간의 느낌을 두려워한다고 합니다. 그래서 우리는 서로의 텅 빔을 그렇게 사랑으로 채우려고 방황하는지도 모릅니다.

어린아이가 노리개젖꼭지에 매달리듯 우리는 세상이 인정하는 뭔가에 매달립니다. 마음속의 공허함, 불안, 지루함에 휩쓸리지 않기 위해 자신을 지탱해줄 무언가를 추구하는 것이죠.

프랑스의 정신분석학자이자 의사 자크 라캉은 이러한 욕망이 '생존의 동력'이라고 말합니다. 욕망이 우리를 살게 하는 에너지이고, 그 힘이 인간의 발전과 생존의 절대적 동력이라는 것입니다. 그중에서도 성적 욕망은 인간이 갖고 태어나는 생명 에너지에 뿌리를 두고 있습니다. 동물은 힘으로 구애하지만 인간은 돈, 권력, 명예 등으로 대상을 얻으려 합니다.

인간의 신체 여러 곳에는 정신적 힘의 중심을 이루는 차크라가 있습니다. 힌두교와 탄트라불교의 일부 종파에서는 신체 수련을 할 때 중요한 개념으로 차크라를 설명합니다. 정신적 힘과 육체적 기능이 합쳐져 상호작용하는 지점입니다. 인간의 몸에는 일곱 개의 차크라가 있는데, 그중 밑에서 두 번째에 위치한 제2차크라를 천골 또는 단전 차크라, 스와디스타나Swadhistana 차크라라고 부릅니다. 이곳은 기쁨과 쾌락의 원리에 의해 지배됩니다. 특히 우리의 생식과 관련 있는 성적 부분, 감각적·육체적 기쁨, 욕망의 표현과 관련이 있습니다. 그런데 앞에서 설명한 에너지 센터를 '영혼 차크라(제2차크라)'라고도 부르는데, 그 이유를 리딩으로 살펴보면 영혼 차크라에는 사람들이 전생에서 맺은 어떤 애정에 대한 정보의 기록이 집대성되어 있는 것으로 나타납니다. 또한 기억과 잠재의식의 저장고이기 때문에 천골 앞쪽에 있는 천골 신경층에 자리 잡고 있습니다. 차크라는 영적 세계에서 물질세계로 영적 에너지가 유입되는 통로의 방입니다. 육체적 사랑을 주고받는 그 은밀한 과정에서 다른 사람의 존재를 인식하고 친밀감 형성과 생명을 창조하는 공간인 것입니다.

성욕은 사랑의 가장 강렬한 표현입니다. 성욕이 단지 육체의 쾌락만을 추구하는 이기적인 것이라면 부적절한 업력이 될 수 있습니다. 그러나 그 행위가 상대를 진실로 사랑하고 확인하는 순수함의 에너지로 가득 채워져 있다면 삶의 가치를 보다 진실하고 긍정적인 관계로 상승시킬 수 있습니다.

또 다른 사랑의 형태

동성애도 일반 사랑과 크게 다르지 않습니다. 자신이 지니고 있는 성적 충동을 성실하게 관리한다면 사랑의 가치를 바르게 평가할 수 있습니다. 고대 역사에서 여성만이 살았던 여인 제국에서 동성애는 당연한 것이었습니다. 그들에게 남성과의 성관계는 자식을 생산하려는 생식 이상의 의미가 없었습니다. 소크라테스가 살았던 그리스 시대와 지금은 사라진 대륙 아틀란티스에서도 동성애를 당연하게 받아들였다고 합니다. 그들은 지금보다 높은 영성을 지니고 있어 자신의 짝이 입고 있는 육체의 성을 그리 중요하게 생각하지 않았답니다.

리딩으로 보면 이성보다 동성에 관심이 있는 것은 현재와는 반대의 성을 가지고 살았던 전생의 영향 때문입니다. 남성이든 여성이든 우리는 누군가를 위한 영혼의 반쪽입니다. 인간은 누구나 자신의 반쪽 영혼을 찾게 되는데, 그 반쪽을 찾는 것이 중요하지 상대방이 가지고 있는 육체의 성 자체는 그리 중요하지 않다고 리딩은 말합니다.

동성애자이거나 동성애적 사고를 갖고 있는 사람들의 영적 상태를 보면 영혼에 대해 다르게 설명해야 할 부분이 있습니다. 우리가 '나'로 알고 있는 '나'는 바로 '자신'이라는 존재입니다. 사람들은 각자의 개성과 과거 생의 기억에서 유일성을 갖고 있습니다. 그리고 영靈은 우리가 자신의 영적 존재로부터 끌어내는 힘입니다. 그래서 그 두 힘이 합쳐져야 비로소 생명의 온전성을 회복할 수 있습니다. 즉 신성神性으로 나아갈 수 있다는 말입니다. 신성이란 원래 우리가 가지고 있는 우주적 본질을 말합니다. 신성을 통해서만 창조적 영혼의 완전한 균형을 이룰 수 있습니다.

미국의 한 대학에서 철학을 가르치는 40대 여성이 2018년 커밍아웃을 했습니다. 리딩에서 그녀는 고대 그리스의 철학자이자 사유가였으며, 15세기 스페인에서는 귀족 남성으로 당대의 문화와 예술을 공부했습니다. 스페인에서의 삶에서 그녀는 공부를 통해 신성에 다가감으로써 자신의 영성을 일깨울 수 있었습니다. 다른 생에서는 16세기 일본에서 다이묘의 누이로 태어나 신관의 삶을 산 적도 있습니다.

현재 그녀는 자신의 성적 정체성 때문에 방황과 고립의 시간을 보내고 있다고 했습니다. 그녀는 "저는 왜 이렇게 외롭고 고립된 삶을 살아야 할까요?" 하고 물었습니다. 이에 리딩은 전생에서 배운 익숙한 인내심을 내면으로 끌어내 자신을 철저하게 잘 관리하면 된다고 말했습니다. 일반적 인연에서 숙업宿業이 있는 사람은 상대적 인연을 피해갈 수 없습니다. 그래서 서로가 만나 열심히 사랑하며 살아갑니다. 그러나 상대적 인연법이 맑고 명료한 사람은 자신이 가진 성적 욕망을 최소화할 수 있는 삶을 살아갑니다. 그녀는 커밍아웃을 통해 영적 해방감을 얻었다고 했습니다. 리딩으로 살펴본 그녀의 영적 상태는 누구보다 맑고 깨끗하며, 자신을 잘 관리해옴으로써 아주 성숙한 영성체를 가지고 있었습니다. 육체는 양성兩性의 특징을 모두 가지고 있기 때문에 섬세하고 예민한 기질의 사람 중에는 양성 모두에 대한 분명치 않은 충동을 지니고 있는 경우가 더러 있습니다. 그렇기 때문에 자신의 상대를 만났을 때 '성의 혼란'을 겪게 되는 것입니다.

스위스 심리학자 카를 구스타프 융Carl Gustav Jung은 인간은 남성이면서 동시에 여성이며, 어느 한쪽의 영혼이 우세할 뿐이라는 점을 중요하게 다루고 있습니다. 육체가 자체의 성기를 가지고 있으면서 동시에 반대 성의 성기도 불완전하게 갖추고 있는 것처럼 영혼 역시 어떤 발달 이전의 능력, 즉 현재 활동을 멈추고 있는 이성의 능력도 간직하고 있다는 것입니다.

현대 인도의 스승 아우로빈도 고시Aurobindo Ghoṣh는 이런 말을 남겼습니다.

> 영혼은 인간이라는 공식에 얽매이지 않는다. 영혼은 인간과 더불어 시작된 것이 아니며 인간과 더불어 끝나는 것도 아니다. 영혼에게는 인간이라는 존재보다 앞서 과거가 있으며, 또한 인간을 초월하는 미래가 있다.

앞의 이야기는 인간이 자신에 대해 갖고 있는 이미지 세계는 매우 협소하며, 진화는 그렇게 협소한 세계에 국한되지 않는다는 의미로 해석할 수 있습니다. 진화는 그 인간 삶의 범위를 훨씬 넘어서는 것이기 때문에 어떤 편견에 그 가치를 고정해서는 안 된다는 말입니다. 그리고 사랑의 가치와 표현에서는 그 어떤 형태의 사랑(동성애, 이성애)이라도 그것이 진실을 전제로 한다면 존재 양식을 벗어던지고 시공을 초월한 차원으로 들어가 결국은 우주가 갖는 의지와 합일하는 경지에 이를 수 있는 것입니다.

2

결혼의 유효기간에
대하여

졸혼을 선언한 중년 여성

막내딸을 시집보낸 50대 여성은 얼마 전 남편에게 졸혼卒婚을 선언했다고 했습니다. 아이들 모두 각자의 가정을 꾸려 잘 살고 있으니 자신도 이제 가족에 대한 책임과 의무에서 벗어나고 싶다는 것이었습니다. 그 이야기를 듣고 당황해하는 남편의 태도가 어색하고 불편해서 여성은 시골 친정집에 가 있다고 했습니다. 졸혼을 결심한 그녀는 정확히 무엇 때문인지는 모르겠지만, 이제는 빚을 다 갚았다는 마음이 들었답니다. 불심이 깊은 친정어머니는 딸의 행동과 결심을 이해했지만, 그렇다고 지금의 사태를 그냥 지켜볼 수만은 없었습니다. 자신의 딸이 졸혼을 선택함으로써 어떤 나쁜 업을 짓지는 않을까 염려되었습니다. 그래서 저를 찾아와 딸과 사위의 전생 인연을 통한 결혼 유효기간을 물었습니다.

리딩에서 두 사람은 일본 전국시대 때 인연이 있었습니다. 그때 지금의 남편은 귀족 가문의 소작인이었고, 지금의 아내는 그 귀족의 정실부인이었습니다. 어느 여름날 저녁, 소작인이 귀족 부인의 심부름을 하기 위해 그 집에 막 도착했을 때였습니다. 엄청난 장대비가 쏟아지면서 동네 뒷산의 저수지 둑이 무너졌습니다. 한 달 전부터 내리던 여름 장맛비에 약해진 저수지의 둑이 갑자기 불어난 물에 그만 터져버린 것입니다.

순식간에 물이 덮치자 미처 집을 빠져나오지 못한 귀족 부인은 급류에 휩쓸려 익사 직전의 위기에 처했습니다. 그때 소작인은 떨어져 나온 대문 문짝을 잡고 물길에 휩쓸리지 않으려 안간힘을 쓰고 있었습니다. 그러던 중 귀족 부인을 발견했습니다. 귀족 부인은 일찍이 아내를 병으로 잃고 혼자 힘들게 살아가는 소작인을 평소 너그럽고 따뜻하게 대해주었습니다. 소작인은 망설이지 않고 자신이 의지하고 있던 문짝으로 귀족 부인을 구하고, 자신은 목숨을 잃었습니다. 구사일생으로 살아난 귀족 부인은 그 후 절에서 자신을 위해 희생한 그의 영혼을 위해 평생 기도를 올렸습니다. 다음 생에서는 그에게 보답할 수 있는 삶을 살 수 있게 해달라는 간절한 소망을 담은 기도였습니다.

그때의 귀족 부인이 지금 졸혼을 선언한 50대 여성이고, 자신의 생명을 바쳐 귀족 부인을 구한 소작인이 현재의 남편이라고 리딩은 말했습니다. 전생에서의 공덕이 이번 생에서 부부 인연을 맺는 보상의 원인으로 작용한 것입니다. 그러나 이제 보은(결혼)에 대한 유효기간이 만료되었고, 그것이 아내의 졸혼 결심으로 나타났습니다. 그녀는 명문 대학을 졸업했고 인물도 좋았습니다. 그러나 남편은 학벌도, 집안도 형편없었죠. 어느 명상 모임에서 처음 만난 두 사람은 서로의 강한 영적 끌림에 교제를 시작했고, 사랑이 깊어지자 그녀는 집안의 반대를 무릅쓰고 결혼을 했습니다.

그렇게 두 사람은 결혼을 통해 한평생을 살면서 전생에서의 보은과 보상을 이룬 것입니다. 아울러 전생의 빚을 다 갚았기에 딸은 졸혼으로 인한 카르마가 남지 않는다고 리딩은 말했습니다.

결혼에 담긴 또 다른 의미

'졸혼'이란 말은 일본 작가 스기야마 유미코杉山由美子가 자신의 책 제목《졸혼 시대》에서 처음 사용했습니다. 일본에서 황혼 이혼이 사회문제로 떠오르자 그 대안으로 나온 개념입니다. 우리는 평균 수명 100세 시대에 살고 있습니다. 부부가 함께 지내야 하는 시간이 자연스럽게 증가하면서 부부라는 맹목적 의미에 의문을 갖는 사람이 늘어나기 시작했습니다. 그런 삶의 배경을 가진 가정(보통 20년 넘게 결혼 생활을 유지한 부부)에서 황혼 이혼을 선택하는 비율이 높아진 것입니다.

통계청 자료에 따르면 지난해 우리나라 전체 이혼의 약 30퍼센트는 황혼 이혼이었다고 합니다. 30년 이상 함께 살아온 부부의 이혼이 10년 전에 비해 2배 증가한 것입니다.

일본 신경외과 전문의 히라이 다쓰오 박사의 연구에 따르면, 인간은 55세까지 유전자가 생존·생식 모드로 프로그래밍되어 있어 대부분의 사람은 대체로 평등하고 건강하게 살 수 있다고 합니다. 하지만 55세가 지나면 유전자의 가장 큰 의무, 즉 종족 보존이 끝나게 되어 생물학적으로(사회학적으로는 다르지만) 필요 없는 존재가 된다고 합니다. 동물의 세계에서 퇴출 시기가 온 셈이죠. 그때부터 이전의 생활 습관이나 유전적 요인에 의한 개인의 노화 차이가 극적으로 벌어집니다.

독일에서 인지학협회를 창설한 루돌프 슈타이너Rudolf Steiner는 이렇게 말합니다. "습관적으로 이기적 행동을 하는 사람은 다음 생에서 일찍 늙어버린다. 그러나 오랫동안 젊음과 신선함을 유지하는 사람은 이전의 생에서 사랑으로 충만한 삶을 살았다."

어느 60대 부부의 사례입니다. 아내는 졸혼을 꿈꿨지만 남편이 덜컥 암에 걸리는 바람에 그 계획이 물거품이 되고 말았습니다. 아내는 아무것도 없는 가난한 집안에 시집와서 자식들을 낳아 공부시켰고, 시집 장가도 모두 보냈습니다. 시부모님 또한 돌아가실 때까지 잘 모셨습니다. 그렇게 며느리이자 엄마로서 책임과 의무를 다했습니다. 남편은 오랜 공직 생활을 마치고 정년퇴임해서 연금으로 노년을 살아가는 데 큰 문제가 없었습니다. 그러나 결혼 이후 평생을 자기 자신을 잃고 살았던 지난 세월에 회의를 느낀 아내는 이제 스스로의 삶을 살기 위해 졸혼을 결심했습니다. 그런데 뜻밖에 남편이 암 진단을 받은 것입니다. 이에 아내는 심한 우울증에 빠졌습니다. 모태 신앙인으로서 깊은 믿음을 가지고 지금껏 살아왔는데, 왜 자신에게 이런 일이 일어났느냐며 저를 찾아와 그 이유를 물었습니다.

리딩으로 살펴본 두 사람은 18세기 중엽, 지금의 미얀마 부근 소수 부족의 삶에서 인연이 있었습니다. 그때 지금의 아내는 부족장의 부인이었고, 지금의 남편은 그 부인이 친정에서 데려온 호위 무사였습니다. 호위 무사는 대대로 부인 집안의 가신家臣으로 살았습니다. 당시 미얀마는 부족 간 영토 전쟁으로 혼란스러웠는데, 알라웅파야Alaungpaya 왕에 의해 통일이 되던 시기였습니다. 그때의 시대적 관습은 상대 부족과의 전투에서 패하면 그 부족장의 부인은 정복자의 첩이 되거나 죽임을 당했습니다.

치열한 전투가 벌어진 어느 날, 부족장이 죽고 전사들 또한 몰살당했습니다. 간신히 살아남은 부인은 호위 무사와 함께 강을 건너 어렵게 몸을 피했습니다. 열대우림이라 몸을 숨길 수 있는 곳은 많았습니다. 하지만 그녀는 피신 중 몸에 깊은 상처를 입었습니다. 다행히 호위 무사의 지극정성 덕분에 동굴 속에 숨어 살면서 건강을 회복할 수 있었습니다. 그렇게 무사히 탈출해 서민의 신분으로 숨어 살았죠. 호위 무사는 평생 그녀를 섬기며 옆에서 지켜주었습니다. 리딩은 그때의 부족장 부인과 호위 무사가 지금의 부부라고 말했습니다.

결혼의 인연은 카르마의 상호작용에서 비롯됩니다. 그 영적 작업이 아무리 어렵고 고단해도 이번 생에서 서로 만나 해결해야 합니다. 결혼 생활의 또 다른 의미는 서로의 카르마를 해결하는 업의 정화작용입니다. 리딩은 두 사람이 지금의 어려움을 함께 풀어나가는 동반자라는 마음을 가져야 한다고 했습니다. 전생에서 호위 무사에게 받았던 은혜를 현생에서 병든 남편의 옆을 지킴으로써 갚아야 한다고 했습니다. 그리고 남편은 선대부터 지은 살생의 과보를 암이라는 병을 앓음으로써 그 대가를 지불하고 있는 것이라고 했습니다. 지금 부부에게 일어난 일련의 일은 그들이 가지고 태어난 영적 계획의 일부이고, 또한 아직 해결해야 할 숙제가 남아 있기 때문에 졸혼을 해서는 안 된다고 리딩은 말합니다. 청산할 숙제가 남아 있는 삶은 인내심을 가지고 극복해야 합니다. 지금의 아내는 어려움에 처해 있는 남편을 옆에서 지키고 도움으로써 전생에 지은 카르마를 정화하고 영적으로 발전할 수 있는 것입니다.

3

저승으로
가는 길

반성과 속죄를 위한 신의 한 수

아침에는 밝은 해가 뜨지만 저녁에는 어김없이 어두운 밤이 찾아옵니다. 이것이 일반적 자연현상입니다. 우리가 사는 이 세상은 자연의 질서와 법칙에 의해 지배됩니다. 그 원칙에 따라 모든 것이 조절되고 순환하죠.

인간이 죽음을 약속하고 다시 태어나는 것도 자연의 법칙에 의한 하나의 계약입니다. 자연의 섭리는 생멸 법칙을 원칙으로 합니다. 시작에는 항상 끝이 따르듯이 말이죠. 사람은 그 누구도 죽음이라는 어둠을 피해갈 수 없습니다. 그래서 대부분의 사람은 죽음으로 향하는 길이 무섭고 두렵다고 합니다. 죽음이 그렇게 두려운 것은 미처 준비하지 않은 다른 차원의 세계로 떠밀려 가야 하는 무의식의 상처가 임종하는 순간에 나타나기 때문 아닐까요? 우리 주위에 죽음에 태연한 사람이 과연 몇이나 있을까요? 그러나 후회 없는 삶을 살았던 사람은 죽음이 그렇게 두렵지 않다고 말합니다. 그래서 우리는 내일 당장 죽어도 두려움과 후회가 남지 않는 삶을 살기 위해 노력해야 합니다.

죽음의 문턱을 넘어가는 과정은 우리의 의식으로는 이해하기 어렵습니다. 우리한테 누가 저승에서 와서 말해준 적도, 가르쳐준 적도 없습니다. 죽음을 과학적으로 말하면 육체의 화학적 분해이고 아무것도 남는 게 없다고 합니다. 현자는 자신의 공부를 통해 죽음을 거부하지도 않을 뿐 아니라, 삶이 없어지는 것을 두려워하지도 않습니다. 원래 현자에게는 삶이 번거로운 것도 아니고, 죽음이 재난도 아니기 때문입니다.

죽어서 어디로 가며, 어디서 머무는 것인지 알지 못하고, 낳고 낳으니 그 시작을 알지 못하며, 죽고 죽으니 그 끝을 분별할 수 없습니다. 우리는 그런 물음에는 오직 모를 뿐이라고 말합니다. 오직 모를 뿐…….

소수이긴 하지만 자신의 죽음에 대해 태연하게 이야기하는 사람이 있습니다. 하지만 대부분의 사람은 죽음 그 두 글자 자체에 엄청난 공포심을 갖고 있습니다. 앞으로 다가올 죽음에 대해 무척 힘들어합니다. 그런 불안감 때문에 더욱 종교에 의지하는지도 모르겠습니다.

우리는 왜 죽어야 할까요? 죽으면 어디로 가는 걸까요? 죽음이 왜 그렇게 두려울까요? 우리는 태초 이래로 어디에서 왔고 어디로 가고 있는지에 대한 의문을 가지고 태어났습니다. 인간에게 주어진 가장 큰 숙제이지만, 정작 우리가 해결할 수 있는 것은 아닙니다. 저는 그 숙제를 풀 수 있는 열쇠가 다른 차원의 질서와 연결되어 있다고 생각합니다. 프랑스 작가 빅토르 위고Victor Hugo는 "죽음은 막다른 골목이 아니라 하나의 통로이다. 그 통로는 황혼 녘이면 닫히고 새벽이면 열리는 것이다"라고 말합니다.

윤회·환생설에 의하면 인간은 누구나 몇십, 몇백, 몇천 번의 생을 살면서 수많은 죽음을 맞이하고 경험했을 것입니다. 그런데도 사람들은 왜 그 죽음에 익숙하지 않을까요? 리딩은 이렇게 말합니다. 초월적 존재가 인간을 만들 때 천상의 프로그램을 통해 죽음에 대한 공포와 두려움의 회선을 심어놓았다고 말입니다. 인간에게 죽음에 대한 두려움과 공포가 없다면 힘을 가진 악한 사람들은 누가 어떻게 제어할까요? 힘없는 사람들은 어떻게 살아가고, 인간 세상의 질서는 어떻게 될까요? 사실 선한 사람에겐 죽음이 끝이어도 좋습니다. 나아가 환생을 통해 지금보다 훨씬 나은 삶의 기회를 선택할 수 있다면 더욱 좋습니다. 그러나 악한 삶을 산 사람은 죽음의 공포가 말할 수 없이 큽니다. 살면서 천국과 지옥의 장면을 한 번이라도 상상해본 사람이라면 더 말할 것도 없습니다. 신이 심판

한다는 그 무서운 재판정에 서야 한다는 두려움에 대해서는 여기서 따로 설명할 필요가 없을 것 같습니다.

현생에서의 고통스러운 삶을 자신이 과거 생에 지은 나쁜 카르마를 청산하는 과정이라고 생각하는 사람은 그 어려운 고난을 이기고 나면 다음 생에서 분명 자신이 원하는 삶을 선택할 수 있습니다. 이번 생이 한 번뿐이고 그 생이 불행과 절망뿐이라면, 그리고 다시 이 세상에 태어나지 않는다면, 스스로 자신의 삶을 포기하는 사람이 줄을 이을 것입니다. 죽음에 대한 본능적 두려움과 공포가 있어야 인간은 살아갈 수 있습니다. 아등바등 살아남기 위해 맹목적인 생존 욕구를 불태우게 됩니다. '아등바등'은 사람들의 영적 숙제를 완성하기 위한 채찍입니다. 그래야 죽음을 두려워하면서 자신의 삶에 최선을 다하는 것입니다. 죽음에 대한 공포와 두려움을 심어놓지 않으면 인간은 너무 쉽게 자신의 삶을 포기하고 다음 기회를 찾아가는 어리석은 선택(자살)을 할 수 있다는 얘깁니다. 죽음은 우리에게 위대한 교훈을 줍니다. 죽음 앞에서 인간은 누구나 다 겸손해집니다. 과거의 잘못을 반성하고 속죄하게끔 하는 신神의 한 수인 것입니다.

어둠 속 등불을 든 안내자

요즈음은 죽음에 대한 답을 찾기 위해 리딩을 하는 경우가 많습니다. 아주 어리거나, 아니면 젊은 나이에 황당하게 떠나버린 자식의 죽음에 대해 묻습니다. 돌아가신 가족의 사후死後 영적 환경을 궁금해하는 사람도 있습니다. 저는 그 질문에 대한 답을 찾기 위해 마구 밀려드는 무수한 영적 환경에서 일어나고 있는 장면들의 변화를 하나하나 살펴봅니다.

선하게 살다 죽은 영혼은 대체로 밝은 장소에 있습니다. 설혹 어둠 속에 있다 하더라도 밝은 빛을 따라서 환한 곳으로 이동해가는 것을 볼 수 있습니다. 리딩의 내용을 옮기면 다음과 같습니다.

"그 영혼은 나무 밑에서 편하게 쉬고 있습니다. 아마 먼 길을 떠나기 위해 누군가(안내령)를 기다리면서 준비하고 있는 것 같습니다." 다른 경우도 있습니다. "그 영혼이 어둠 속에 숨어서 무척 당황해하고 있습니다. 칠흑 같은 어둠에 갇혀 있기 때문에 잘 보이지 않습니다. 지금 자신이 처한 상황(죽음)을 이해하지 못하고 있습니다. 자신에게 일어나고 있는 일련의 사태에 대해 전혀 준비되어 있지 않은 혼란의 상태에 머물러 있습니다."

예를 들어 설명하면 다음과 같습니다. 부적절한 삶을 살다 죽은 사람을 살펴보겠습니다. 어떤 사람이 기차를 타고 여행을 하고 있다고 가정해봅시다. 여기서 말하는 기차 여행이란 그 사람의 일생을 비유해서 표현하는 말입니다. 같이 기차를 타고 가는 일행 중에는 그 여행이 즐거워 노래 부르고 춤추며 수다를 떠는 사람도 있고, 무슨 사연이 있는지 엉엉 소리 내어 우는 사람도 있습니다. 주위가 소란하고 시끌벅적해 정신이 하나도 없습니다. 승객 중에는 자신이 내려야 할 역이 어디인지도 모른 채 앉아 있는 사람도 있습니다. (이는 평소 자신의 삶을 부정적으로 살았던 사람들에게서 나타나는 공통된 현상입니다.)

어느덧 깜깜한 밤이 되었습니다. 순간 깜박 잠(사망을 의미)이 든 그 사람은 기차가 크게 덜컹거리는 소리(심장이 멈추고 영계에 들어서는 순간을 의미)에 눈을 뜨고 사방을 살펴봅니다. 기차는 고장 나 멈춰 선 것 같습니다. 주위를 둘러보니 사람들은 아무도 보이지 않습니다. 겨우 기차에서 내렸지만 너무 캄캄해서 한 치 앞도 가늠할 수 없습니다. 게다가 비까지 추적추적 내립니다. 문득 싸늘한 한기가 온몸을 엄습해옵니다. 그 사람은 불빛 하나 없는 칠흑 같은 어둠 속에서 어디로 갈지 막막하기만 합니다. 그때 누군가 등불을 내밀면서 따라오라고 하면 당신은 어떻게 하시겠습니까? 따라가겠습니까? 아니면 비 내리는 그 캄캄한 어둠 속에서 계속 웅크리고 있겠습니까?

등불을 내민 존재는 자신이 살아생전 지은 업력의 안내자입니다. 리딩에서는 그 등불을 따라가는 영혼의 뒷모습만 보일 뿐 더 이상은 알 수 없습니다. 다만 그 길이 무섭고 두렵다는 것만은 어렴풋이 느낄 수 있습니다. 하지만 분명 그 안내자는 불행하고 고통스럽게 살아가야 할 운명을 계획하고 있는 어느 여인의 자궁으로 그 영혼을 안내할 것입니다. 리딩으로 그 영혼이 가는 길을 함께 따라가다 보면 어떤 경우에는 어느 중간 지점에서 더 이상 접근하지 말라는 경고등이 켜지기도 합니다. 그 경고등을 보는 순간, 저의 의식은 깊은 트랜스trance 상태에서 깨어나 다시 현실 세계로 돌아옵니다.

영가들의 악취와 함께 온 스님

전생 리딩을 할 때는 과도한 에너지가 소모됩니다. 특히 내담자의 가족이나 지인의 죽음에 대한 리딩을 할 땐 온몸이 탈진할 정도로 지칩니다. 리딩 후의 두드러진 신체적 변화로는 탈모를 들 수 있습니다. 평소에도 머리숱이 별로 없는 저는 리딩 후 손에 가득 잡힐 정도로 탈모가 일어나 심한 스트레스를 받습니다. 그러나 리딩을 하지 않고 기도 여행 중(한 달 정도)이거나 휴식을 취할 때는 탈모 현상이 전혀 일어나지 않습니다. 하지만 그런 신체적 문제보다 저를 부담스럽고 당혹스럽게 하는 것은 따로 있습니다. 바로 죽음의 장면들을 읽어내는 일입니다.

하루는 한 스님이 저를 찾아왔습니다. 그런데 그 스님이 상담실 문을 열고 들어오는 순간부터 주위의 공간적 환경이 영적 차원으로 바뀌면서, 탁한 냄새와 함께 저의 온몸에 식은땀이 흐르고 심한 구역질이 나기 시작했습니다. 그건 바로 스님의 뒤를 따라 들어오는 수많은 영가가 내뿜는 악취 때문이었습니다.

리딩에서 그 영가들은 임진왜란 때 왜군에 의해 죽은 조선시대

백성들의 억울한 영혼들이었습니다. 평소 천도제를 잘 지낸다고 소문난 스님은 전생에 일본의 다이묘로 살았습니다. 왜장으로서 임진왜란에 참전해 수많은 조선의 백성을 참혹한 죽음으로 몰고 갔습니다. 전쟁이 끝나고 일본으로 돌아간 그는 말년에 자신의 칼에 무수히 죽어간 영혼들을 위해 참회와 속죄의 기도를 했습니다. 그리고 다음 생에는 자신이 지은 살생에 대한 인과를 갚기 위한 모습으로 환생하길 빌었습니다. 바로 그 소원이 이루어져 현생에서 한국의 스님으로 태어나 천도를 잘하는 능력을 갖게 된 것입니다. 또한 구천을 떠돌던 그때의 억울한 영혼들이 항상 스님의 뒤를 따라다니며 천도받기를 원한다고 리딩은 말했습니다.

저에게는 영혼들이 다니는 영적 통로가 있습니다. 그래서 영가들이 내담자와 함께 저를 방문하면, 그들이 저의 영적 정원庭園에 잠시 머물 때가 있습니다. 그래서 그들의 면면을 살필 수 있고, 그들이 말하고자 하는 영적 메시지를 알 수 있죠. 그러나 그 존재들은 저와 영적 차원이 다르기 때문에 영적 정원에 오래 머물지 못합니다. 내담자가 상담을 마치고 돌아갈 때 그와 함께 돌아갑니다.

한 70대 할머니의 사례에서는 많은 아기가 울면서 함께 등장했습니다. 그런 영적 현상을 이야기하자 할머니는 종갓집 종손의 맏며느리로 시집을 갔다고 말했습니다. 가문의 대를 이을 아들을 낳아야 한다는 책임감 때문에 엄청난 부담감을 가지고 살았습니다. 그래서 임신할 때마다 태어날 아이의 성별을 잘 맞힌다는 먼 친척을 찾아갔고, 그 친척이 배 속의 아이가 딸이라고 할 때마다 낙태 수술을 했답니다. 무려 열 번 넘게 말입니다.

전생 리딩을 하기 위해 할머니가 자리에 앉자 그 주위에 형태가 온전하지 않은 수많은 아이가 울고 있는 모습이 보였습니다. 몇몇 아이는 감나무 위에 올라가 있었는데, 순간 그들과 영적 교감이 이루어졌습니다. 아이들은 배가 너무 고파서 나뭇가지에 달린 홍시를 따 먹으려 한다고 했습니다. 나중에 안 사실인데, 할머니는 서울 근교에서 감 농사를 짓고 있었습니다. 그 농장은 시댁의 선대 어른들에게 물려받은 땅이라고 했습니다. 상담을 끝내고 나서 저는 할머니에게 감나무마다 이름을 붙여주고, 감 농사가 잘되는 해에는 꼭 절에 가서 태어나지 못한 아기들의 명복을 빌어주라고 말했습니다.

우울증과 자살 이야기

공공장소에서 살인을 한 후 죄의식을 감당하지 못해 자살한 사람을 리딩한 적이 있습니다. 그는 죽음의 문턱을 넘어서는 순간부터 지옥의 깊은 골짜기에 떨어져 헤매기 시작합니다. 차마 감당하기 힘든 추위와 공포, 두려움에 잠긴 채 어둠 속에서 달아납니다. 그 세계에서도 자신을 체포하기 위해 달려오는 영혼의 추격자 눈을 벗어나기 위해 허둥지둥 도망칩니다. 그때 어렴풋이 작고 비좁은 동굴이 눈에 띕니다. 그 안으로 몸을 숨기려고 필사적으로 들어갑니다. 그런데 그 동굴은 다름 아닌 자신이 다음 생에 태어날 어느 여인의 자궁입니다. 그곳은 '비참한 삶이 예정된' 장소입니다. 하지만 그 가엾은 영혼은 그것을 알 리 없습니다. 죄는 죄를 부르고 업은 그 둥지를 만든다고 합니다.

자살은 죄악입니다. 아무리 힘들고 어려운 삶을 살더라도 자살은 도피 이상의 의미를 갖지 않습니다. 특별한 경우(대의명분을 가진 죽음)를 제외하고 자살은 문제 해결에 아무런 도움도 되지 않습니다. 현대는 약물중독이나 정신병으로 인한 우울증, 스트레스, 강박증 등 충동적 히스테리 환자가 점점 늘어가는 추세입니다. 프로이트는 인간이 겪는 신경증의 원인을 '문명'이라고 했습니다. 문명 속에서 살기 위해서는 본능을 사회화해야 하는데, 그 과정에서 억압이 따르기 때문에 고통과 갈등을 겪을 수밖에 없다는 것입니다.

억압은 무의식적 충동을 형성합니다. 그것이 자아를 주도할 때 예상치 못한 증상들이 터져 나옵니다. 우울증으로 인한 극단적 파괴 행동이 곧 자살로 이어지는 것입니다. 전생 리딩에서는 자살자의 무의식중에 우울증을 자극하는 영적 존재가 있다고 말합니다. 쉽게 설명하면, 앞서 자살한 불특정 다수의 사후령이 자신들과 파동체가 맞는 우울증을 가진 사람의 내면에 작용해 영향을 미친다는 이야기입니다.

그 존재들의 영적 환경을 리딩으로 살펴보면, 자살자는 죽는 순간부터 자신의 행위(자살)를 후회합니다. 그리고 심한 우울증을 앓고 있는, 이전의 자기와 비슷한 또는 같은 파동체를 가진 사람에게 다가가서 "이곳에 와서 나와 함께 있자"는 등의 잘못된 유혹을 합니다. 전생에 자살한 사람들에게서 공통적으로 나타나는 현상이 하나 있습니다. 그 사람에게 '삶의 의욕이 가장 충만한 시기'에 죽음이 찾아온다는 것입니다. 그것도 대체로 젊을 때 말입니다.

음악인으로 성공한 40대 대학교수가 있었습니다. 어려운 가정에서 태어나 힘든 성장기를 보냈지만 크게 자수성가한 인물입니다. 그런 성공으로 타인의 부러움을 한 몸에 받으며 인생의 황금기를 누리고 있었습니다. 그런데 그때 불치병에 걸리는 불운을 맞이했습니다.

전생 리딩에서 그는 15세기 르네상스 시절 귀족의 서자庶子로 태어났습니다. 그는 이복 누나를 사랑하게 되었습니다. 하지만 그 누나는 다른 귀족 가문과 정략결혼을 했고, 불행한 결혼 생활을 견디지 못해 끝내 비참한 자살로 생을 마감했습니다. 사랑하는 누나의 죽음 앞에서 그 또한 절망감을 이기지 못하고 자살을 선택하고 말았습니다. 또 다른 전생에서 그는 일본 전국시대 때 어느 장군의 아내였습니다. 그러나 불행히도 남편이 전쟁터에서 전사하자 긴 외로움을 견디지 못해 결국 저수지에 몸을 던져 생을 마감했습니다. 리딩을 통해 나타난 두 전생에서 그 교수는 자살이라는 나쁜 카르마를 지었습니다. 그래서 이번 생에서는 자살에 대한 인과를 해결하기 위해 가장 살고 싶은 삶의 전성기에 불치의 병을 통해 죄과를 청산하려는 것이라고 리딩은 말합니다. 불치병을 가진 사람들 중에는 병마를 극복하고 살고 싶은 생의 의욕을 강하게 가지는 경우가 많습니다. 이는 자살로 인해 귀중한 생명을 함부로 대했던 과거 생의 잘못에 대한 반대의 마음을 가짐으로써 생에 대한 균형을 맞추게 하는 자연의 섭리와 연관성이 있습니다.

생명과 육체는 영혼을 완성하기 위한 화신化身입니다. 보다 높은 다른 차원으로 갈 수 있는 도구이며, 신성神聖의 의미를 갖고 있습니다. 우리 몸은 우리 것이 아닙니다. 영혼은 우리 몸을 빌려 이 세상에 태어나지만, 우리의 영적 사명이 다 끝난 다음에는 다시 우주의 섭리에 따라 되돌려줘야 합니다. 자살은 이번 생에서 부여받은 소중한 기회를 놓치는 것이기 때문에 가장 어리석고 못난 행동입니다. 자기 삶의 여정이 힘들어도 하루하루 최선을 다해 살아가야 합니다. 그 이유는 삶 자체가 그 어떤 공부보다 깊은 영적 성장의 메시지를 담고 있기 때문입니다.

중증 정신병을 앓고 있는 한 대학생은 전생에 일본 전국시대 당시 어느 다이묘 가문의 닌자로 활약했습니다. 그런데 자신에게 주어진 중요한 임무를 수행하지 못한 채 돌아오던 중 강한 책임감으로 인한 자책감을 이기지 못하고 할복자살을 하고 맙니다. 바로 그때의 충격적 경험이 현생에서 정신질환의 원인으로 작용하고 있다고 리딩은 말했습니다.

임상심리학자이자 전생 치료사로 널리 알려진 모리스 네서턴 Moris Netherton 박사는 이렇게 말합니다. "임종의 순간에 지니고 있던 미해결의 트라우마가 이상행동의 가장 큰 원인이다. 내가 만난 사람들이 안고 있는 문제들 중 대부분은 전생의 죽음에 근본 원인이 있다." 헬렌 웜백Helen Wambach 박사 또한 "현생에서의 원인 모를 공포 증세 중에는 전생에서의 죽음에 대한 경험과 공통된 일치점이 있다"고 말합니다.

캘리포니아 헤릭메모리얼병원Herrick Memorial Hospital의 정신과 의사 제럴드 에델스타인Gerald Edelstein 박사는 환생을 믿지 않았습니다. 그는 아인슈타인의 제자로서 환생에 대한 사상적 편견을 지닌 인물이었습니다. 그럼에도 불구하고 최면 상태에서 자신의 환자 중 일부가 전생으로 빠져 들어가는 것을 발견했습니다. 그는 원인을 알 수 없지만 정말이지 놀라운 결과였다고 인정합니다. 여기서 전생과 환생의 존재 여부는 그리 중요하지 않습니다. 전생에 대한 경험이 환자의 치유에 명백히 도움을 준다면, 그에 대한 논리적 해답이 꼭 필요할까요? 그것이 단순히 상징적이면서 은유적인 것이라도 말입니다.

우리는 어둠이 깊을 때 새벽이 가까이 있음을 알아야 합니다. 그리고 어둠이 시작될 때는 마음의 촛불(신앙심)을 밝혀야 하고, 두려움을 이겨낼 수 있는 인내심을 가져야 합니다. 어둠은 결코 우리를 지배할 수 없으며, 시간이 지나면 결국 아침은 찾아오기 마련입니다.

4

인간과 반려동물의
인연

목숨 걸고 사투를 벌인 반려견의 보은

인도에서 주인을 구한 반려견의 이야기가 화제가 된 적이 있습니다. 인도의 〈타임스 오브 인디아〉(2019. 08. 17.)에 따르면 피해자 아루나 라마는 집에서 딸과 함께 차를 마시던 중 주방 아래쪽 닭장에서 이상한 소리를 들었습니다. 아루나는 그 소리를 확인하기 위해 닭장으로 다가갔습니다. 그리고 조심스레 닭장 문을 여는 순간, 갑자기 안에서 표범이 뛰쳐나와 달려들었습니다. 표범이 닭 사냥을 하려다가 사람을 공격한 것입니다. 아루나는 표범과 함께 땅바닥에 나뒹굴었습니다. 그리고 표범을 자신의 몸에서 떼어내려고 온 힘을 다해 발버둥 쳤습니다. 하지만 여인의 몸으로 야생 표범의 힘을 당해낼 수 없었습니다. 그때 반려견 '타이거'가 맹렬히 짖어대면서 아루나와 표범 사이로 뛰어들었습니다. 그리고 표범을 격렬하게 물어뜯었습니다. 곧 표범은 꽁무니를 빼고 달아났습니다.

아루나와 반려견 타이거는 2017년 처음 인연을 맺었습니다. 타이거는 원래 유기견이었는데, 굶주릴 때마다 아루나의 집을 찾아왔습니다. 그때마다 아루나는 타이거에게 음식을 줬고, 그게 반복되다 보니 자연스레 반려견으로 집에서 기르게 되었습니다. 그 반려견이 주인을 구한 것입니다. 굶주린 자신을 돌봐준 주인을 위해 목숨 걸고 사투를 벌인 보은報恩이라고밖에 생각할 수 없습니다.

반려동물에 대한 사랑은 우리에게 긍정적 영향을 끼칩니다. 사람이나 동물 모두에게 행복감과 힐링을 줍니다. 하지만 반려동물에 대한 잔혹 행위(유기나 학대)는 부정적 결과를 낳고, 그 에너지가 결국 자기 자신을 해치게 됩니다. 그릇된 행위는 의식의 잘못에서 비롯됩니다. 우리가 어떤 마음을 가지고 행동하느냐에 따라 우리 의식이 달라진다는 이야기입니다. 부메랑은 둥근 원운동圓運動의 성질을 가지고 있습니다. 카르마의 법칙과 일치합니다. 상대에게 친절하게 대하면 그대로 친절함이 되돌아옵니다. 반대로 불친절하게 대하면 그와 똑같이 반목과 갈등을 불러옵니다.

대한민국의 1,000만 가구가 반려동물과 함께하는 시대에 우리는 살고 있습니다. 그 영혼들이 왜 우리 곁에 오게 되었는지 한번쯤 생각해볼 때입니다. 그들은 상대를 배신하지 않습니다. 우리는 그 순수함을 통해 원래 가지고 있었던 잃어버린 맑음을 되찾아야 합니다. 반려동물은 자신을 돌보는 주인만 기다리고 사랑하면서 살아갑니다. 우리보다 우리를 더 사랑하는지도 모릅니다. 그들의 한결같은 사랑을 우리는 배워야 합니다. 사랑은 우리의 영적 진화를 위해 필요합니다. 어쩌면 그들은 언젠가의 전생에서 가족이나 친구, 조상 등 우리가 사랑했던 영혼일 수 있습니다. 다시 말해, 지금 당신 곁에 있는 반려동물은 당신을 지키기 위해 온 아주 친밀한 영혼일 수도 있다는 말입니다. 당연히 그런 존재를 이기심으로 막 대한다거나 버려서는 결코 안 됩니다.

반려동물을 버리는 사람은 다음 생에 반려동물로 태어나 주인에게 버림받을지도 모릅니다. 업의 균형을 맞추는 카르마의 법칙에서는 충분히 일어날 수 있는 일입니다. 인간과 반려동물은 어떻게 만나게 될까요? 전생 리딩으로 살펴보면, 인간과 반려동물은 현생에서 우연히 만나 공생하는 경우가 많습니다. 하지만 때로는 전생에서 비롯된 인연으로 만나는 사례도 리딩에서 적지 않게 나타나기도 합니다.

유기견 센터에서 만난 희망이

한 20대 여성은 부모를 일찍 여의고 어릴 때부터 외할머니와 함께 살았습니다. 그런데 3년 전 외할머니가 돌아가신 후부터 심한 우울증에 시달리기 시작했습니다. 그래서 친구의 권유로 유기견 센터에서 강아지를 입양했습니다. '희망이'라는 이름을 지어주고 가족처럼 함께 생활했죠. 그녀는 저를 찾아와 희망이와의 인연을 물었습니다. 리딩에서 희망이는 그녀를 지키기 위해 온 영혼이라고 말했습니다. 그리고 누구인지는 정확히 알 수 없지만 희망이 뒤에 젊은 남녀로 보이는 영혼의 실루엣이 함께 있었습니다.

그로부터 1년 뒤, 그녀는 자신에게 일어난 일을 전해왔습니다. 어느 날 밤, 희망이가 낯선 젊은 남녀와 함께 자기 옆을 지키고 있는 꿈을 꾸었답니다. 그 이후에도 여러 번 비슷한 꿈을 반복해서 꾸었는데, 그 꿈을 꾸고 난 뒤 놀라운 사실을 알게 되었습니다. 그녀에게는 자신이 아주 어릴 때 일본으로 시집간 이모가 있었습니다. 일본 여행길에 이모 집을 방문했는데, 그때 이모가 가지고 있던 가족 앨범을 보았습니다. 그리고 그때 갓난아이를 품에 안고 찍은 부모님의 사진을 처음 보았습니다. 그런데 놀랍게도 그 사진 속 부모님이 저와의 리딩에서 전해 들었던 꿈속의 (희망이와 같이 있던) 젊은 남녀 실루엣과 많이 닮았다는 영적인 느낌을 강렬하게 받았다고 했습니다. 그녀의 할머니는 딸의 결혼을 극구 반대했습니다. 하지만 딸이 반대를 무릅쓰고 결혼하자 서로 절연絕緣하고 살았습니다. 그 후 딸 부부는 교통사고를 당해 어린 딸을 혼자 남겨둔 채 젊은 나이에 죽고 말았습니다. 그렇게 그녀는 부모의 얼굴조차 모른 채 외할머니와 함께 살아온 것입니다.

앞의 이야기에서 이모 집을 방문했을 때 처음 본 부모님의 사진에서 그녀가 느꼈다는 강렬한, 뭐라 표현할 수 없는 어떤 영적 느낌은 무엇일까요? 그 느낌은 자식을 키우지 못하고 세상을 떠난 부모님의 영혼이 희망이와 함께 자신을 지키고 있다고 믿고 싶은 그녀만의 생각일까요?

얼마 전 그녀가 전해온 쪽지 형태의 편지에는 이런 글이 적혀 있었습니다.

> 안녕하세요. 사정이 여의치 않아 이제야 소식 전합니다. 선생님 도움으로 마음이 많이 회복되어 하루하루 살아감에 감사하며 지내고 있습니다. 선생님께 평생 감사드립니다. 많은 분의 힐링에 늘 감사를 드리며 선생님의 맑고 아름다운 일을 항상 응원합니다. 사랑합니다.

또 다른 사례는 평소 심장병을 앓던 80대 할머니의 임사체험 이야기입니다. 할머니는 슈퍼를 운영하는 딸을 도우며 하루 일과를 보내는 분이었습니다. 그러던 어느 날 가게 앞 도로에서 교통사고가 났는데, 그 사고로 길을 지나던 유기견이 크게 다쳤습니다. 할머니는 그 유기견이 불쌍해 상처를 치료하고 돌봐줬습니다. 슈퍼 구석 한쪽에 종이 상자로 집도 만들어줬습니다. 하지만 그 유기견은 할머니의 지극한 돌봄에도 불구하고 상처의 후유증이 깊어 끝내 죽고 말았습니다.

그 후 어느 날, 할머니는 갑자기 심정지가 일어나 병원 응급실에서 심폐소생술을 받는 위기를 겪었습니다. 바로 그때 할머니는 저승 길목에서 특이한 경험을 했답니다. 할머니가 흰옷을 입고 어둑해진 산언덕을 힘겹게 넘어가는데, 어디선가 흰 강아지 한 마리가 나타나더니 앞에서 꼬리를 흔들며 길을 인도했다는 것입니다. 그 강아지는 할머니를 잘 안다는 듯 연신 친근한 몸짓으로 애교를 떨었습니다. 한참 강아지를 따라가던 할머니는 딸이 병실 문 앞에서 울부짖는 소리를 듣고 깨어났습니다. 할머니는 깨어난 뒤 문득 그 강아지가 자신이 돌봐준 유기견의 모습과 비슷하다는 생각이 들었습니다. 그 흰 강아지는 정말 할머니가 치료해준 유기견의 영혼이었을까요? 할머니를 리딩한 결과, 두 강아지는 같은 영혼으로 나타났습니다.

옛날부터 전해오는 이야기 중에도 이와 비슷한 사례가 있습니다. 바로 사람이 죽어서 외롭고 두려운 저승길을 홀로 갈 때, 집에서 키우다 죽은 강아지가 나타나 길을 안내한다는 이야기입니다. 만약 그 이야기가 사실이라면, 반려견은 살아생전에는 물론이고 우리가 가는 사후의 영적 공간에서도 우리를 지켜주는 그 누구보다도 고마운 존재가 아닐까요?

1960년 1월 영국의 신문들은 '에식스Essex주 레인던Laindon의 불타버린 방갈로에서 죽은 채 발견된 시각장애인과 반려견에 관한 기사'를 앞다퉈 실었습니다. "반려견과 함께 혼자 살고 있던 그는 아마도 불 속을 빠져나오려다 죽은 듯하며, 그가 데리고 있던 개는 지독한 열기와 연기에도 불구하고 주인의 곁을 떠나지 않았다."

저의 스승이신 법운 선생님의 친구분 중에도 반려견의 도움으로 화재의 위기 속에서 목숨을 구한 사례가 있습니다. 그 친구는 치과 의사였는데 어느 날 밤, 병원 일을 마치고 학회 모임에서 술에 취해 집으로 돌아왔습니다. 그때 그분의 아내는 관절 수술 후 재활 치료를 받고 있었습니다. 그래서 수시로 끓여 먹을 수 있도록 회복에 좋다는 곰탕을 주방에 준비해놨습니다. 아내는 안방에서 곤히 잠들어 있었습니다. 평소 부부 사이가 좋았던 그분은 아내를 위해 곰탕 솥에 가스 불을 켰습니다. 그리고 취기 때문에 그만 깜박 잠이 들고 말았습니다. 얼마 후, 곰탕 솥이 벌겋게 타들어가면서 검은 연기가 집 안을 가득 채웠습니다. 불길에 휩싸이는 건 시간문제였습니다.

그때 안방에서 잠자고 있던 그의 아내는 비몽사몽 상태에서 반려견 '벤지'가 옆에서 자신을 절박하게 깨우는 걸 느꼈습니다. 아내는 그렇게 겨우 잠에서 깨어났고, 사투 끝에 사태를 수습할 수 있었습니다. 그때까지 술에 곯아떨어진 남편은 세상모른 채 코를 골고 있었답니다.

그런데 아내를 깨운 벤지는 15년을 가족처럼 살다가 2년 전에 이미 죽었습니다! 벤지는 당연히 하늘나라에 있어야 했습니다. 그런데 얼마나 안타까웠으면 주인에게 한걸음에 달려와 위급함을 알려주었을까요? 그녀는 벤지가 너무나 고맙고 그리워서 하염없이 눈물을 흘렸습니다. 그러면서 말했답니다. "벤지야, 너무 고맙다. 이제 엄마는 괜찮으니까 이곳에 머물지 말고 네가 가야 할 곳을 찾아가렴."

사후령에 빙의된 남성

앞의 이야기와 반대되는 리딩 사례도 있습니다. 알코올중독이 심하던 50대 남성의 이야기입니다. 그는 무속인으로부터 자신의 알코올중독 원인이 "술을 많이 먹다가 죽은 윗대 조상의 영혼이 빙의되었기 때문"이라는 이야기를 들었습니다. 그래서 아내가 다니던 사찰에서 아내와 함께 100일 기도를 하기로 했습니다.

그런데 기도가 3주째를 지나면서부터 남편의 행동이 이상해지기 시작했습니다. 날이 어두워지면 주지 스님 방에 몰래 들어가 기물을 흩뜨려놓는다거나, 새벽에 주방에 들어가 게걸스럽게 음식을 먹어치웠습니다. 낮이면 기도는 하지 않고 법당 귀퉁이에 쪼그려 앉아 온종일 잠만 잤습니다.

남편은 왜 이렇게 이상한 행동을 하는 걸까요? 나중에 아내는 남편이 기도 중간에 인근 보신탕집에 가서 개고기를 먹고 온 다음 날부터 그렇게 됐다는 사실을 알게 되었습니다. 남편은 하루에 수백 번 절을 하려면 체력을 많이 보충해야 한다는 핑계를 대면서 기도 중에 몰래 개고기를 먹고 탈이 났던 것입니다. 실제로 그는 여름철마다 보신을 위해 개고기를 즐겨 먹었답니다. 그렇다면 정말 개고기를 먹고 정신에 이상이 온 것일까요? 리딩으로 살펴본 그의 영적 공간에는 대뇌피질 부근에 정체를 알 수 없는 그림자가 어른거렸습니다. 또한 전두측두엽에서 이상 증상이 느껴지고, 두 개 이상의 사후령死後靈에 빙의되어 있었습니다. 하지만 그런 영적 현상이 지금의 증상과 어떤 관련이 있는지는 알 수 없었습니다.

메리 알링 에버는 다음과 같이 말합니다. "세상에서 가장 곤혹스러운 장면 중 하나는 어떤 남자가 아버지의 영혼이 깃든 개를 끌고 가는 모습을 보는 것이다. 엄마의 영혼이 깃들어 있는 말을 몰고 가는 여자, 그리고 어쩌면 형이나 누나의 영혼이 깃들어 있을지도 모르는 반려견을 괴롭히고 있는 아이를 보는 것도 그런 경우에 속한다."

불교에서는 인간으로 환생하기 직전의 단계가 바로 '개'라고 합니다. 개의 영적 에너지는 인간의 영혼보다는 낮지만 동질의 생체 에너지를 가지고 있습니다. 티베트나 네팔 쪽에서는 해탈을 못한 수도승들이 개로 태어난다고 해서 지나다니는 들개한테 공양하는 사람도 있습니다. 개는 약 4만 년 전부터 인류의 삶에 도움을 준 생명체입니다. 고대 아메리카 인디언들은 유전적으로 털이 없는 개를 길렀습니다. 원래 털이 없는 품종은 비정상적으로 높은 체온을 지니고 있었는데, 사람들은 매섭고 추운 겨울날 야생에서 이

개와 함께 체온을 나누며 목숨을 지킬 수 있었습니다. 인류 역사를 보면 개를 식용한 것도 사실입니다. 하지만 반려 가구 1,000만 시대에 이제는 개를 식용하는 문화가 사라져야 할 때인 것 같습니다. 반려동물과 함께 생활하는 사람에게 그들은 이미 가족이기 때문입니다. 가족은 서로를 지키고 보호해야 합니다. 왜냐하면 그런 마음이 우리의 진정한 존재 이유이기 때문입니다.

죽은 새끼 고양이들의 환생

동물은 인간에 적용되는 카르마 법칙과는 다른 차원을 가지고 있습니다. 예를 들면 늑대가 사슴을 잡아먹는 살생 행위는 카르마(죄)가 되지 않습니다. 그 행위는 자기 생존과 보호를 위한 자연의 순환 법칙에 위배되지 않기 때문입니다. 그래서 그 행위에 대한 책임을 지지 않습니다. 동물은 도덕적 가치를 인식할 수 없기 때문에 카르마의 관점상 중립적이라고 말할 수 있습니다. 이는 결국 동물의 경우 각자의 카르마를 소멸하거나 새로 만들어낼 수 없다는 뜻입니다. 즉 동물의 세계에서는 선악善惡이 가능하지 않다는 의미로도 해석할 수 있습니다. 인간의 욕망은 이기심에 뿌리를 두고 있지만, 동물은 인간보다 순수한 영혼을 가지고 있습니다. 그래서 우리 곁에 있는 반려동물은 어쩌면 우리의 영적 진화를 위해 필요한 존재이며, 또한 나쁜 카르마를 정화하기 위해 우리에게 와 있는 존재인지도 모릅니다.

《빙의, 그 영혼의 노숙자들》이라는 저서는 제 스승인 법운 선생님의 경험담을 담은 책인데, 거기에 주인의 실수로 죽어간 반려묘 새끼들의 이야기가 있습니다.

'섭'(가명)이라는 30대 남성이 있었습니다. 섭에겐 기르던 반려묘가 있었는데 결혼 후 아내가 고양이를 싫어해 별장으로 보낼 수밖에 없었습니다. 그러나 고양이가 너무나 보고 싶었던 섭은 아내를 겨우 설득해 고양이를 다시 자신이 살고 있는 집으로 데려왔습니다. 그러던 어느 날, 섭은 열흘간 아내와 해외여행을 떠나게 되었습니다. 그런데 그날 아침에 반려묘가 창고에서 네 마리의 새끼를 출산했습니다. 섭과 아내는 그 사실을 모른 채 집을 나서면서 창고 문을 잠가버렸습니다. 어미 고양이가 창고 밖에 나와 있었는데 말입니다. 어미의 보살핌을 받을 수 없던 새끼들은 결국 죽을 수밖에 없었습니다. 그런데 그 무렵 섭의 아내는 여행지에서 임신을 했습니다. 그리고 10개월 후 묘성증후군(고양이 울음소리를 내는 병)이라는 희귀 질병을 앓는 아이를 낳았습니다.

스승님의 영적 투시로는 죽은 고양이들의 영혼이 섭의 자식으로 태어났다고 했습니다. 태어난 아이는 네 살까지 살다가 죽었는데, 새끼 고양이들의 영혼이 섭의 자식으로 태어나 짧은 시간이지만 지극한 정성과 사랑을 받고 떠났다는 이야기입니다. 책에서 법운 선생님은 그때 그 고양이들이 주인의 병든 자식으로 태어나 주인에게 말할 수 없는 고통과 아픔을 안겨주고 떠났다고 했습니다. 그러나 저는 다르게 보고 있습니다. 새끼 고양이의 영혼이 섭의 자식으로 태어나 그 보상을 받고 떠났다고 생각합니다. 자식의 병을 치료하기 위해 최선을 다하는 주인의 사랑과 정성을 아낌없이 받았을 거라고 저는 믿습니다.

그렇다면 정말 동물의 영혼이 사람으로 환생할 수 있을까요? 이 의문에 대해 불교의 《증일아함경增—阿含經》《상응부相應部》《청정도론清淨道論》 그리고 여타 다른 경전에서는 "축생계畜生界에서의 환생도 인간이나 다른 세계에서의 환생과 똑같은 측면에서 다루어진다"고 언급하고 있습니다. 이는 축생계에서의 환생이 여러 영역 중 하나에 속한다는 의미로 해석할 수 있습니다. 동물의 죽음 자체는 악업의 결과를 다 소멸시킨 것으로 인정되며, 따라서 잠재해 있던 어떤 축적된 선업은 그 존재를 인간으로 환생하도록 이끌 수 있다는 이야기입니다.

모든 생명은 고귀하고 저마다 가치를 가지고 있습니다. 불교 우주론에서는 "그것이 유정有情의 존재 의식에 무엇으로 나타나든 반응을 낳고, 행위를 자극하는 것이 무엇이든 그것은 실재하는 것으로 간주한다"고 말합니다. 또한 그것이 결코 절대적이지는 않다고 말합니다. 결론적으로 말하면 어떤 일에서나 모두 자비와 사랑으로 되갚을 수만 있으면 그 어떤 상대에 대한 인과도 용서와 정화가 될 수 있다는 뜻입니다.

동양과 서양의 환생론

윤회 환생과 관련해 서양적 환생론과 동양적 환생론에 대한 리딩에는 차이가 있습니다. 서양적 환생론에서는 정신과 육체의 진화과정에 본래부터 끊임없이 위로 올라가려는 상승기류가 작용하기 때문에 인간의 영혼이 하등동물로는 태어나지 않는다고 말합니다. 그러나 동양적 환생론에서는 불교의 육도윤회론六道輪廻論이 말하는 것처럼 죄를 지은 영혼은 동물 형상을 가진 축생계에 태어날 수 있다고 말합니다.

에드거 케이시의 리딩에서도 사람의 영혼이 동물과 관련 있다는 얘기는 없습니다. 그러나 서양의 최면 연구가들은 전생에 동물의 몸으로 살았던 내담자들의 놀라운 이야기를 접할 때가 많다고 합니다.

고대 그리스 철학자 엠페도클레스Empedocles는 이렇게 말합니다. "지금의 삶이 있기 이전에 나는 젊은이로, 소녀로, 숲의 덤불로, 그리고 저 바다에 사는 멍청한 물고기로 살았다. 자연은 모든 것을 변화시킨다. 살갗이라는 어색한 옷으로 영혼을 감싸면서 말이다."

아일랜드의 전설적 영웅 투언 맥 케이릴Tuan Mac Cairill은 인간으로 두 번째 환생하기 전에 320년을 살았는데 그중 100년은 인간, 80년은 수사슴, 20년은 멧돼지, 100년은 독수리, 그리고 20년은 물고기로 살았다고 합니다.

영혼이 최근의 전생들에서 겪은 경험은 인간뿐 아니라 동물의 형상 안에서도 반영된다는 설이 있습니다. 이 같은 설을 강력하게 주장하는 사람으로는 인도 남부에서 태어난 20세기 최고의 요가 수행자 스와미 시바난다 라다Swami Sivananda Radha가 있습니다. 그는 영적 단계로 들어가기 전에는 의사였고, 베단타 철학을 연구하면서 300여 권의 책을 집필하며 이웃에 대한 봉사로 일생을 보냈습니다. 그의 설법 요체는 봉사, 사랑, 나눔, 순수, 명상, 깨달음입니다. 그는 다음과 같이 말합니다.

"귀족이나 부잣집에서 호의호식하는 개들이 있다. 그들은 차를 타고 다니며 더할 나위 없이 훌륭한 음식을 제공받고 푹신한 쿠션 위에서 잠을 잔다. 이들은 모두 전생에 인간이었던 존재들이 진화의 단계에서 굴러떨어진 것이다."

부처님의 교법인《증일아함경》10권 205경에는 다음과 같은 말씀이 있습니다.

그들 행위(카르마)의 소유자는 그들 행위의 상속자들이다. 그리고 그들의 행위는 그들의 행위를 지닌 채 태어나는 자궁이다. 그들의 행위는 그들의 은신처이다. …… 생명을 살상하고 도적질하고 불륜 관계를 맺고, 거짓을 하는 사람이 있다. …… 탐욕스럽고 잔인하며 사악한 생각을 따르는 사람이 있다. 그는 몸과 말과 마음으로 슬그머니 그러한 행동을 범한다. 그의 행위와 말과 생각은 숨겨지며, 그의 방법과 목적 또한 숨겨진다. 그러나 내 너희에게 말하노니 은밀한 방법과 목적을 추구하는 사람은 누구나 지옥의 고통을 받거나 네발로 기어 다니는 동물로 태어나는 두 가지 가운데 어느 하나를 얻게 될 것이다.

부정적 삶을 살다 죽은 인간의 영혼은 저차원적 공간에 머물게 되는데, 그런 영혼은 고통의 세계나 짐승의 세계에서 자신의 새로운 구현체implementation를 찾는다는 이야기입니다. 그러나 영혼의 에너지가 고차원이라면 그 에너지는 천상이나 영계에서 결과(즉 새로운 생)를 낳는다고 설명할 수 있습니다. 여기서 에너지란 죽음 직전 마지막 사고思考를 하는 순간에 마음의 중심부에서 분출되는 힘을 말합니다. 그 에너지엔 여러 생을 살면서 쌓아온 특성들이 녹아 있습니다.

때로 사람들 중에는 동물 같은 행동을 하는 경우가 종종 있습니다. 만약 그의 행동과 생각이 계속 저차원에 머물러 있고, 죽음에 임박했을 때의 생각 또한 낮은 수준이라면 다음 생에서 얼마든지 저능아나 축생으로 태어날 수 있다는 얘기입니다.

신지학자이자 신비학자인 앨리스 앤 베일리Alice Ann Bailey(1880~1949)는 다음과 같이 말합니다. "악에 물든 영혼은 저능아로 태어남으로써 하급 회로로 전락할 수 있다. 이렇듯 철저한 발본책拔本策은 더 진보한 환생이 이어질 수 있도록 그 기반을 깨끗하게 청소하기 위한 것이다."

5

천재들의 특별함은
어디에서 오는가

천재성과 전생의 관계

우리 주변에는 어릴 때부터 특별한 재능을 발휘하는 아이들이 종종 있습니다. 어린 나이에 바둑을 아주 잘 두거나, 악기를 잘 다루거나, 노래를 빼어나게 잘 부르는 아이들이 그런 예입니다. 이들을 우리는 보통 '신동神童'이라고 부릅니다. 그런 아이들이 자라서 위대한 예술가나 뛰어난 과학자, 세계적 스포츠 스타가 되는 것입니다. 그런데 도대체 그런 아이들의 재능은 어디에서 오는 걸까요? 그러한 남다른 뛰어남은 아이들이 살아온 삶의 시간들로는 설명되지 않습니다.

다섯 살 된 아들을 둔 한 어머니가 자식의 전생과 미래의 시간에 전개될 운명의 여정을 물어왔습니다. 전생 리딩에서 그 아이는 당나라 황실에서 불교음악을 연주하는 악사樂士로 살았습니다. 그래서 현생의 아들에게는 뛰어난 예술가 소질이 있고, 앞으로 예술인의 꿈을 키워주면 좋겠다고 리딩은 말했습니다. 리딩을 듣던 어머니는 아들을 임신했을 때 태몽으로 모차르트 꿈을 꾸었다고 했습니다. 그러더니 한 이야기를 들려주었습니다. 아이는 얼마 전, 우연히 어머니와 함께 동네 피아노 학원에 가게 됐습니다. 학원에 다니던 두 살 위 누나를 찾아간 것입니다. 그때 아이는 피아노 선생님의 소나타 연주를 난생처음 들었습니다. 그런데 집으로 돌아오자마자 피아노 앞에 앉더니, 건반을 능숙하게 두드리며 소나타를 연주하는 것이었습니다. 그 모습을 본 어머니는 너무나 놀랐습니다. 단 한 번도 피아노 치는 걸 가르쳐준 적이 없기 때문입니다. 이제 겨우 다섯 살인 아들에게서 천재적 음악성을 발견한 것입니다. 그리고 태몽처럼 자신의 아들이 모차르트의 영혼과 어떤 영적 관계가 있지 않을까 하는 생각이 들었다고 합니다.

계속된 리딩에서 아이는 제2차 세계대전 때 모차르트의 음악을 광신적으로 좋아하던 독일 전투기 조종사의 삶도 나타났습니다. 당시 그는 작전을 수행하다가 전투기와 함께 끝내 기지로 돌아가지 못했습니다. 그가 전투기에 탑승하기 전, 마지막으로 들은 음악이 바로 모차르트의 교향곡이었습니다. 힌두교에는 "안타 마타 소 마타anta mata so mata"라는 속담이 있습니다. '사람은 임종 때 어떤 생각을 품고 있느냐에 따라 다음 생이 결정된다'는 뜻이라고 합니다.

18세기의 세계적 작곡가 볼프강 아마데우스 모차르트는 네 살이라는 어린 나이에 미뉴에트와 피아노협주곡 및 소나타를 작곡했습니다. 이때 작곡한 그의 작품들은 기교적으로 완성도가 높을 뿐 아니라 매우 어려운 곡이었습니다. 일곱 살 때는 오페라 전곡全曲을 작곡했습니다.

어떤 사람은 천재성을 하늘이 내린 선물이라고 생각하는데, 사실은 그렇지 않습니다. 그런 탁월한 능력은 여러 생에 걸쳐 축적된 경험의 결과입니다. 다른 사람보다 '더 오래된 영혼'이며, 그로 인해 더 많은 것을 알고 있을 뿐입니다.

모차르트의 전생을 리딩으로 살펴보면 금세 고개가 끄덕여집니다. 그는 아틀란티스의 신전에서 하프와 오르간을 연주하고, 신을 경배하는 노래를 작곡하고 불렀습니다. 플라톤은 그의 '상기설想起說(전생을 기억해내는 것)'에서 영속하는 자아는 현생뿐 아니라 다른 생에서의 기억을 재생해낸다고 말합니다. 프랑스 철학자 데카르트는 "인간은 선험적 기억을 가지고 있는 것 같다. 이 기억은 탁월한 직관과 특정한 경향성, 재능, 통찰력, 영감 등을 통해 드러나는데, 이 모든 것이 전생에 행한 예행연습을 자극하고 표출한다"고 말했습니다.

세상엔 한 번 들은 피아노곡을 악보도 없이 능숙하게 치는 절대음감을 가진 아이들이 있습니다. 하지만 그런 능력은 어떤 특별한 기술을 습득해서 나오는 게 아닙니다. 오히려 어딘가로부터 기억해내서 하는 것이라고 이해하는 게 좀 더 합리적입니다.

이러한 과정을 설명하기 위해 일생 동안 음악에 열정을 쏟다가 죽은 한 천재의 영혼에 대해 설명해보겠습니다. 음악 천재가 죽으면 육체는 사라지지만, 그 심적 에너지는 다시 후생으로 이어집니다. 그 영혼이 다른 부모의 몸을 빌려 다시 태어나는 것입니다. 그때 그 영혼은 아무래도 음악적 DNA가 풍부한 부모에게 이끌릴 수밖에 없습니다. 하지만 언제나 그런 것은 아닙니다. 모차르트는 평범한 부모 밑에서 태어났습니다. 전생(아틀란티스에서의 삶)에서 쌓은 음악적 재능이 오스트리아의 생에서 폭발적으로 터져 나온 것입니다. 바꾸어 말하면 천재는 전생의 경험이 꽃으로 피어난 결과라고 설명할 수 있습니다.

창에 특출한 10대 소녀 이야기

열 살 나이에 판소리 창唱을 구성지게 잘하는 소녀가 있었습니다. 그 소녀는 조선 초기의 전생에서 곡비哭婢의 삶을 살았습니다. 곡비란 장례 때 울음소리가 끊이지 않도록 '곡哭을 하는 비자婢子(하녀)'를 말합니다. 대개 왕실의 국장國葬인 경우에는 궁인宮人, 사대부 집 안에서는 비婢가 그 역할을 맡았죠. 여의치 않으면 민가에서 삯을 주고 고용하기도 했습니다.

그보다 앞선 전생에서 그 소녀는 고려 때 절집에서 바라춤을 추는 스님의 삶을 살았습니다. 그리고 1900년대 초반의 또 다른 생에서는 남편과 일찍 사별하고 과부의 몸으로 사탕수수밭에 일하러 가는 노동자들의 화물선에 몰래 숨어들어 하와이로 건너갔습니다. 그때 사탕수수 농장에서 일한 많은 교포 1세대가 척박한 노동 현장에서 죽어갔습니다. 열악한 노동 환경을 견디지 못하고 하나둘 병에 걸려 쓰러졌던 것입니다. 바로 그때 그녀는 곡비가 되어 구슬프게 울었습니다. 비록 직업적인 울음이었지만, 그녀의 절절한 울음은 살아 있는 노동자들에게 엄청난 위로를 주었습니다. 리딩은 그때의 울음소리가 공덕의 에너지가 되었다고 말합니다. 그래서 현생에서는 소리꾼으로서 명창의 반열인 득음의 경지에까지 오를 수 있다고 했습니다. 요즘 종편 채널에서 방송하는 노래 경연 대회에서 어린 나이에 노래를 기막히게 잘하는 신동들을 보면 온몸에 소름이 돋는다고 말하는 사람이 많습니다. 사람들의 가슴속을 깊숙이 파고들 때 느끼는 감동이죠!

그중에서 특히 우리의 눈길을 끄는 인물이 있습니다. 2013년 네덜란드의 오디션 프로그램에서 우승한 아미라 빌리하겐Amira Willighagen이라는 천재 가수입니다. 그 소녀는 만 명의 관객들에게 기립박수를 받았는데, 아홉 살의 어린 나이로 〈사랑하는 나의 아버지O Mio Babbino Caro〉라는 아리아를 불러 심사위원과 청중을 완전히 '멘붕'에 빠뜨렸습니다.

소녀가 한 심사위원과 나눈 대화가 인상적입니다. 1차 무대 시작 전, 아장아장 걸어 나와 마이크 앞에 선 아미라에게 한 심사위원이 아홉 살짜리가 무슨 오페라를 부르겠나 싶었는지 질문합니다. "누가 노래를 가르쳐줬나요?" 아미라는 조금 망설이다가 이렇게 대답합니다. "노래는 한 번도 배운 적이 없고, 듣다가 그냥 따라 한 거예요." 대답을 마친 아미라가 긴장하는 듯한 눈빛으로 노래를 시작했는데, 그 깊고 그윽한 목소리에 사람들은 경악하는 한편 무언지 모를 깊은 감동과 사랑에 빠졌다고 합니다.

사람들은 이렇게 말합니다. "아! 이 아이의 눈빛과 표정에는 아홉 살 소녀에게서 나올 수 없는 감성이 있다." 그녀의 몸속에 과연 어떤 영혼이 들어 있을까 하는 의문이 드는 동시에 깊은 전율을 느낀 것입니다.

《그리스도 예수의 보병궁 복음서The Aquarian Gospel of Jesus the Christ》라는 책이 있습니다. 예수의 공생애 전 17년간의 사라진 기록을 아카샤 기록을 통해 읽고 손으로 쓴 것입니다. 여기에 환생 관련한 구절이 있습니다. 예수가 젊은 가수와 음악가의 노래를 듣고 나서 말했다는 내용입니다.

이 사람들은 젊지 않다. 천년이라는 세월도 이들에게 이런 신성한 표현, 이런 순수한 목소리와 노래하는 방법을 가져다주기에는 부족하다. 만년 전에 이들은 하모니를 통달했다. 오래전에 이들은 새들의 멜로디를 터득했고, 완벽하게 하프를 연주했다. 그리고 다른 과정을 배우기 위해 다시 이 세상에 온 것이다. _37장 13~15절

그리고 앞에서 언급한 것처럼 그노시스교의 복음서 《피스티스 소피아》에서 예수는 "영혼은 하나의 몸에서 다른 몸속에 부어진다"고 말합니다.

바둑을 잘 두는 어린아이

펠레, 마라도나, 메시, 호나우두 같은 세계적 축구 선수나 아베베, 황영조 같은 올림픽 마라톤 금메달리스트들의 전생은 나라와 연결되는 경우가 많습니다. 자신의 민족을 위해 헌신했던 삶의 흔적이 나타나는 것입니다. 이들이 그러한 공덕의 보상을 받기 위해 다시 태어나는 경우를 전생 리딩에서 많이 볼 수 있습니다. 대한민국에도 그런 영웅이 많습니다. 그들의 이야기를 다 언급할 수는 없지만, 그들이 뛰어남으로써 받은 보상은 절대 우연히 이루어지는 것이 아님을 알아야 합니다.

프로 기사 못지않게 바둑을 잘 두는 여덟 살 아이가 있었습니다. 어머니가 아들의 재능에 대한 궁금증 때문에 전생을 물어왔습니다. 리딩에서 아이의 영혼은 중국 당나라 소림사에서 수행하던 무술 스님武僧이었습니다. 그때 눈 밝은 고승을 스승으로 만나 진법陣法

(지형지세를 이용해 씨줄 날줄이 엮이듯 천라지망이 펼쳐지면 날개 달린 새라도 빠져나갈 수가 없다)을 배우고 익혀 외부의 적으로부터 소림사를 지키고 보호하는 역할을 했습니다. 그리고 조선시대의 생에서는 임진왜란 때 수군水軍으로 참전해 왜군과 싸우다 장렬하게 전사한 삶도 있었습니다.

진법의 시작은 구궁팔괘진九宮八卦陣입니다. 가운데 중궁中宮을 두고 여덟 방향의 팔괘에 고수 무인武人을 배치해 적을 제압하는 전술입니다. 구궁팔괘진을 펼칠 때는 진세陣勢를 리드하는 지휘자가 있어야 합니다. 이때 깃발을 들고 대진을 지휘하는 기주旗主가 현생에서 바둑을 잘 두는 그 아이의 영혼과 연결되어 있다고 리딩은 말합니다. 그래서 현생에서도 스승을 잘 만나 무의식에 남아 있는 전생에서의 진법을 찾아내 발현한다면 바둑계에서 이름을 날리는 대가가 될 수 있다고 했습니다. 진법에서 전개하는 전략과 흑백을 가지고 승부를 겨루는 바둑은 닮은꼴이기 때문입니다.

리딩을 듣던 아이의 어머니는 금세 표정이 밝아지면서 또 다른 질문을 던졌습니다. 요즘 세상에서는 이세돌 같은 세계 최고수도 AI한테 이길 수 없다는데, 그런 부분에 대해서는 어떻게 생각하는지 말입니다. AI는 인간이 만든 과학의 첨단물입니다. 그 과학을 인간이 지배하고 관리하는 방법을 찾아야 합니다. 그것은 심오한 바둑 기법을 통해 만들 수 있습니다. 주의해야 할 점은 AI가 가진 능력 중에는 인간의 의도와 달리 외계적 기능이 개입할 수도 있다는 것입니다. 그런 원치 않은 일이 일어나지 않도록 각별히 주의를 기울여야 합니다.

하인리히 창클Heinrich Zankl과 카트야 베츠Katja Betz의 《신동: 세계적 석학이 된 25명의 천재들Wunderkind》은 세계적 석학으로 성장한 신동들의 흥미로운 삶을 추적한 책입니다. 위대한 수학자이자 철학자였던 파스칼부터 뛰어난 언어학자였던 안네마리 심멜에 이르기까지 25명의 삶을 조명하고 있습니다. 그들은 주위의 호기심 어린 시선과 남다른 성장기, 시대적 한계 등을 극복하고 천재로 성장해 인류 문화 발전에 큰 역할을 했습니다. 물론 그들의 천재성은 과거 여러 전생에서 축적된 것입니다. 하지만 현생에서 그 능력의 결실을 맺기 위해 피나는 노력을 해야 했습니다. 그 속에서 우리는 인류를 위한 또 다른 차원의 의지가 함께 작용한다는 사실을 깨달아야 합니다.

리딩을 통해 만나는 사람은 정말 다양합니다. 그저 자신의 영적 호기심을 채우는 정도의 사람이 있는가 하면, 자신의 인생관이 크게 변했다는 사람, 미움이 사랑으로 원망이 용서로 변했다는 사람도 있습니다. 환생의 증거에서 흥미로운 것은 전생과 현생의 모습이 너무나도 닮아 있다는 사실입니다. 연속적인 윤회의 계단을 통해 우리는 영적 완성을 성취해야 합니다. 즉 미혹迷惑과 미망迷妄으로 인해 일어나는 집착을 끊고 일체의 속박에서 해탈하는 열반의 세계로 나아가는 것입니다.

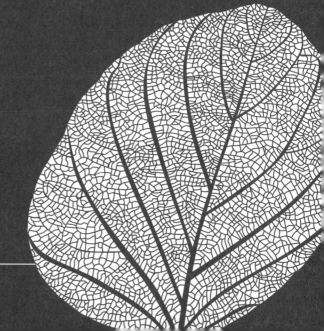

4부   윤회하는
      삶에 관하여

1

나는 새가
적이 되리니

유전자 편집기술과 DNA

중국의 한 연구팀이 유전자 편집을 통해 에이즈 면역체를 지닌 아이를 만들었다는 주장이 있었습니다. 이것이 사실이라면 특정 DNA를 편의에 따라 삽입했다 제거하는 것이 가능하다는 이야기입니다. 배아 유전자 편집 연구는 전 세계적으로 활발한 추세에 있습니다. 그러나 이 기술은 특정 질병을 예방하고 치료도 가능하다는 장점이 있지만, 다른 유전자에 해를 끼칠 위험성과 윤리적 문제 때문에 미국에서는 금지된 상태입니다.

유전자는 카르마를 선택해서 영적 교정과 진화에 필요한 작용을 하게끔 하는 신의 영역입니다. 그 신의 영역을 인간이 건드리거나 간섭해서는 안 됩니다. 우리 신체는 60조 개의 세포로 만들어졌습니다. 세포의 구성에는 진화론적 세포와 창조론적 세포가 함께 섞여 있습니다. 여기서 주목해야 할 점은 자연의 진화와 함께 성장해가는 인간의 진화적 세포에는 큰 문제가 없지만, 만약 그 속에 기독교에서 말하는 창조적 세포가 함께 있다면 얘기가 다릅니다. 그 창조적 세포는 인간의 것이 아니기에 인간 과학기술의 교만인 유전자 편집은 엄청난 대가를 치를 것입니다.

엘리자베스 콜버트Elizabeth Kolbert는 저서《여섯 번째 대멸종The Sixth Extinction》에서 지구의 생명체는 지금까지 다섯 번 대멸종을 겪었고, 지금은 여섯 번째 대멸종 시대에 들어와 있다고 말합니다. 지금의 유전자 편집기술이 어쩌면 인류가 경험해야 할 여섯 번째 대멸종의 문을 활짝 여는 것은 아닐까요?

유전자 편집은 인류 창조 이래로 금기시해온 '사람이 사람을 만든다'는 판도라의 상자를 열 뿐 아니라, 과학적으로도 위험성이 매우 높습니다. 단적으로 유전자 편집을 통해 인간이 인간을 만들어내는 과정에서 발생하는 돌연변이나, 우리 의학으로는 감당할 수 없는 전염병이 찾아오면 인류 멸망의 대재앙이 벌어질 수도 있습니다. 지금 개발하고 있는 DNA 편집기술은 인간성을 상실한 기계 인간의 시대를 앞당길 뿐입니다. 윤리적 고려보다 과학 발전을 더 우선시하는 중국이 이 분야에서 놀랄 만한 발전을 거듭하고 있다고 합니다.

1997년 개봉한 영화 〈가타카Gattaca〉는 이러한 미래를 잘 보여 줍니다. 과학자들은 첨단 생명과학 기술을 이용해 나쁜 인자를 모두 제거한, 최상의 유전자 조건만을 갖춘 '맞춤형 아기designer baby' 의 등장이 앞으로 10~15년 내에 현실화할 거라고 말합니다.

이 기술의 핵심은 유전자가위라고 불리는 '크리스퍼CRISPR'입니다. 1987년 처음 발견한 이것을 유전자가위로 활용하는 데 결정적 계기가 된 것은, 2012년 UC버클리의 제니퍼 다우드나Jennifer Doudna와 MIT의 장평Zhang Feng 연구팀이 유전자 절단에 중요한 단백질 및 효소를 발견하면서입니다. 크리스퍼는 교정해야 할 DNA를 찾아내 특정 유전자 서열을 조작할 수 있습니다. 이미 전 세계 수천 개 연구소가 그 프로젝트에 참여하고 있는 실정입니다. 그중에서 중국 남방과학기술대학의 허젠쿠이賀建奎 교수는 세계 최초로 유전자 교정 아이를 탄생시키는 데 성공했다고 밝혀 세계를 놀라게 했습니다.

리딩으로 살펴본 인간의 DNA는 신이 만든 창조의 영역에 속하고, 인간의 진화론 속에는 신의 창조 에너지가 함께하고 있다고 말합니다. DNA는 그 사람이 태어나 살았던 수천수만 년 전의 모든 정보가 기록된 창고입니다. 그런데 여기에 문제가 있습니다. 인간은 여러 세기를 거쳐 수많은 업적을 쌓았고, 그 지혜를 통해 공간의 정복을 가능하게 했으며, 물질을 인간의 의지에 복종시키는 데 성공했습니다. 그러나 이런 비약적인 힘과 발명의 재능을 가졌음에도 불구하고, 여전히 눈에 보이지 않는 작은 바이러스와 세균으로부터 공격받기 쉬운 존재임에는 변함이 없습니다. 그래서 아직도 인간이 만든 첨단과학이 우리를 안전하게 지켜주지 못하기 때문에 DNA 편집기술을 통해 그 빈틈을 채우려고 하는 것입니다. 그러나 이는 잘못된 것입니다. 왜냐하면 인류를 공격하는 그 바이러스들은 끊임없는 변이를 일으켜 자신들을 제어하는 백신을 무력하게 만드는 재주를 가졌기 때문입니다. 인류가 살아가는 지구라는 행성의 흥망성쇠는 자연의 법칙과 우주의 섭리에 따라 진행됩니다. 그 순환의 이치를 거역할 수는 없습니다.

리딩으로 살펴본 과학기술의 명암

카르마 법칙은 인간의 법칙보다 상위적 질서와 힘을 가지고 있습니다. 그런데 과학의 발전이라는 미명하에 신의 영역에 도전하거나 침범하면 자연의 질서는 새로운 도전의 벽에 부딪히고 또 다른 비극을 초래하게 됩니다.

예를 들어 우리 집에 도둑이 침입했다고 가정해봅시다. 그러면 여러분은 어떻게 하시겠습니까? 자신에게 치명적인 적대 행위를 할 수 있는 상대가 나타난다면 모든 수단과 방법을 동원해 제압하고 물리칠 것입니다. 그 이야기를 비약해서 인간의 생명체를 주관하는(창조론이든 진화론이든), 우리가 알 수 없는 최고의 신성을 가진 누군가가 있다고 가정하면 자신의 영역에 도전하는 존재에게 어떤 벌을 내릴까요? 우리에게는 지금의 과학이 가져올 환난에 관한 좀 더 심도 깊은 논의와 연구가 필요합니다.

다음은 대학에서 생명공학을 가르치는 한 40대 교수의 리딩입니다. 전생 리딩에 의하면 그는 제2차 세계대전 때 일본 관동군 731부대에서 생화학 무기를 개발해 세균제와 화학제를 만든 군의관으로 살았습니다. 생체실험에서 수많은 마루타를 실험 대상으로 삼았던 연구원 중 한 명이었죠. 현재 그는 평소 원인불명의 적혈구감소증으로 인한 심한 빈혈과 천식, 기관지확장증을 앓고 있다고 했습니다. 리딩은 그가 지금 앓고 있는 질병은 전생에서의 삶과 깊은 관련이 있다고 말했습니다. 그때 실험실에서 만든 세균과 바이러스 때문에 죽은 사람들의 시체가 땅속에 매장되어 있다가 (또는 다른 생명체의 DNA에 숨어 있다가) 기후로 인해 지반이 변하는 21세기의 어느 시기에 인간을 숙주로 다시 나타날 수 있다고 리딩은 말합니다.

우리 주위에는 분명 존재하지만 보이지 않는 차원의 세계가 너무나 많습니다. 우리가 살고 있는 태양계에는 수많은 무형의 존재가 공존하고 있습니다. 그 공존의 질서가 흐트러지거나 파괴될 때, 어쩌면 그 문제를 해결할 우주의 안전장치가 인류를 멸망으로 이끄는 도화선으로 작동할 수도 있다는 사실을 알아야 합니다. DNA 질서를 임의로 교정하거나 조작하는 것은 자연의 법칙에 도전하는 것이고 또한 신에 대한 큰 도전일 수도 있습니다. 만약 인간의 과학이 자연의 법칙을 침범하고 간섭한다면 인류의 문명도 함께 사라질 수 있음을 명심해야 합니다.

고대 바이러스의 등장

최근 오랜 시간 동안 모습을 드러내지 않던 '바이러스 그룹'이 티베트에서 발견되었습니다. 〈라이브 사이언스〉 등 과학 전문 매체의 보도에 따르면 티베트고원의 두꺼운 빙하 50미터 깊이에서 채취한 표본에서 지금까지 알려지지 않은 고대 바이러스의 존재를 확인했다고 합니다. '빙상 코어ice core'라고 부르는 이 샘플은 극지방에 오랜 기간 묻혀 있던 빙하에서 추출한 얼음 조각을 뜻합니다. 연구진들은 그 얼음 조각에서 33가지 바이러스 유전정보를 발견했는데, 그중 28가지가 지금까지 발견된 적 없는 완전히 새로운 것이라고 발표했습니다.

그런데 문제는 빙하와 함께 얼어붙어 있던 신종 바이러스가 얼음이 녹으면서 외부로 노출될 가능성이 있다는 점입니다. 이는 인류에게 대재앙을 안길 수도 있습니다. 이와 유사한 사례로 2016년 시베리아에서 발생한 탄저병을 들 수 있습니다. 이상 고온으로 영구 동토층이 녹아내리면서 탄저균에 감염된 동물 사체가 그대로 노출돼 병원균이 퍼진 것입니다. 탄저병으로 100여 명이 사망 또는 감염 피해를 입었고 2,000마리 넘는 순록이 폐사했습니다. 지금처럼 지구온난화가 지속되어 빙하가 녹아내리면 그와 함께 그동안 얼어붙어 있던 바이러스도 함께 지상에 노출될 수 있다는 사실을 명심해야 합니다.

마이크로소프트 창업주 빌 게이츠는 2017년 독일에서 열린 '뮌헨 보안 콘퍼런스'에서 "세계적 전염병이 핵폭탄이나 기후변화보다 훨씬 더 위험할 수 있다"고 경고한 바 있습니다. 그는 세계적 전염병이 일어나면 수억 명의 사망자가 발생할 수 있다고 주장했습니다.

2019년 말 발생해 세계적으로 퍼진 신종 코로나바이러스(코로나19)를 두고 '우리가 우려했던 1세기에 한 번 나올 병원체'일지도 모른다는 의견도 있습니다. 신종 코로나는 자연환경 파괴와 기후온난화로 서식지를 잃은 야생동물과 인간의 접촉이 많아지면서 생긴 것입니다. 요컨대 낮은 온도에서 활동하던 바이러스가 인간의 체온에 적응하는 과정에서 일어나는 병적인 현상일 수도 있습니다. 문제는 인간의 생명을 위협하는 진화된 바이러스의 공격은 이제 시작일 뿐이라는 점입니다.

박쥐나 쥐는 인간에게 치명적 전염병을 일으키는 바이러스를 지니고 있습니다. 그런 바이러스를 가진 박쥐나 오래전에 죽은 동물의 사체가 수만 년 동안 빙하 속에 갇혀 있다가 얼음이 녹아 세상 밖으로 나오면 맨 먼저 새가 그 사체를 쪼아 먹고 바이러스를 인간에게 옮길 것입니다. 야생동물에서 인간에게 전염될 수 있는 미지의 치명적인 바이러스가 수십 만 개가 넘는다고 세계적인 바이러스 전문가들은 말합니다. 신종 코로나가 어쩌면 앞으로 다가올 대재앙의 서막이라고 경고하는 과학자가 늘고 있는 이유입니다.

리딩에서는 반복적으로 미래에 '나는飛 새가 적敵'이 되는 시기가 도래하면 인류의 멸망이 시작된다고 경고합니다. 바이러스는 인간의 진화와 함께 성장합니다. 그리고 인간의 이기심을 파고들어 침입합니다. 그러나 우리가 남을 위하는 이타심利他心으로 세상을 가득 채울 때 나쁜 바이러스는 우리를 절대 침범할 수 없습니다. 그 이유는 이타심이 신성神性의 에너지를 가졌기 때문입니다.

프랑스의 석학으로 꼽히는 경제학자 자크 아탈리Jacques Attali는 최근 "이번 팬데믹으로 인해 우리는 이타주의에 기초한 다른 형태의 사회를 의식하고 있는 중이다"라고 말합니다. 오늘날 우리는 자가 격리와 사회적 거리두기를 통해 공감과 배려, 공유의 선언이 등장하는 것을 지켜보고 있습니다. 우리는 저마다 독창적으로 타인에게 이로운 존재가 되는 길을 찾아야 한다는 것입니다. 지금 인류가 경험하고 있는 코로나 바이러스 사태 이후, 과거와는 다른 차원의 세상이 찾아올 것입니다. 팬데믹으로 인한 어려움은 이타심과 연대의식을 고취시키고 집단의 정의를 바로 세우는 방향으로 에너지 전환이 되어야 합니다. 코로나가 만든 두려움과 공포의 터널을 통해서 타인에게 이로운 존재가 되는 길, 모든 존재와 조화를 이루는 길을 찾아야 합니다.

우리는 더 이상 자연을 파괴해서는 안 됩니다. 자연 생태계의 무절제한 개발과 인구수 증가로 인해 야생동물의 서식지가 파괴되면서 그동안 동물에게만 존재했던 바이러스들이 인간에게 옮길 가능성이 점점 높아지고 있습니다. 지금이라도 늦지 않습니다. 지구환경의 온전성을 되찾기 위해 자연을 지키고 사랑하면서 우리의 이웃, 나라, 인류를 사랑하는 마음으로 위기를 이겨내야 합니다. 그 사랑만이 우리를 지키고 구할 수 있습니다.

우리는 스스로의 의식 성장을 통해 우리 앞에 닥친 인류의 난제를 해결해나가야 합니다. 진정한 사랑과 봉사를 통해서 말입니다. 그런 따뜻한 실천은 우리 신체를 구성하고 있는 DNA의 파동수를 높이는 데 결정적 역할을 합니다. 파동수가 높아지면 우리의 면역 체계가 활성화하면서 자기 치유력이 향상되고, 바이러스나 세균의 침입으로부터 자신을 보호할 수 있습니다.

역설적으로 말하면, 인류를 위협하는 바이러스는 어쩌면 우리의 더 높고 넓은 의식 성장을 돕기 위해 나타난 루시퍼(사탄)일 수도 있습니다. 우리의 의식 성장은 인류의 성장이며, 지구의 진화를 돕는 일입니다. 우리는 인간을 공격하고 위협하는 존재들로부터 스스로를 지킬 수 있는 엄청난 힘을 우리 내부에서 끌어내야 합니다. 서로를 사랑하는 마음으로부터 말입니다.

2

우리 안에 내재된
환생의 증거들

고대의 현자를 만나다

전생 리딩을 하다 보면 놀랍게도 부처나 예수의 제자로 살았던 사람을 마주할 때가 있습니다. 또한 공자나 맹자 등의 제자였던 사람도 종종 만나게 됩니다. 그들은 대부분 현생에서도 종교인이나 명상가, 혹은 저명한 학자로 살아갑니다. 하지만 안타깝게도 정작 본인들은 자신의 영적 자아가 이 땅에 왜 태어났는지, 즉 영적 사명을 모르는 경우가 많습니다. 자신의 영혼이 이번 생에서 무엇을 배우러 왔는지 전혀 관심이 없습니다. 저는 그들을 대할 때마다 그들의 '참나'가 왜 이 세상에 오는지, 스스로 진지한 탐구를 해봤으면 좋겠다는 생각을 해봅니다.

그런 분들에겐 공통된 특징이 있습니다. 바로 전생에서 익히고 배운 율법이나 계율의 틀에서 크게 벗어나지 못하고 있다는 점입니다. 전생의 경직된 사고방식이 현생의 의식에도 그대로 배어 있습니다. 전생에서 자신의 영적 충만을 위해 기도하는 삶을 살았기 때문에 그럴 것입니다. 현생의 의식은 대부분 과거 생의 무의식 창고에서 비롯되니까요. 하지만 이들이 현생에 다시 태어난 것은 이런 편협함과 고정관념에서 벗어나는 데 필요한 경험을 하기 위함입니다. 자신에게 주어진 삶을 통해서 너그러운 융통성과 원만함을 배워야 합니다. 따뜻한 지혜로 삶에 대한 긍정적 성품을 길러야 합니다. 그래야 비로소 전생에서 배운 영적 교훈을 현생에서 널리 베풀고 나눌 수 있습니다.

흥미로운 사례로 교회 목사와 결혼하겠다는 딸의 미래를 궁금해하는 어머니의 리딩에서, 그 딸은 전생에 《성경》의 구약에 등장하는 욥의 딸로 태어나 살았습니다. 그때 그녀는 짙은 종교적 분위기에서 성장했지만 아버지인 욥의 능력 덕분에 넉넉한 삶을 영위했습니다. 그래서 현생에서도 딸의 영혼이 하나님의 사역을 이행하는 목사에 대한 선입감이 좋게 작용하고 있다고 리딩은 말합니다.

전생에 종교인으로 살았던 사람은 대부분 영혼이 맑고 순수합니다. 하지만 저잣거리의 보통 사람들보다는 삶을 헤쳐나가는 원만함이나 현장성이 부족합니다. 그렇습니다. 바로 이런 이유 때문에 영혼 스스로가 현생에서 평범한 삶을 선택하는 것입니다. 영적 균형과 조화가 필요하기 때문입니다. 하지만 전생에 한번 입력된 외 곬의 삶은 그의 무의식 속에 깊숙이 각인되어 있기 때문에 그리 쉽 게 지워지지 않습니다. 그래서 단번에 세상의 세속적인 삶의 흐름 속에 맞춘다는 건 불가능합니다. 결국 그 세상과 충돌하는 경우가 많고, 그로 인해 고뇌의 밤이 점점 길어집니다.

이런 말이 생각납니다. "죄 없는 고집불통보다는 후회하고 반성 하는 죄인이 훨씬 인간적이다." 여러분은 어느 쪽이 더 영적 성장 의 자양분이 된다고 생각하십니까?

희랑대사의 전생과 현생 모습

오래전부터 상담을 해왔던 사람 중에 특이한 분이 있어 소개하려 합니다. 처음 그를 마주했을 때 떠오른 장면이 기억납니다. 그분은 자욱한 자색 안개 향이 걷히면서 도인의 모습으로 나타났습니다. 그리고 주위의 많은 사람이 합장한 채 그를 '희랑대사希朗大師'라고 부르는 소리가 들렸습니다. 그 모습에 저절로 숙연한 마음이 들었 지만, 사실 저는 옛날 우리나라 선사禪師에 대해서는 별로 아는 게 없습니다.

기록에 따르면 희랑대사는 해인사 4대 주지였습니다. 고려를 건 국한 왕건의 스승으로도 전해집니다. 삼라만상과 천지의 이치를 깨달았던 큰스님으로 유명했습니다. 그런데 왜 그런 분의 영혼이 세속의 삶으로 돌아왔을까요? 여러 번의 전생 상담에서 희랑대사의 삶을 살았던 40대 중반의 남성은 어느 날 다음과 같은 질문지를 적어서 왔습니다.

1. 제가 '진성적혈구증가증'이라는 혈액암에 걸린 데는 어떤 영적 의미나 메시지가 있을까요?

2. 고등학교 때부터 시작된 극심한 신경계통의 이상으로 오랫동안 고통받아왔고 지금도 완전히 자유롭지 못합니다. 이것이 전생의 카르마로 인한 것인지, 아니면 다른 영적 의미나 메시지가 있는지요?

3. 젊었을 때부터 정력이 지나치게 약해서 평생 여자 한 번 사귀어본 적이 없고, 섹스도 한 적이 없습니다. 이번 생에 이런 몸으로 오게 된 것은 전생의 카르마 때문인지, 아니면 다른 어떤 영적 의미나 메시지가 있는지요?

4. 항상 명치 아래쪽 한 부분이 꽉 막혀 있는 느낌이 듭니다. 숨도 짧고 가쁘게 쉽니다. 또한 그로 인해 저도 모르게 입을 벌리고 숨을 쉬게 됩니다. 그 원인이 무엇일까요? (심장이 빨리 뛸 때도 심장보다는 그 부분이 훨씬 더 팔딱거리고, 평소에도 그 부분이 조금 더 팔딱거

립니다.)

1번 질문에 대해 리딩은 이렇게 말했습니다. "DNA의 영적 에너지가 변하는 과정(카르마의 영향과 무관함)에서 일어날 수 있는 현상입니다. 병원에서 권하는 약물 치료를 꾸준히 잘 받으면 완치 가능합니다."

2번 질문에 대한 답입니다. "우리 인간의 육체는 어쩔 수 없는 업연業緣에 따라 만나고 헤어집니다. 지금 경험하고 있는 육신의 상태(신경계통의 질환)는 오히려 영적 방어기전이 작동하고 있는 보호 상태이기 때문에 나쁘지 않다는 의견을 드립니다. 어떤 인연으로부터도 자신의 영혼을 지키기 위한 생리적 현상이 작동하면서 나타나는 작용의 일부입니다. 다시 말해, 이 세상에 태어날 때 당시의 영적 자아가 스스로 계획하고 설계한 것입니다. 또한 현재의 건강 이상은 모든 육체적 기능을 초절전 상태로 묶어놓은 것이라고 생각하십시오. 지금 경험하고 있는 육체적 상태는 공부하고 수행할 수 있도록 최소한의 생명 에너지만 남겨놓았기 때문에 일어나는 현상인 것입니다."

3번 질문에 대한 답입니다. "스스로의 영적 의지로, 인체의 가장 상위 기관인 송과체를 보호하기 위해 성적 기능을 차단한 것입니다. 지금의 증상들은 상위 자아의 중심인 백회혈百會穴의 에너지가 충만한 데서 기인한 것이라고 생각하십시오. 인간이 가지고 태어나는 근기根氣는 크게 두 가지로 나누어 설명할 수 있습니다. 머리 정수리 부근에 위치한 백회혈과 성 본능의 중심체인 회음혈會陰穴이 바로 그것입니다. 백회혈은 상위 자아의 의식을 각성시키고, 회음혈은 하위 자아인 본능적 욕구 에너지가 많이 모여 있는 장소입니다. 상위 자아가 잘 발달한 사람은 대부분 자신이 영적이고 명상을 좋아하는 꽤 지적이며 이성적 의지를 가지고 살아간다고 생각합니다. 그리고 하위 자아가 발달한 사람 중에는 매우 본능적 욕구에 강해서 육체적 쾌락과 즐거움을 삶의 우선순위로 두는 경우가 많습니다. 그러나 상위 자아의 비중을 많이 가지고 태어난 사람과 하위 자아의 비중을 많이 가지고 태어난 사람에 대해 이를 기준의 잣대로 비교해서 좋고 나쁨을 말할 수는 없습니다. 사람이 태어날 때 가지는 근기의 선택은 자신이 세운 어떤 영적 계획의 일부이기 때문입니다. 전생에 굉장히 영적인 삶을 추구했던 영혼은 이번 생에서는 육적인 삶의 경험을 통해 균형의 추를 맞추기 위한 계획을 가지고 오는 경우도 많기 때문입니다."

4번 질문에 대해 리딩은 무척 흥미로운 부분을 지적했습니다. "평소 명치 아래쪽 한 부분이 꽉 막혀 있는 느낌은 전생에 수행자로서 크게 득도한 것과 관련이 있습니다. 그때 가슴 차크라가 크게 열린 흔적입니다. 그것은 무의식적 사고에 남아 있는 어떤 영적 에너지가 일으키는 생체적 반응입니다."

사전寺傳이 전하는 기록에 의하면 희랑대사는 생전 앞가슴에 특이한 모양의 구멍을 가지고 있었습니다. 그래서 불자들은 그를 '흉혈국인胸穴國人'이라고 불렀답니다. 희랑대사 앞가슴의 구멍에 대해서는 두 가지 전해오는 이야기가 있습니다. 첫째는 대오각성大悟覺醒(큰 깨달음)을 얻는 순간, 화엄삼매에서 방광放光(부처의 몸에서 나오는 빛)의 자취로 보는 설입니다. 두 번째는 희랑대사가 해인사 큰스님으로 계실 때 스스로 자신의 가슴에 구멍을 뚫었다는 설입니다. 여러 스님이 하안거 수행을 하고 있는데, 모기가 극성을 부리자 희랑대사가 자신의 가슴을 뚫어 모기들로 하여금 피를 빨아 먹도록 했다는 것입니다. 그렇게 스님들이 편안하게 정진 수행을 하도록 했다는 얘기입니다. 리딩은 현생에서 그 남성이 명치 아래가 답답한 것은 그때의 흔적과 관련이 있다고 말합니다.

그렇다면 희랑대사는 왜 세속에 다시 왔을까요? 저를 찾아온 남성은 몸이 아파 15년 동안 해인사에서 수행하며 지냈다고 했습니다. 그의 수행 생활을 물심양면으로 도와준 사람은 속가俗家의 친형님이었는데, 리딩에서 친형님은 과거 생에 희랑대사의 상좌승으로 나타났습니다. 상좌승이 현생에서 희랑대사의 또 다른 수행을 도움으로써, 큰 공덕을 지을 수 있도록 기회를 준 것입니다. 다시 말하면, 희랑대사는 과거 생에서 미흡했던 제자의 영적 완성을 도와주기 위해 세속에 다시 온 것입니다.

내담자와 희랑대사의 유사한 모습

유사한 형상의 전생과 현생

법정스님이 남기신 말씀 중에 이런 구절이 있습니다. "마음 밭에 여러 씨앗 있어 비를 맞으면 모두 싹이 튼다. 삼매의 꽃은 그 형상 없으니 어찌 이루어지고 부서짐이 있으리."

환생의 증거에서 흥미로운 것은 전생과 현생의 모습이 너무나도 닮아 있다는 사실입니다. 영국의 신비주의자 클래리스 토인Clarice Toyne은《영원의 상속자들Heirs to Eternity》이라는 책에서 이렇게 말합니다. "환생한 인물을 조사해보니 전생의 인물과 두개골 형상, 얼굴 인상, 표정의 미묘함이 너무나 흡사해서 전율하곤 했다." 그

녀는 여러 생에 걸쳐 이어지는 환생 인물들 모습이 닮은 것에 대해
다음과 같이 설명합니다.

> 모든 생명은 항상 에너지 충전이 이루어진다. 바로 이것이 내면의
> 존재이며, 이는 새로운 모습 속에 들어가 그것을 유지시킨다. 자
> 연적 진보의 사다리는 점진적이며 조금씩 변화한다. 모습이나 정
> 신적 능력은 갑자기 변하지 않는다. 그래서 환생하는 영혼은 설사
> 인종이 바뀐다 해도 전생과 비슷한 특징을 갖는다.

1946년 클래리스 토인과 조셉 마이어스Joseph Myers는 환생주
의적 유사성을 주장했습니다. 그 이전엔 해럴드 퍼시벌Harold W.
Percival이 〈사고와 운명Thinking and Destiny〉이라는 논문에서 "한 영
혼이 여러 번 환생을 하는 경우, 같은 나이에 찍은 사진들의 모습
은 거의 비슷하며, 유전적 특징도 부모와 상관없이 같다"고 말했습
니다.

미국의 석유 재벌이자 미술 수집광이었던 폴 케티J. Paul Getty
는 자신이 로마 황제 하드리아누스Hadrianus의 환생이라고 믿었습
니다. 또한 나폴레옹은 휘하 장군들에게 이렇게 외치곤 했습니다.
"그대들은 내가 누구인지 아는가? 나는 샤를마뉴다." 샤를마뉴는
오늘날 서유럽을 통합한 카롤링거 왕조의 제2대 프랑크 국왕을 말
합니다. 그러나 나폴레옹은 살아생전 러시아를 정복하지 못한 한恨

이 있습니다. 그렇기 때문에 그 영혼은 지금의 러시아 블라디미르 푸틴 대통령으로 환생해서 생전의 한을 풀고 있습니다. 리딩은 "나 폴레옹은 푸틴으로 태어났다"고 말합니다.

또 다른 예에서는 '히틀러와 아베의 닮은꼴'을 들 수 있습니다. 그들은 제2차 세계대전을 일으켰던 국가의 전·현직 지도자입니다. 히틀러는 1945년에 죽었고, 아베는 1954년에 태어났습니다. 아베의 영혼은 히틀러와 같은, 영적으로 닮은 파동체를 가지고 있습니다.

3

신과의
대화

시바신의 분령을 만나다

우주창세宇宙創世에 관한 신화는 모든 민족에게 있습니다. 우리나라
에 단군신화가 있듯이 말입니다. 그렇다면 우리가 알 수 없는 차원
에 있다는 신은 정말 존재할까요?

새벽 기도에서 우샤스Usas(고대 인도 신화에 나오는 새벽의 여신)를 만났
던 어느 화창한 봄날이었습니다. 밝은 미소가 인상적인 중년 여성
의 전생 리딩이 있었습니다. 리딩을 할 때 어떤 깊고 심오한 영적
기운을 지닌 내담자를 만나면, 그 사람이 가지고 있는 특유의 오감
을 느끼는 경우가 있습니다. 그녀는 특별한 영적 향기와 오라aura
를 가지고 있었습니다. 이는 아주 드문 경우입니다. 제가 리딩을

하기 위해 눈을 감자 새벽 기도에서 보았던 우샤스와 함께 시바신이 춤을 추면서 따라 들어왔습니다. 제가 그 놀라운 광경에 집중하자 시바신이 앞에 앉아 있는 그녀와 오버랩되면서 그 모습이 사라졌습니다. 리딩은 그녀가 시바신의 분령체라고 이야기해주었습니다.

그 여성은 자신을 미국 뉴욕에 있는 유니언신학대학원의 정현경 교수라고 밝혔습니다. 아시아인 최초로 그 대학의 종신교수로 재직 중이었습니다. 기독교인이면서 동시에 숭산 큰스님에게 수계를 받은 불교 법사이기도 했죠. 세계인이 모인 성령 콘퍼런스에서 초혼제 굿판을 벌인 파격적인 신학적 예술가로도 유명했습니다. 리딩은 정현경 교수가 현생에 시바신의 분령체로 오게 된 영적 이유를 말해주었습니다.

정현경 교수는 자신이 재직 중인 유니언신학대학원을 바로 세우고, 자신의 온당한 권리를 지키기 위해 투쟁하고 있다고 했습니다. 그동안 백인 여성 총장과 학장 등 학교 경영진이 자행해온 부당한 행정 조치에 분노한다면서 말입니다. 그것은 바로 학내 유색인에 대한 인종차별과 끊임없는 괴롭힘, 보복 때문이라고 했습니다. 리딩은 기도를 통해 현재의 어려움을 극복할 수 있다고 말합니다. 유니언신학대학원의 근본 가치인 사랑, 진실, 정의가 그들의 탐욕과 속임수, 폭력을 이길 수 있다고 말했습니다. 계속해서 리딩은 다음과 같이 말합니다.

"기도를 하면 밝고 큰 빛을 가진 존재들이 당신과 함께하는 것을 볼 수 있습니다. 그 빛의 엄청난 에너지는 이 세상 어느 것보다 더 높은 차원의 힘을 가지고 있습니다. 그 놀라운 빛이 옆에서 지키고 있다는 사실에 깊은 믿음과 신뢰를 가지십시오. 그러면 당신이 원하는 사명을 이룰 수 있습니다."

정현경 교수가 처음부터 자신의 '시바신 분령체' 이야기에 관심을 보였던 것은 아닙니다. 제가 전생 이야기를 했을 땐 그저 그런가 보다 할 정도였습니다. 그러던 중 독일의 어느 초월명상회에 참가했는데, 바로 그곳에서 깊은 명상 상태에 빠져 있던 어느 외국인 수행자로부터 "당신이 시바신의 몸에서 나와 춤을 추는 장면을 보았다"는 이야기를 들었답니다. 그리고 그녀와 시바신의 관계에 대해 자세하게 알려주었는데, 순간 깜짝 놀랐다고 합니다. 제가 말했던 것과 그 외국인 명상가의 묘사가 거의 정확하게 일치했기 때문입니다. 그 후 정현경 교수는 자신의 영적 메시지에 대해 진지하게 생각하게 됐습니다.

유니언신학대학원에서의 즉문즉답

이러한 인연으로 저는 매우 뜻깊은 자리에 초청을 받았습니다. 정현경 교수의 제안으로 유니언신학대학원에서 정현경 교수의 수업을 받는 30명의 학생과 세 시간 동안 즉문즉답을 하게 된 것입니다. 강의 주제는 '전생 리딩을 통해서 본 질병의 원인과 치유 방법'이었습니다.

그 자리에는 유엔 봉사 기구에서 평생 헌신한 수녀님과 목사님, 한의사도 함께했습니다. 질문에는 모두 일곱 명의 학생이 참여했는데, 정현경 교수의 동시통역으로 물 흐르듯이 진행됐습니다. 학생들은 기다렸다는 듯이 봇물처럼 의문을 쏟아냈습니다. 도미니크 가톨릭수녀회의 80세가 넘은 수녀님은 이런 질문을 했습니다.

Q 저는 지금 유엔에서 일하는데, 이 현실 세계에서 평화를 위해 일하는 사람들에게 해주실 말씀이 있으신지요?

A 천사의 빛을 가진 분이 계셨는데, 바로 수녀님이었군요. 저는 당신이 평상복을 입고 있어서 수녀님인지 몰랐습니다. 당신은 여기에서 가장 아름다운 영혼을 가지고 계신 분입니다. 어떤 사람이 저에게 이렇게 물은 적이 있습니다. "제가 어떻게 하면 인류를 위해 최선의 봉사를 할 수 있을까요? 그 일을 가르쳐주십시오." 그래서 저는 이렇게 말했습니다.

"매일매일 당신이 할 수 있는 방법으로 이웃을 사랑하고 봉사하십시오. 이웃에 대한 봉사는 신이 우리에게 시킨 최고의 심부름입니다. 이웃에 대한 고운 말씨나 지나가는 사람에게 미소 짓는 것도 인류를 위해 봉사하는 일입니다. 바로 그 사람은 우리 인류 중

한 사람이기 때문입니다. 가장 많은 일을 하는 사람이 위대한 일을 하는 것이 아닙니다. 아무리 작은 일이라도 당신이 진실한 마음으로 실천에 옮기면 그것이 세계 평화를 위하는 길이 될 수 있습니다. 당신의 인류에 대한 봉사와 헌신은 다음 생에서 천국에 태어남으로써 보상받을 수 있습니다."

컬럼비아대학교 교육학과에 재학 중인 학생은 또 이런 질문을 했습니다.

Q 오메가센터에서 전생 리딩 공부를 했고 다른 사람을 도와주고 있는데, 정작 제 문제는 풀지 못하고 있습니다. 계속 배반당하고 버림받습니다. 그로 인해 식탐만 늘었습니다. 고쳐보려고 많은 돈을 들여 치료받았지만 효과가 없습니다. 이럴 때는 어떻게 해야 할까요?

A 배반당하고 버림받고 하는 상처 속에서 당신이 지은 카르마가 정화되고 있다고 생각하십시오. 그런 이유로 실망하거나 스스로를 가엾게 여기지 마십시오. 그런 일 때문에 우울해하면 안 됩니다. 상대방에게 불쾌한 일을 당하거나 그로 인해 불행한 마음을 갖는 것은 뭔가 잘못된 것이 마음속에 내재되어 있다는 증거입니다. 먼저 자신의 내면으로 눈길을 돌려 자신이 미처 깨닫지 못한

흠이 무엇인지를 알아야 합니다.

《성경》에 "남을 비판하지 마라. 너희가 비판한 그대로 너희가 비판받을 것이다"라는 말이 있습니다. 당신은 독일에서 수사修士로 살던 전생에서 동료 수사의 잘못을 크게 비난하고 비판한 적이 있었습니다. 그로 인해 그 수사는 파문을 당하고 교회에서 쫓겨났습니다. 그때 남을 힐난하고 함부로 했던 카르마가 현생의 경험과 연관되어 있습니다. 그 전생의 상황들에 대해 진심으로 용서를 구하는 마음으로 하루하루를 살면 됩니다. 이번 생에서 당신을 배반하고 버린 사람들을 이해하고 사랑하는 마음으로 받아들이십시오. 그러면 지금의 문제를 해결할 수 있을 것입니다. 아울러 자신만을 위하는 식탐도 없어질 것입니다. 카르마 법칙은 거울과 같아서 현생에서 경험하는 괴로운 일들은 과거의 자기 모습을 비추어 보는 것과 같은 의미를 가집니다.

다른 학생들과의 다양한 즉문즉답이 계속 이어졌습니다.

Q 지난 1년 동안 몸에서 많은 두려움이 일어나고 있습니다. 그리고 어떤 스토리도 전해지는데, 그것을 해결하고 싶습니다. 어떻게 해야 할까요?

A 그 두려움은 자신의 것이 아닙니다. 당신은 영靈이 아주 맑

은 분입니다. 유체幽體(영성이 가진 에너지체)가 많이 발달해 있습니다. 다른 사람들이 가진 두려움을 자신이 대신 느끼고 있는 것 같습니다. 그 두려움이 자신의 것이 아니라는 사실을 알아야 하는데, 머리로가 아니라 마음으로 이해하는 것이 좋습니다. 그것을 완전하게 알아차리는 공부가 필요합니다. 영성 치유를 받아보는 건 어떨까요? 이러한 괴로움을 느끼는 것은 선행 학습의 과정입니다. 현재 상태는 9·11테러에서 사망한 영혼들의 고통과 연결되어 있습니다. 수행하면 치유할 수 있습니다.

Q 저는 여러 방면으로 사람들을 돕고 싶은데, 의지와 달리 이리저리 끌려다니는 것 같습니다. 저의 능력을 제대로 활용하고 있지 않은 것 같은데, 어떻게 하면 더욱 집중할 수 있을까요? 제가 올바르게 가고 있는 걸까요?

A "힘듭니까?"라는 물음에 질문자가 "예"라고 대답했습니다. 그렇다면 답이 나온 것입니다. 저는 내담자와 전생 리딩을 할 때 몸은 힘들지만 그 내담자의 얼굴이 밝아지면 행복해집니다. 하는 일이 타인에게도 행복하고 자신도 행복해야 합니다. 그래야 집중력이 향상됩니다. 그런 마음이 들지 않으면 안 됩니다.

Q 저에게 추천할 만한 명상 요법이 있는지요? 저의 힐링 능력

을 향상시키기 위해서 어떻게 해야 하는지요?" (질문자는 자신에게 천사를 보는 영안이 있다고 했습니다.)

A   천사가 있다면 그 존재는 고통받는 사람을 도와주기 위한 신의 대리인입니다. 당신은 자신의 고통을 통해 다른 사람을 도와주는 방법을 연습하고 있습니다. 전생에 전쟁터에서 남을 위한 기도를 많이 했던 공력으로 천사를 보는 영안을 갖게 된 것 같습니다. 그러나 그 능력은 다른 사람을 돕는 데 써야지 자신의 것처럼 교만하면 절대 안 됩니다. 그러면 당신이 보는 천사는 사라지게 될 겁니다.

Q   의사였던 부모님의 영향으로 저는 평생 힐러(치유자)가 되기를 원했습니다. 그러나 그 욕망이 너무 강해서 마음이 힘들 때가 많습니다. 힐러가 되기 위한 욕망, 이걸 어떻게 해야 할지 모르겠습니다.

A   먼저 남들(환자) 위에 군림하거나 지배하는 마음을 버려야 합니다. 당신에게 어떤 특별한 치유 능력이 있다면, 그것은 당신 것이 아니라 더 높은 차원의 힘이 당신을 통해 나타나는 것임을 알아야 합니다. 만약 당신 마음속에 권위와 교만이 있다면 먼저 이를 버리고 그들을 섬기는 마음을 가지십시오. 그들을 진심으로

돕고 헌신함으로써 당신은 지금보다 훨씬 더 좋은 힐러가 될 수 있습니다.

Q   우리 중 많은 사람이 영적 힐러가 되고 싶어 합니다. 어떻게 해야 그렇게 될 수 있고, 또한 스승은 어떻게 찾을 수 있습니까?

A   제가 생각하는 영적 힐러는 외롭고 고단한 삶을 각오하며 살아야 합니다. 영성에 대한 확신과 명상·기도·도덕의 실천, 이웃에 대한 봉사의 마음으로 자신이 가진 높은 의식의 영역을 확장하기 위해 부단하게 노력해야 합니다. 높은 산에 올라야 흰 눈을 볼 수 있듯이 그런 기도 속에서 진정한 스승을 만날 수 있습니다.

Q   어떠한 상태에 들어가야 전생을 보게 됩니까? 사람을 보면 바로 전생을 볼 수 있습니까?

A   특별한 의식 상태를 만들어야 합니다. 암막暗幕 속에서 영화가 상영되듯이 말입니다. 처음에는 오래 걸리지만 오랜 기도 수행을 통해 의식을 비우면 순간 압축된 영적 상태로 들어갑니다. 처음에는 마치 〈스타워즈〉 영화를 보는 것처럼 아주 긴 암흑 같은 공간을 지나 그 사람의 무의식 공간에 들어갑니다. 지금은 순간의 호흡 조절을 통해 깊은 명상 상태에 들어갈 수 있는데, 깊은 명상

의 순간에 빠져들면 호흡이 정지됩니다. 그러나 호흡이 멈춘 것에 대한 두려움을 느끼면 압축된 영적 공간이 사라져버리기 때문에 전생을 볼 수가 없습니다.

Q   다른 사람의 전생을 볼 때 얼마나 이전 시간으로 갈 수 있습니까?

A   전생을 읽을 때 시간은 중요하지 않습니다. 시간은 둥근 원과 같습니다. 어떤 전생이 이번 생에 영향을 주었느냐가 중요합니다. 기원전의 생이 영향을 줄 수도 있고, 바로 직전의 생이 영향을 줄 수도 있습니다. 문화와 인종도 중요하지 않습니다. 지금은 동양인이지만 다른 인종, 다른 문화권에서 살았던 적도 있습니다. 그렇게 태어나는 이유는 우리 영혼이 다른 환경에서 다른 공부를 하기 위해서입니다.

Q   버지니아비치에 있는 에드거 케이시 연구소를 방문하셨다고 했는데, 방문 후 소감이 어떠셨는지요?

A   케이시가 리딩을 할 때 누웠던 침대와 엄청난 리딩 기록이 보관되어 있는 서고를 보았습니다. 정말 대단한 분량의 자료가 있었습니다. 그러나 참으로 안타까웠던 것은 케이시가 남긴 놀라운

영적 업적이 더 많은 사람에게 전해져 영적 복음서로 활성화되지 않은 점입니다. 제가 본 케이시 연구소는 마치 봄을 기다리는 겨울처럼 너무 큰 정적에 잠겨 있는 듯했습니다. 앞으로는 과학(양자역학)을 통해 영성이 전하는 참뜻이 밝혀지고 증명되는 시대가 올 것입니다.

Q 올 초에 암을 제거했습니다. 의료학적으로는 치유가 되었지만 심신의 상태가 이전의 저와 같지 않습니다. 어떻게 하면 이전의 상태로 회복할 수 있을까요?

A 현대 의학의 기술로 암을 치료할 수는 있습니다. 그러나 그 질병이 왜 자신에게 생겼는지 근본 원인을 먼저 알아야 합니다. 암을 제거했지만 심신 상태가 이전 같지 않다는 것은 그 원인을 알지 못하기 때문입니다. 질병은 카르마를 해결하기 위한 도구이기 때문에 진정한 치유는 결국 안으로부터의 해방, 영적 자유를 이루어야 합니다. 그러지 않고는 예전의 마음을 되찾을 수 없습니다. 재발의 두려움을 카르마의 DNA는 알기 때문에 계속 불편한 마음이 남아 있는 것입니다.

Q 당신은 아주 젊은 힐러인데, 앞으로 더 힐링이 깊어지면 나중에 부처처럼 득도하게 될까요?

A 저의 수준은 구름 속의 빗방울 하나 정도라고 생각합니다. 빗방울이 모여 연못이 되고 호수가 되기까지에는 많은 시간이 필요합니다. 리딩은 여러분이 무의식에 담아두었던 이야기(정보)를 제가 대신 정리해서 말하는 정도입니다. 저는 앞으로도 더 깊고 진정한 깨달음을 얻기 위해 많은 생을 다시 태어나야 할 것 같습니다.

Q 전생 리딩을 할 때는 체력(에너지)이 많이 소모된다고 하는데, 정말 힘이 드는지요?

A 하루 네 명을 리딩한 날은 머리숱이 한 움큼씩 빠져나갑니다. 그만큼 에너지 소모가 과도하게 일어납니다. 사람들은 '그저 편안한 의자에 앉아서 이야기하는 것뿐인데'라고 생각합니다. 그러나 실제로는 내담자의 영적 공간을 순간 압축시키는 일이라서 정말 엄청나게 힘듭니다. 그러나 휴식을 취하는 날이나 여행을 갈 때는 탈모 현상이 없습니다. 에드거 케이시는 하루에 두세 명 정도를 상대했지만 리딩을 필요로 하는 수많은 사람 때문에 어쩔 수 없이 무리하게 하루 여덟 명을 리딩했죠. 그러다 생명적 에너지가 과도하게 소모되어 67세의 나이에 사망한 것입니다.

Q 내담자를 만났을 때 전생을 보지 못한 경우도 있습니까? 미

2016년 뉴욕대학교 강의 포스터. 관찰자와 내담자가 전생에서의
삶의 배경을 함께 보고 경험하는 시대가 곧 도래할 것입니다.

래에 인공지능이 더 발전하면 인공지능이 이러한 영적 능력을 가
질 수 있을까요?

A 　전생을 보지 못한 사례는 한 번도 없습니다. 2016년 뉴욕대
학교에서 '영성과 테크놀로지'에 대한 주제로 강의를 한 적이 있
습니다. 앞으로 과학의 비약적 발전을 통해 가까운 미래에 제가
보는 전생의 장면을 내담자와 함께 보고 경험하는 시대가 올 것
으로 생각합니다. 정말 그런 시대가 온다면 놀라운 일이 일어날
것입니다. 역사학자의 리딩에서는 그가 알고 싶어 하는 역사적 장

면이나 어떤 문화의 시대적 배경을 한눈에 보면서 이해할 수 있 겠지요. 또한 과학자 입장에서 지나간 과거 장면이나 미래의 사건 을 스캔해볼 수도 있을 것입니다.

그러나 우리 뇌는 신의 영역에 속해 있기 때문에 인공지능이 인 간과 협력하지 않고 독립적 기능을 가지고 영적 작업을 할 수는 없을 것 같습니다. 물론 인공지능에 빅데이터가 쌓이면 완성도의 문제는 있겠지만 상당히 놀라운 영적 상담을 할 수 있을 거라고 생각합니다. 만약 외계인이 있다면 그 모습은 인공지능을 갖춘 기 계 인간이 아닐까요? 그럼에도 그 기계 인간조차 최소한의 생명 적 중심체를 가지고는 있다고 생각합니다.

Q 뉴욕대학교에서 강의 중에 여러 사람이 토하는 증세를 보이 면서 자리를 이탈했다는 이야기를 들었는데, 그런 현상은 왜 일어 납니까?

A 지극히 영적인 관점이라는 전제를 갖고 말씀드리면, 그곳 에서 강의할 때 참석자와 연관 있는 많은 영적 존재가 함께 참석 해 있었습니다. 보통 사람들은 그 영적 존재를 볼 수 없지만 제 눈 에는 보이고 느껴집니다. 일부 학생들이 토하는 증세를 느낀 것은 다분히 심령적 현상입니다. 어떤 사후령이 몸속에 빙의되어 있거 나, 그런 비슷한 존재들의 반응이 그렇게 나타난 것이라 할 수 있

습니다. 사람의 생체 에너지와 사후령의 심령 에너지가 서로 충돌할 때 일어나는 현상이라고 할 수 있습니다.

Q   많은 종교적 존재가 있는데 예수나 부처 같은 존재를 보기도 합니까? 하나님이나 모세, 다윗 같은 존재를 만난 적이 있습니까?

A   그렇지 않습니다. 저는 불교식 수행 방법을 택하고는 있지만 특정한 종교는 가지고 있지 않습니다. 신의 존재는 느끼지만 만난 적은 없습니다. 저는 보는 것이 아니라 버리는 수행을 했습니다. 세계적 재난, 한국의 변화, 인간의 이해관계에 개입하거나 간섭하는 영혼 등등 많은 메시지를 듣거나 보지만 이것을 버리는 것입니다. 보이는 것을 버리다 보면 오히려 볼 수 있습니다. 하나를 따라가다 보면 그것에 갇히게 됩니다. 오직 모를 뿐이라는 숭산스님의 화두를 처음에는 몰랐습니다. 하지만 지금은 그 말씀의 깊은 뜻을 알 수 있을 것 같습니다.

Q   예수와 부처는 지금 어디에 있습니까?

A   이미 우리 곁에 와 계시지만 우리가 모를 뿐입니다.

Q   종교를 가지는 것이 좋습니까?

A 믿음과 삶이 균형을 이루어야 합니다. 건강한 신앙인이 되기 위해서는 믿음을 행동의 실천으로 표현할 수 있도록 노력해야 합니다. 행함이 없는 믿음은 의미가 없다고 생각합니다.

Q 리딩을 통해 어떻게 치유가 이루어지는지 알고 싶습니다.

A 전생을 통해 현생에서의 경험을 이해하고 받아들이는 마음을 가지면 됩니다. 그런 합리적인 마음을 갖게 되면 치유는 자연히 따라옵니다.

Q 보이지 않는 세계를 보는 특별한 능력을 갖기 위해 어떤 노력과 연습이 필요합니까?

A 평범한 사람의 지식으로는 도저히 접근할 수 없는 대단히 어려운 분야라고 생각하지만, 원래 우리는 모두 아카샤 기록을 읽어낼 수 있는 잠재적 능력을 가지고 있습니다. 문제는 우리 의식의 파장이 아카샤에 기록된 파일과 어떻게 접속할 수 있는가에 있습니다. 마치 라디오 주파수에 채널을 맞추어야 소리를 들을 수 있듯이 말입니다. 리딩 능력은 어떤 특별한 사람만의 것이 아닌, 자신의 영성을 계발하기 위한 꾸준한 노력과 연습을 통해 가능하다고 생각합니다.

Q 외계인은 있습니까?

A 제가 요세미티국립공원에서 저녁노을 사진을 찍다가 UFO를 만난 적이 있습니다. 제가 목격한 것은 좌표만을 가지고 비행하는 무인의 드론식 UFO가 아닌, 외계인들이 직접 타고 있는 비행체였습니다. 그때 그들과 교감하면서 느낀 점은 그들의 신체는 지구자기장 안에서 고형화固形化되지 않기 때문에 지구 중력의 영향을 받지 않는 존재라는 생각이 들었습니다. 저는 외계인의 존재를 믿습니다.

세 시간 동안 쉬지 않고 진행된 강의가 끝나자 수업에 참석한 학생들은 "강의 내용이 너무 가슴에 와닿아서 감사하다"고 했습니다.

신학자이자 여성운동가인 정현경 교수는 한국에서 해마다 살림이스트(이타적 공동체)에 관한 강의를 합니다. 우리 안의 여신을 찾아가는 방법에 대한 강의입니다. '삶의 방향을 찾지 못하고, 인생의 열정을 잃어가는 모든 사람을 위해' 자신의 지론을 이야기합니다. 정현경 교수는 신학을 머리로만 공부했다는 사실에 회의감을 느낀 뒤 무작정 머리를 삭발하고 히말라야에 들어갔습니다. 그렇게 찾아간 히말라야의 깊은 산속에서 영혼의 대화를 체험했습니다. 말이 통하지 않는 현지 주민들과는 물론이고, 식물·동물 등 모든 생명과도 대화가 가능했습니다. 히말라야에서의 삶이 지금의 그녀를 완성시킨 계기가 된 것입니다.

정현경 교수는 2019년 2월, 북아프리카와 스페인에서 열린 유네스코 실크로드 전문가 모임에서 '여성과 환경, 인권'을 주제로 발표회를 진행했습니다. 한편 정현경 교수는 유니언신학대학원과의 투쟁에서 긍정적 결과를 얻어냈습니다. 그 후 안식년에 들어가 2019년 9월 인도와 미얀마로 명상 여행을 다녀왔습니다. 지금도 여성, 환경, 평화운동가로서 그녀의 발걸음은 멈추지 않고 있습니다.

4

캐나다 원주민
소녀의 편지

깊은 눈빛을 지닌 여성의 리딩

리딩을 통해 만나는 사람은 정말 다양합니다. 그저 자신의 영적 호기심을 채우는 정도의 사람이 있는가 하면, 자신의 인생관이 크게 변했다는 사람, 미움이 사랑으로 원망이 용서로 변했다는 사람도 있습니다. 개중엔 상담 당시에는 미처 하지 못한 이야기를 전해오는 이들도 있습니다.

어느 날, 명상적이면서 깊은 눈빛을 지닌 여성을 마주했습니다. 리딩에서 그녀는 14세기경 동유럽 어느 수도원의 책임수사였습니다. 그의 역할은 기도하기 위해 찾아오는 수사들에게 기도실을 안내해주는 일이었습니다. 어두운 미로로 연결된 각각의 기도실은 책임수사만이 등잔불(촛불)을 들고 안내할 수 있었는데, 때론 기도실에서 미라 상태로 죽어 있는 수사들의 주검을 발견하는 경우도 있었습니다. 하지만 그는 매우 냉정하고 차가웠습니다. 그런 주검을 보고도 전혀 연민을 느끼지 않았습니다. 책임수사로서 역할은 잘 완수했지만, 고집불통에다 타인을 돌보고 배려하는 데는 인색했던 것입니다.

또 다른 생에서는 아메리카 원주민 소녀로 살았습니다. 그 부족은 들소(버펄로)를 잡을 때면 부족민 모두가 들소 분장을 하고 들소신과 교감하는 축제를 벌였습니다. 그리고 또 다른 조선 후기의 삶에서는 비구 스님으로 산속 깊은 곳에서 은둔 수행하며 살기도 했습니다.

그런데 이번 생에서 그녀는 태어날 때부터 난청이었습니다. 그것은 책임수사였던 전생의 삶에서 타인의 말을 잘 듣지 않은 카르마 때문이라고 리딩은 말했습니다. 하지만 그녀는 이러한 난청의 아픔을 발판 삼아 내면의 에너지에 집중할 수 있었습니다. 그리고 현재 캐나다에 살면서 비영리단체인 정신건강협회에서 열심히 자원봉사를 하고 있습니다. 전생의 부족함을 교정하기 위해 이번 생에서 베푸는 삶을 살고 있었던 것입니다.

그녀는 평소 아메리카 원주민에게 남다른 사랑과 연민의 정을 가지고 있다고 했습니다. 전생에 아메리카 원주민으로 살았던 인연이 작용한 것입니다. 리딩은 이번 생에서 그녀의 영적 사명은 캐나다 원주민의 문화를 보존하고 알리는 것이라고 말했습니다. 마침 그녀는 캐나다로 이주하기 전 방송국에서 방송작가로 일한 적도 있었습니다. 그 재능을 잘 활용하면 캐나다 원주민의 문화와 가치를 세상에 널리 알릴 수 있을 것이기에, 리딩은 그녀가 캐나다 원주민 문화 학교를 만들면 좋겠다는 해법을 제시했습니다.

그리고 조선 후기 비구 스님의 생에서는 열심히 수행하고 공부했지만, 너무 정적靜的인 에너지가 충만했으니 현생에서는 세속의 삶의 현장에서 직접 나누고 보살피는 동적動的인 에너지의 삶을 통해 영적 균형을 맞추라고 말했습니다.

전생 상담을 받은 후의 변화

전생 상담이 끝난 얼마 뒤, 그녀는 제게 다음과 같은 편지 한 통을 보내왔습니다.

전생 상담을 받은 후의 변화
내가 누구인지 알고 자신감 있게 앞으로 나아가다

상담실을 걸어 나오면서 만감이 교차한다. 50여 년의 삶이 내게

던졌던 질문들이 하나하나 풀리기 시작한다. 그동안 수없이 찾아 다닌 스승들, 기성 종교의 신부님·수사님·목사님·스님을 비롯 해 정신과 의사·뇌 발달 전문가·최면 치료사·심리 상담가·꿈 분석가·명상가·선도 및 요가 수행자·사주풀이 전문가 등등 영 적 문제를 다룬다는 사람들은 모두 찾아다닌 듯하다. 이제 그 부 산한 발걸음을 멈추고 선명해진 한길을 향해 첫발을 내딛는다.

사실 상담 결과는 내가 전혀 모르던 새로운 것은 아니다. 하지만 안갯속에 싸인 듯 희미하게 짐작만 하던 뿌연 길을 선명하게 보 여주었다는 걸 부인할 수는 없다. 그렇다. 복잡하게 얽혀 있던 실 타래를 한 줄로 풀어냈다고나 할까? 아니면 수많은 낱개의 장면 들을 엮어 한 편의 드라마로 완성했다고 할까? 그런 느낌이다.

이제까지 경험한 정신분석이나 심리 분석, 꿈 분석, 사주풀이 등은 현생과 관련한 역사와 문화 그리고 신체의 유전학적 원인에서 벗 어나지 못한 단선적인 이해의 틀만 제공했다. 이에 반해 전생 상담 은 인간의 성별(어쩌면 동식물, 생물과 무생물의 경계까지 허무는), 역사와 문화의 시공간(인종, 국가, 민족, 혈연, 사회적 관계, 과거, 현재, 미래 등)을 넘 나들며 영혼의 정체성을 확인하는 버라이어티한 작업이다.

박진여 선생님의 리딩에 따라 전생에서 비롯된 카르마를 이해하 고 받아들이고 나니 앞으로 이생에서 할 일이 자명해졌다. 사랑과 나눔을 실천하기 위해, 내 아이의 엄마를 넘어 내가 선택한 내 엄마의 엄마를 거쳐 이제는 세상의 엄마로 나아가는 계획을 완성해야 한다.

중세 유럽 수도원의 책임자로서 인간적 돌봄이 부족했던 전생의 카르마를 해소하기 위해 영혼 스스로 '잘 들을 수 없는 신체적 결함'을 선택했다. 아울러 돌봄을 제대로 행하지 못하는 부모의 양육 환경을 기꺼이 체험했다. 진정한 돌봄이 무엇인지 알아가는 프로그램을 스스로 계획한 것이다. 그리고 그 돌봄을 실행하기 위한 구체적 대상으로 북미 원주민 아이들에게 다가갔다. 이로써 사라져가는 그들의 문화를 살려내고, 생명과 자연을 존중하고, 우주의 질서에 합당한 그들의 메시지를 전달해 인간성 말살로 치닫고 있는 현대 문명사회의 균형추를 맞추는 것, 바로 이것들이 내 사명이다.

지난 4월 상담 직후 캐나다로 돌아가 그 사명을 구체적으로 확인하는 작업을 했다. 그 결과 내가 50년간 지니고 있던 엽서의 모델인 캐나다 원주민 출신 여자아이와 박진여 선생님이 내 전생에서 본 버펄로 분장을 한 부족과 일치한다는 증거들을 찾아냈다. 그 엽서를 그린 화가 Dorothy M. Oxborough와 모델이 된 부족 Stoney Nation, 그림을 그린 시기(1963), 그 엽서가 내 손에 들어오게 된 경로 등을 추론하는 과정에서 나는 소름 끼칠 정도의 사실을 확인했다. 그리고 더 큰 수확은 그 사실을 받아들이고 주변과 '조심스럽게' 나누기 시작하자, 나의 영적 미션을 적극 지지하고 도와줄 사람들이 계속 나타나고 있다는 것이다.

이제는 의심하지 않는다. 내가 선택한 길이 원래 영혼이 계획한 것이기에 같이 갈 사람도 자원도 모두 필요할 때 필요한 만큼 주어질 것이다. 다소 어려움이 생긴다 할지라도 극복하고 갈 수 있을 것이다. 결국 다 잘되고 있고, 잘될 것이다. 만일 안 된다면 그건 원래 안 되게 되어 있었다는 것을 받아들이면 될 뿐이다. 내가 할 일은 순간순간의 선택이 내 자아의 욕심인지 하늘의 뜻인지를 물어보고 하늘의 뜻을 선택하기만 하면 되는 것이다. 이보다 확실하고 쉬운 일이 어디 있겠는가? 이제까지 그걸 몰랐던 게 억울할 따름이다.

지난 상담에서 구체적으로 질문한 내용뿐 아니라 우선순위에서 밀려 그러지 못했던 많은 의문까지 내가 선택한 삶의 계획이라는 큰 맥락에서 대부분 답을 찾을 수 있었다. 그렇지 못한 건 사소한 것이라 여기게 된다. 그러한 통찰은 단 한 번으로 끝나는 것이 아니라 시간을 두고 계속 이어지고 있다. 양파 껍질을 벗겨내듯 중첩된 의미가 드러나며 핵심에 도달해가는 듯하다. 그중 하나는 '내가 왜 하필이면 한국 땅에서 여성으로 태어났을까'라는 의문인

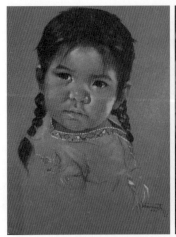

캐나다 원주민 아이의 그림과 내담자의 어린 시절 모습

데, 이를 북미 원주민 문화를 복원하는 사명과 관련지어 실마리를 찾을 수 있다. 같은 몽골리언이라는 동질감 외에도 북미 원주민이 백인의 외모에 대해 가지는 적대감을 완화하고, 남자가 아니라 여자이기에 경계를 낮춤으로써 접근하기 쉽게 하기 위함은 아닐까? 또한 어머니의 속성인 돌봄을 행하기에 여성이 유리하고, 더욱이 한국의 사회·문화적 배경으로 볼 때 가부장제 사회에서 차별받는 여성상과 일본군 '위안부'의 역사적 경험이 그들의 처지와 유사하기 때문이 아닐까? 이런 여러 가지 이유로 나는 이번 생에서 한반도 땅에 태어남으로써 차별받는 약자인 여성으로서, 하지만 자식을 위해서는 강인한 어머니로서의 경험을 준비하게 된다.

내가 이제는 외국어는커녕 한국어로도 소통이 어려운 상태임에도 불구하고 한국 문화권에서 모국어로 전생 리딩을 해줄 수 있는 박진여 선생님을 만난 것은 한국인으로서 커다란 축복이 아닐 수 없다. 정말 고마운 일이다. 앞으로 더 많은 사람이 선생님의 재능을 통해 자신의 정체성을 확인하고, 세상을 더 이롭게 하는 데 기여함으로써 영적 성장의 목표에 다가갈 수 있기를 바란다.

깨우침을 주신 두 분께 온 영혼을 다해 감사 인사를 드립니다.

이생에서 함께할 수 있어서 행복합니다. 고맙습니다!

2019년 7월

청림靑林 올림

그녀는 편지와 함께 사진을 보내왔습니다. 1963년에 캐나다 원주민 아이들을 그린 그림엽서 속 소녀와 그녀의 어린 시절 모습이 많이 닮아 있었습니다. 북미 원주민 아이들의 전형적인 얼굴과 그녀의 얼굴이 신기하게도 겹쳐 보였습니다.

5

해탈은
어디에 있는가

사상가이자 시인이던 랠프 왈도 에머슨 Ralph Waldo Emerson은 동양의 신비주의에 영향을 받은 대표적 인물입니다. 그는 정신을 물질보다 중시하고 직관에 의해 사물의 이치를 천착하는 신비적 이상주의자였습니다. 자아의 소리와 진리를 깨달으며 논리적 모순을 너그럽게 받아들였습니다. 힌두교의 성전《바가바드기타 Bhagavadgītā》를 애독한 그는 윤회에 대한 개념을 잘 이해하고 있었습니다. 여러 저술에서 그는 그런 자신의 생각을 표현했는데, 특히 '경험'에 대한 수필에 뚜렷이 나타나 있습니다.

우리는 어디 있는 것일까? 처음과 끝은 알 수 없는 것, 또 처음도 끝도 없는 것처럼 여겨지는 어떤 연속 속에 있다. 눈을 떠보면 우리는 계단 위에 있는 자기 자신을 발견한다. 내려다보면 지금까지 자기가 올라왔던 것 같은 계단이 아래에 있다. 또 올려다보면 계단은 위로 계속되어 시계視界에서 사라져 끝이 보이지 않는다.

에머슨은 '연속'이라는 말을 사용해 모든 삶에는 진화적 의미가 있음을 이야기합니다. 불교에서 말하는 '끝없는 윤회의 계단'과 에머슨의 '연속'은 어딘가 많이 닮아 있습니다. 연속적인 윤회의 계단을 통해 자신의 영적 완성을 성취하는 것입니다. 즉 미혹迷惑과 미망迷妄으로 인해 일어나는 집착을 끊고 일체의 속박에서 해탈하는 열반의 세계로 나아가는 것입니다.

수행자의 삶을 살았던 남성

동서양의 대표 종교를 크게 나누면 기독교와 불교가 있습니다. 기독교는 하나님에 대한 절대적 믿음과 사랑의 실천으로 천국에 가서 영생을 얻으라 하고, 불교는 부처의 깨달음을 통해 해탈의 길로 나아가라고 말합니다.

그중에서 불교를 믿는 많은 사람 중에는 자신이 살아오면서 그동안 경험한 일이 전생에 자신이 지은 업과 어떤 관계가 있는지 궁금해합니다. 그리고 자신의 영적인 앎의 단계와 수준에 대해 알고 싶어 합니다. 그런 사람들은 리딩에서 "나는 지금 어디쯤 와 있습니까?"라는 질문과 함께 어떻게 하면 해탈의 길로 들어설 수 있는지 묻습니다.

평소 수행심이 깊은 출판사 직원 40대 남성은 리딩에서, 전생에 당나라에서 티베트·네팔·부탄 등을 오가며 법 수행을 하던 학자였습니다. 그는 차마고도를 오가는 소금 장수로 일하며 고행의 시간 속에서 자신을 닦았습니다. 말년에는 티베트의 수행승으로 지난 시간의 공부를 정리했습니다. 그리고 길고 고된 정신적 수련과 신비 체험을 통해 고위 라마승의 단계까지 성장했습니다.

또 다른 생인 1800년대에는 고창 선운사에서 노스님으로 살았습니다. 당시 뒤뜰에 있던 감나무에 감이 다섯 개 열린 것을 보고 옆에 있던 어린 동자승에게 하나를 따주고, 하나는 자신이 따 먹었습니다. 그러면서 나머지 감 세 개를 보며 "이제 3생이 남았다"고 동자승에게 말했습니다. 현생의 아내는 당시의 어머니였는데, 출가한 하나뿐인 아들을 기다리면서 평생을 기도하며 외로운 삶을 살았습니다. 이번 생에서는 그때 어머니였던 영혼을 아내로 맞이함으로써 아내의 영적 수행 공부를 돕는 것이라고 리딩은 말했습니다.

그 남성은 젊을 때 작은 출판사를 차려 비교적 안정적인 삶을 살았습니다. 그러다가 어떤 이끌림에 의해 자신의 출판사를 정리하고 지금의 출판사로 자리를 옮기게 되었습니다. 그는 자신이 왜 그곳에 오게 됐는지 궁금했습니다. 처음 출근하던 날, 회사 입구에 들어서면서 특이한 느낌을 받았습니다. 그리고 문득 어릴 때 어두운 방구석이나 들판 한쪽에 앉아 붉게 물든 저녁노을을 바라보면서 참선 자세를 취했던 기억도 떠올랐다고 했습니다.

리딩으로 살펴본 전생의 장면에서 현재 그가 근무하는 출판사의 터는 1,000년 전 고려시대 때 한 도인이 겨울을 나기 위해 머물던 작은 토굴이 있던 자리였습니다. 토굴의 주인은 지금의 청와대 뒷산인 북악산 바위굴에서 수행하던 운각雲覺이라는 도인이었습니다. 토굴 앞에는 작은 연못과 정원이 있었는데, 그때 그 터전을 가꾸면서 도인을 시봉하던 제자가 바로 지금의 남성이었습니다. 그리고 현재 그가 근무하는 출판사의 오너가 그 도인이었다고 리딩은 말합니다.

그는 또 다른 생에서 '라온'이라는 법명을 가진 인도의 수행자로 살았습니다. 라온은 큰 구루의 법제자 중 한 사람이었는데, 그 스승의 가르침을 통해 자신의 영적 의식을 많이 확장할 수 있었습니다. 그때 모신 구루가 현생에서 법정스님으로 환생했고, 라온도 현생에 태어나 다시 법정스님과 인연을 이어갔습니다. 인도에서 구루를 정성으로 시봉한 공덕으로 현생에서 법정스님의 법록法錄을 전하는 영적 유산을 상속받을 수 있다고 리딩은 말합니다. 여기서 말하는 영적 유산이란 그가 작은 출판사를 경영하며 법정스님의 책을 많이 출간함으로써 스님의 말씀을 세상 사람들에게 널리 전하는 선근을 지을 기회를 뜻합니다.

어느 법조인과 그의 어머니

어머니의 희생으로 사법시험에 합격해 법조인의 길을 걷고 있는 한 남성에 대한 리딩입니다. 어머니는 일찍이 남편과 사별하고 유일한 피붙이인 아들에게 정성을 다했습니다. 새벽 일찍 수산시장에 나가 경매에서 남은 자투리 생선을 가져다 팔았습니다. 낮엔 재래시장의 모퉁이에서 국수 장사를 했습니다. 그리고 저녁엔 절에 가서 아들이 잘되기를 밤늦게까지 기도했습니다. 평생을 그렇게 아들의 뒷바라지를 위해 고생 고생하며 살던 어머니는 아들이 사법시험에 합격해 법조인이 된 후 얼마 지나지 않아 돌아가시고 말았습니다. 평소 아들에게 숨겨온 지병이 깊어졌던 것입니다. 아들은 어머니를 여읜 상실감에 크게 슬퍼하던 중 삶의 부질없음을 한탄하며 수행의 길을 가고자 했습니다. 그래서 평소 어머니가 다니던 절의 스님께 자신의 뜻을 전했습니다. 하지만 스님은 "이번 생은 수행자보다는 법조인으로서 올바른 직분을 다하라"고 권했습니다. 그 길이 돌아가신 어머니에 대한 효도라면서 말입니다.

리딩에서 그 법조인은 조선 후기 때 어느 대감의 첩실이 낳은 서자로 외롭게 살았습니다. 그런 출생의 아픔을 가지고 자란 그는 성인이 되자 출가해 수행의 길을 걷고자 결심했습니다. 그래서 오랜 수소문 끝에 토굴에 은둔하고 있는 어느 도인을 찾아갔습니다. 그 때 도인은 처절한 수행으로 윤회의 고리를 끊는 마지막 기도를 하고 있었기 때문에 어느 누구도 만나지 않았습니다. 그러나 서자는 도인이 언젠가 자신을 제자로 받아줄 거라는 실낱같은 희망을 가지고 토굴 앞을 지키며 기다렸습니다. 그러던 어느 날, 도인이 무리하게 공력을 끌어올리다 강력한 나쁜 영가들의 침입을 받아 주화입마走火入魔로 쓰러지고 말았습니다. 다행히 이상한 낌새를 느낀 서자의 도움으로 생명을 구했지만, 애면글면 삶을 연명하다가 죽고 말았습니다.

리딩은 그때 죽은 도인이 현생에서 어머니로 환생해서 당시 진 빚을 청산하고, 윤회의 끝자락인 마지막 생을 살다 간 것이라고 말했습니다. 리딩으로 살펴본 어머니의 영혼은 환한 빛으로 보호받고, 윤회의 마지막 계단을 오르기 위한 준비를 하고 있었습니다.

다함한의원 부부 이야기

또 다른 사례는 한의사 부부의 기적 같은 이야기입니다. 앞에서 설명했듯이 저는 리딩할 때 내담자의 사회적 신분이나 직업, 그들이 갖고 있는 질문에 대한 어떠한 정보도 전혀 모르는 상태로 진행합니다. 2010년 저는 한의사로 일하는 김주안 님을 처음 만났습니다. 그 이후에도 같은 고민에 빠진 그녀를 메일로 상담하며 다음과 같은 답장을 보냈습니다.

안녕하세요. 전생연구소입니다.

김주안 님의 영적 자아는 매우 훌륭하고 맑습니다. 김주안 님의 지금 같은 노력과 헌신이 있었기에 배우자께서도 자신의 역할을 잘할 수 있었습니다. 부부간의 인연을 살펴보면, 자신의 에너지를 양보함으로써 상대방의 발전과 영적 성장을 돕는 경우가 있습니다. 그런 경우는 대부분 이번 생에 태어날 때 자신의 영적 의지가 스스로 선택한 결과라고 할 수 있습니다.

김주안 님은 성모(마리아)와 같은 영성체를 가졌는데, 현재 가장 낮은 단계에서의 역할을 함으로써 남편과 환자들에게 최상의 치유 에너지를 전달하고 있다고 할 수 있습니다. 마더 테레사 수녀는 '가난한 자들 중에서도 가난한 자들'을 위해 헌신하고 봉사하는 것을 평생의 기도로 삼았습니다. 김주안 님의 현재 모습이 세속적 잣대에서는 그 누구도 원치 않는 모습으로 살아가고 있는 것 같지만, 실은 마더 테레사 수녀가 했던 것과 다를 바 없는 역할을 하고 있다는 위로를 드리고 싶습니다.

모든 사람은 크고 작은 교만함과 아상我相을 가지고 있습니다. 그런 자신의 내면을 지금 같은 헌신과 봉사로 되돌아보고 정화한다면 그 어떤 수행자도 이루지 못한 훌륭한 영적 수행의 완성을 이룰 수 있을 것입니다.

대부분의 사람은 해탈이나 윤회의 마지막 시기에 도달한 인물은 뛰어난 선각자나 선지자, 혹은 대단한 도인의 모습으로 마지막 생을 마감할 거라고 생각합니다. 그러나 제가 만난 윤회의 마지막 시간에 와 있는 몇몇 분은 자신의 일신을 위해 아무것도 바라거나 구하지 않았습니다. 오로지 자신에게 주어진 삶에 최선을 다해 하루하루 헌신과 봉사의 마음으로 평생을 살아가는 농부 같은 마음을 가진 분들이었습니다.

김주안 님이 현재 하고 있는 의사로서, 주부로서, 어머니로서, 아내로서, 며느리로서 여러 가지 역할은 희생과 봉사의 사명이 없으면 해내기 어려운 일입니다. 김주안 님의 영적 자아는 가장 불편하고 고단한 역할을 떠안음으로써 가장 위대한 영성으로 발전해 가고 있다고 할 수 있습니다.

이 이야기는 단순히 김주안 님에게 위로와 위안을 드리기 위한 것이 아닙니다. 김주안 님의 헌신 위에 지금의 남편이 자신의 영적 사명을 완수하고, 또 많은 사람이 몸과 마음 그리고 영혼을 치유할 수 있는 것입니다. 그런 봉사를 통해 그들의 삶이 끊임없이 긍정적 방향으로 연결되기 때문에 드리는 말씀입니다.

어느 순간 때가 되면, 비로소 김주안 님은 또 다른 성모나 마더 테레사 수녀의 모습으로 원래 자신이 원했던 역할을 완수했다는 걸 알 수 있을 것입니다. 그 시기가 되기까지 완전한 마음의 공부(비움)를 할 수 있으면 합니다.

제 작은 의견이 도움이 되었으면 합니다.

2014년 8월 어느 날

김주안 님은 남편과 함께 자연 치유를 꿈꾸며 2009년 공기 좋고 조용한 경북 봉화의 깊은 산속에 들어가 한의원을 열고 환자들을 돕기 시작했습니다. 그러나 겉모습만 한의사일 뿐 실제로 하는 일은 온갖 청소와 허드렛일, 부엌일, 시어른들(시부모님, 시숙)을 모시고 두 아이를 돌보는 일이었습니다. 일손을 구할 수 없는 깊은 산속에서 그녀가 아니면 할 수 없는 일들이었습니다. 그런 열악한 환경(산속의 모진 추위와 경제적 곤란)에서 그녀는 몇 번이나 자신이 선택한 길을 포기하고 싶었지만, 그때마다 제가 보낸 답장을 꺼내 읽고 용기를 되찾곤 했다고 했습니다. 그녀가 진정으로 하고 싶은 일은 눈에 보이는 화려한 성공이 아니었습니다. 주변 사람들과 진심으로 사랑하고 사랑받으면서 고요한 평화와 충만한 행복을 나누는 삶을 늘

꿈꿔왔습니다. 그래서 메일을 통한 저의 작은 의견이 매 순간 중요한 갈림길에서 결정의 지침이 되었다고 했습니다.

저와 그녀가 처음 만난 것은 2010년 1월경이었습니다. 당시 그녀는 시댁 식구들과의 불화와 경제적 어려움 때문에 힘든 시간을 보내며 인내심에 한계를 느끼고 있었습니다. 그래서 지옥 같은 현실을 청산하기 위해 끝내 이혼을 결심했습니다. 저를 찾아왔을 때는 이미 살림을 나누는 것은 물론 큰아이는 남편이, 갓 태어난 작은아이는 자신이 키우기로 마음먹은 상태였습니다. 그리고 이혼할 때 하더라도 남편과의 전생에 맺은 인연이 뭔지 알고 싶은 마음에 용기를 내어 찾아왔다고 했습니다.

리딩에서 그녀는 중국 당나라 때 깊은 산속에서 면벽 수행하던 고승이었습니다. 그때의 삶에서 평생을 정진해 최고 경지에 이르는 대단히 높은 법을 성취했습니다. 그 후 어느 눈 맑은 젊은 수행자와 인연이 닿아 그에게 법을 전수해주었습니다. 리딩에서는 그때의 젊은 수행자가 지금의 남편이라고 했습니다. 젊은 제자는 스승의 가르침에 영감을 받아 더욱 정진해 큰 각성을 이루었고, 만인의 스승이 되어 법을 널리 펼쳤습니다. 그때 두 사람의 영적인 조화가 매우 좋았던지라 이번 생에도 비슷한 모습으로 다시 만난 것이라고 리딩은 말했습니다. 현생에서도 남편은 한의사로 교단에서 가르치는 일(교수)을 하고, 그녀는 뒤에서 자료를 조사하고 강의 준비를 돕는 등 그때와 비슷했습니다.

또 다른 생에서 그녀는 8세기경 유럽 수도원의 수녀로서 깊은 내적 명상과 기도 수행으로 평생을 살기도 했습니다. 조선시대 때의 전생에서는 선비로서 임진왜란 때 국난國難을 맞아 의병으로 활약했습니다. 그리고 동학혁명이 일어났을 때는 제자들을 가르치는 스승으로 살기도 했습니다. 특히 임진왜란 때의 삶에서는 나라를 구한다는 큰 대의로 훌륭하게 적을 무찔렀지만, 어쩔 수 없이 지은 살생에 대한 카르마가 있었습니다. 그래서 이번 생에서는 환자를 치료하며 그 생명의 업을 되갚기 위해 한의사의 삶을 선택했다고 리딩은 말합니다.

또한 그녀는 남편 및 아이들 모두와 전생에서 각각의 인연이 있었습니다. 지금의 자식들은 그녀가 수행 정진할 때 옆에서 시봉을 들었던 제자이고, 남편은 임진왜란과 동학혁명 때 부하와 제자로서 여러 생을 함께해왔습니다. 지금의 아이들은 전생에서 시봉을 들던 제자인데 이번 생에서 그때 배우지 못한 법을 전해 받고, 못다 한 공부를 마무리하기 위해 태어난 것이라고 리딩은 말했습니다.

리딩을 통해 가족과의 전생 인연을 듣는 순간, 그녀는 크게 가슴에 와닿는 게 있다고 했습니다. 1,000년도 더 전부터 그녀와 남편 그리고 아이들이 함께 가족을 이루기 위해 이번 생애를 준비해왔다는 것에 대한 깨달음이었습니다. 그리고 평소에는 보이지 않던 어떤 큰 존재로부터 자신에게 쏟아지는 축복과 격려를 느꼈다고 했습니다. 그런 영적 감동을 잘 아는 그녀는 리딩을 들으면서 이제는 자신이 누군가를 도울 차례임을 알았고, 기꺼이 그런 삶을 살겠다고 다짐했습니다. 눈에 보이는 거창한 성공보다 보이지 않는 성취가 더 크다는 것을 깨달은 것입니다. 그렇게 마음을 바꾸니 어제까지 지옥이던 곳이 당장 천국으로 바뀌었답니다. 달리 어떤 약이나 치료로 그녀의 슬픔과 괴로움을 치유할 수 있었을까요?

리딩을 마친 그녀는 스스로 참 부끄럽게 생각하는 것이 몇 가지 있다고 했습니다. 평소에도 막연하나마 하늘로부터 무한한 지원과 격려를 받고 있는 걸 느끼고 있었는데, 그 은혜를 제대로 갚지 못하고 있다는 것이었습니다. 다음은 그녀가 들려준 놀라운 이야기입니다.

저는 1996년에 수능시험을 볼 때 하늘에서 답을 불러주신 특이한 경험을 했습니다. 그해 수능에서 과학과 사회가 유난히 어려웠고, 저는 쩔쩔매다가 그만 80문제 중에 30문제도 채 다 풀지 못하고 펜을 내려놓고 말았습니다. 시계를 보니 15분이 채 남아 있지 않았습니다. 시험을 완전히 망쳤다고 생각하고 포기하는 마음으로 고개를 떨궜습니다. 그때 저의 눈앞에 현판처럼 커다랗게 글귀가 떠오르고 음성이 천둥처럼 크게 울려왔습니다.

"두려워하지 말라. 내가 너와 함께함이라."

"놀라지 말라. 나는 너의 하나님이 됨이라."

"내가 너를 굳세게 하리라. 참으로 너를 도와주리라."

"참으로 나의 의로운 오른손으로 너를 붙들리라."

나중에 알았지만 이것은 〈이사야서〉 41장 말씀이었습니다. 그 음
성은 단호하게 명령하기 시작했습니다. 그냥 무시하기에는 너무
나 생생해서 처음에는 많이 당황했습니다. 그렇지만 용기를 내
서 시험을 마저 보기로 결심했습니다. 문제에 손을 대자 "3번" 하
고 답이 들려왔습니다. 저는 더욱 당황했습니다. 떨며 문제를 풀
어보니 정말 3번이 맞았습니다. 그러나 순간 그 목소리를 믿을 수
가 없어 같은 일을 세 번 정도 반복하다가 이제는 정말 시간이 없
음을 깨닫고, 괜한 저항을 그만두고 순종하여 받아 적기 시작했습
니다. 마킹을 끝내고 시간을 보니 오히려 5분 정도 남아 있었습니
다. 저는 남은 시간에 감사 기도를 올렸습니다.

집에 와서 답을 매겨보니 앞부분에 제가 풀었던 것은 몇 개 틀렸
는데 뒷부분에 받아 적은 것은 전부 맞았습니다. 저는 그해 목표
했던 서울대학교 사회복지학과에 넉넉한 성적으로 진학할 수 있
었습니다.

두 번째로 한의대 진학을 위해 수능시험을 볼 때는 6,000만 원이

넘는 학비 때문에 망설이고 있었습니다. 이미 대학을 한 번 나온 제가 그런 거금을 들여서 또 대학을 가는 것은 정말 쉬운 결정이 아니었습니다. 그때 수석 입학을 하면 6년 전액 장학금을 받을 수 있다는 이야기를 들었습니다. 저는 하나님께 다시 한번 저를 내맡겼습니다. 수능시험을 보던 2002년도에 저는 또 그 음성을 들을 수 있었습니다.

이번에는 제가 열심히 준비했고 시간 관리도 잘했기에 1996년과 같은 절박한 상황은 없어 답을 불러주실 필요도 없었습니다. 다만 3교시에 제가 마킹을 하려고 하는데 부드럽게 저를 타이르는 음성을 들었습니다.

"정신 차리고 다시 한번 보아라."

저는 이제 당황하지 않고 얼른 시험지를 펼쳐 다시 한번 읽어보았습니다. 과연 틀린 것을 고르는 문제였는데, 저는 문제를 잘못 읽어 맞는 것을 고른 걸 알게 되었습니다. 겨우 한 문제의 도움이라고 생각하겠지만 수석 경쟁에서는 1점도 매우 큰 차이가 난다는 걸 감안하면 결코 작은 일이 아닙니다. 그해 저는 한의대 세 군데에 원서를 넣어 두 군데에서 수석 합격을 하고 동국대학교 한의대의 전액 장학생이 되었습니다.

저는 그 외에도 소소한 것부터 큰 것까지 하늘의 자상한 격려를 받은 것이 이루 말로 다 할 수가 없습니다. 그러나 저에게 가장 큰 도움이 된 것은 하늘이 매번 가장 필요한 때에 가장 필요한 분들을 만나게 도와주신 것입니다. 박진여 선생님의 말씀도 제게는 소중한 가르침 중 하나입니다.

제가 이제는 산속 은거를 끝내고 세상에 나가 참된 치유의 법을 전하겠다고 결심했을 때도 박진여 선생님께서 도움을 주셨습니다. 저와 남편에게 쉽지 않은 결정이었고, 발걸음을 떼기가 조심스러웠습니다. 그때 선생님의 리딩은 "산속에서 해야만 하는 일들을 다 해냈고, 이제 하산할 때가 되었다"고 말해주었습니다. 그 말씀이 저희에게는 그 어떤 지원보다 든든했습니다. 선생님이 해주신 마지막 말씀을 기억합니다.

"아무 걱정하지 마시고 소신껏 정성껏 하십시오. 예수님과 부처님께서 뒤에서 돕고 계시는데 뭐가 겁이 납니까?"

그들은 봉화 산속에서 10년간 암 환자를 치료했습니다. 그러던 중 부근에 큰 댐을 건설한다는 정부 방침(시행되지 못했다고 함) 때문에 어쩔 수없이 한의원을 그만두고 떠나, 지금은 지리산에서 한의원을 운영하고 있습니다. 10년 전 처음 전생연구소를 방문했을 때 저는 그곳에서 10년을 봉사하면 남편의 영적 완성을 어느 정도 이룰 수 있고, 그때는 산을 내려올 일이 생길 거라고 말해주었습니다. 당시 부부는 제가 하는 말의 뜻을 잘 이해하지 못했습니다. 그러나 10년 후 정말 그런 일이 일어나자 문득 제가 했던 말이 생각나 다시 연락을 해왔습니다.

김주안 님은 서울대학교 사회복지학과를 졸업하고 미국으로 건너가 명상 단체에서 기수련 지도자가 되어 사람들을 가르쳤습니다. 그러다가 좀 더 현장에서 봉사하고 싶다는 생각에 한국으로 돌아와 한의대에 진학했습니다. 그때 시험을 치면서 겪었던 놀라운 신비 체험을 통해 그녀는 신이 항상 자신과 함께하고 있다는 사실을 명확하게 깨달았다고 했습니다. 그와 함께 자신이 이 땅에서 봉사해야 할 진정한 사명과 풀어야 할 숙제를 실천해야 한다는 사실도 알게 되었습니다.

이 사례를 통해 전생에서부터 열심히 기도하고 수행한 사람이 현생에서도 착한 마음을 가지고 선행을 실천하면(어떤 계획을 세우면), 그 행동에 높은 차원의 존재들이 함께한다는 걸 분명히 알 수 있습니다. 우리는 일상의 당연한 일이 얼마나 소중하고 감사한지 알아야 합니다. 그 속에 우주의 모든 가르침의 뜻이 함께 있다는 것을 말입니다. (다함한의원 사례는 박진우·김주안 한의사 부부가 10년 동안 보관하다가 직접 저에게 전해주신 편지 원문의 내용을 옮긴 것입니다. 두 분께 감사드립니다.)

우리는 혼자가 아니라 전부입니다

그동안 리딩을 하면서 슬프면서도 아름다운 동화 같은 이야기를 많이 만났습니다. 그 이야기들을 지면에 다 옮기지 못해 아쉬울 따름입니다.

책에 실린 대부분의 이야기는 내담자의 양해와 허락을 얻은 것입니다. 그러나 리딩을 한 사람 중에는 자신에 관한 전생의 비밀을 다른 사람이 아는 걸 불편해하는 분도 많습니다. 예를 들면 시어머니와의 심한 고부 갈등, 정말 믿었던 남편이나 아내 또는 애인에게 처절하게 배신당한 정신적 상처 때문에 고통스러워하는 이야기, 서로의 이해가 충돌해 꼬여버린 인간관계 등 다양합니다. 그들 상당수는 자신에게 일어나는 모든 일의 원인이 자신의 전생에서부터 비롯되었다는 반전 드라마 앞에서 적잖이 당황하고 곤혹스러운 표정을 짓습니다. 그들은 현생의 고통이 전생에 지은 어떤 카르마에 기인한 것인지 궁금해했습니다. 그렇게 시작된 전생 리딩을 통해 자신이 겪은 너무나도 아프고 슬픈 사실을 알게 되면 내담자들은 매우 큰 충격을 받습니다. 그러면서 자신의 전생 이야기에 침묵하고 싶어 합니다.

그러나 전생은 우리의 또 다른 미래의 모습입니다. 여러분은 지금까지 읽은 이야기에서 무엇을 발견하고 깨달았습니까? 전생에서 삶의 모습을 있는 그대로 바르게 마주할 수만 있다면, 현생에서 어떻게 상대방을 이해하고 용서하고 사랑하며 살아가야 하는지 그 방향과 해답을 찾을 수 있습니다.

전생은 우리 자신에 대한 모든 것을 알고 있습니다. 우리가 살아가면서 경험하는 힘들고 어려운 일이 우리 스스로가 계획하고 준비해온 것이란 사실을 알면 지금의 삶이 그렇게 불행하고 나쁘지만은 않을 것입니다.

이번 생이 윤회에 들지 않는 마지막 기회라고 생각하십시오. 올해가, 이번 달이, 오늘 하루가 해탈을 위한 마지막 날이라고 생각하십시오. 작은 탄소 덩어리가 모진 세월과 영겁의 시간을 거쳐 다이아몬드가 되듯이 우리는 삶의 인내를 통해 언젠가 빛나는 보석이 될 수 있습니다.

두 손을 기도하듯 모아보십시오. 그러면 탄소와 다이아몬드가 하나이듯 하나님과 자신이 하나인 것을 알 수 있습니다. 또한 부처님과 자신이 하나인 것을 알게 되고, 우리 모두가 하나인 것을 알 수 있습니다. 그리고 전 우주와, 우리를 비추는 태양과, 지구와 인류가 하나임을 알 수 있습니다. 우리는 혼자가 아니라 전부입니다. 이 세상 모든 것을 향한 큰 사랑과 자비의 마음을 갖는 순간부터 하나임을 알게 됩니다. 이 세상에 태어난 것은 또 다른 축복이고 은혜이며 기회입니다.

데이비드 로이드 조지David Lloyd George(1863~1945)

영국의 정치가. 맨체스터에서 태어나 옥스퍼드대학교를 나온 후 변호사가 되었다. 27세 때 하원의원에 당선되었고, 애스퀴스 내각이 성립되자 재무상에 취임하여 불로소득에 대한 과세를 포함한 획기적인 예산안을 제출하여 상원의 맹렬한 반대를 받았다. 1910년 선거에 승리를 거둔 후 상원의 권한 축소를 내용으로 하는 '의회법'의 성립에 의해 상원을 굴복시켰다. 제1차 세계대전이 일어난 후 연립 내각의 군수상이 되고 이어 총리가 되었다. 전쟁 후에는 파리에서 열린 베르사유조약에 영국 대표로 참가하여 활약했다. 그러나 아일랜드 문제로 총리직을 사직하고, 1923년 정계에서 은퇴하였다. 저서로《제1차 세계대전 회상록》등이 있다.

랠프 왈도 에머슨Ralph Waldo Emerson(1803~1882)

미국의 초절주의 시인이자 사상가. 1803년 보스턴의 청교도 마을에서 유니테리언 목사의 아들로 태어났다. 보스턴의 라틴학교에서 고전을 공부한 뒤 하버드 신학대학교에 입학했으며, 1829년 보스턴 제2교회 부목사로 임명되었다. 건강 문제로 부목사직을 사임

한 뒤 문필가이자 시인, 사상가로 활동했다. 이후 동양철학의 영향을 받아 내부의 정신적 자아가 외부의 물질적 존재보다 우월하다고 주장하는 초절주의 운동의 선구자가 되었다. 노예제도의 폐지를 주장했으며, 인디언에 대한 가혹한 조치에 반대했다. 1882년 79세의 나이로 사망한 그는 19세기와 20세기 미국의 종교, 예술, 철학, 정치에 뚜렷한 영향을 미친 인물로 평가받는다. 저서로《자연론》을 비롯해《에세이 1집》《에세이 2집》《대표적 위인론》《사회와 고독》등이 있다.

루돌프 슈타이너 Rudolf Steiner(1861~1925)

오스트리아 빈공과대학교에서 수학과 생물학, 물리학, 화학, 자연사 등을 전공하며 철학과 문학 분야를 두루 섭렵하였고, 독일 로스톡대학교에서 철학으로 박사학위를 받았다. 슈타이너는 20세기 초반 폭넓은 저술활동과 유럽 전역에서 이루어진 6,000회 이상의 강연에서 정신세계를 학문적으로 설명하며 최초로 인지학人智學을 창시하여 체계적으로 발전시켰다. 슈타이너의 인지학은 단순한 지식체계가 아니라 '살아 있는 자극제'로서 현재 스위스 바젤에 위치한 괴테아눔에서 지속적으로 연구되며 현대인의 삶에 다양하게 응용되고 있다.

마르틴 하이데거 Martin Heidegger(1889~1976)

20세기 대표 실존철학자. 1889년 독일 남부 메스키르히에서 태어나 프라이부르크대학교에서 신학과 철학을 전공한 후, 1923년부터 마르부르크대학교에서 철학을 강의했다. 1928년 프라이부르크대학교의 정교수에 초빙된 이후 1976년 세상을 떠날 때까지 줄곧 그곳에 머물면서 존재 물음의 길을 걸어갔으며 수많은 강연과 저작 그리고 훌륭한 제자들은 남겼다. 주요 저서로《존재와 시간》《철학에의 기여》《숲길》《이정표》《형이상학입문》《강연과 논문》《언어에의 도상에서》등이 있으며, 1975년 〈현상학의 근본 문제들〉을 시작으로 전집 간행이 진행되어 현재까지 약 100여 권이 출간되었다.

묘성증후군

고양이 울음소리와 비슷한 울음을 주요 증상으로 하는 염색체 이상의 선천적 질환. 1963년 처음으로 보고되었고 '고양이울음증후군'이라고도 한다. 묘성증후군은 5번째 염색체의 일부가 잘려나가 개체발생의 장애가 되고 후두발육이 불완전해지기 때문에 나타난다. 특징적인 증상은 고양이 울음소리와 비슷한 울음, 소두증, 지적장애 등이다. 그

밖의 증상으로는 둥근 얼굴, 넓은 미간, 근무력증, 손금 이상, 평발, 짧은 목 등이며 약 20 퍼센트는 선천적 심장질환을 나타낸다. 나이가 들면서 점차 고양이 울음소리, 근무력증, 둥근 얼굴 등이 없어질 수 있다. 특별한 치료법은 아직 없다.

《바가바드기타 Bhagavadgītā》

인도 철학의 꽃이라 불리는 힌두교의 중요한 성전 중 하나로, '신이 부르는 노래' 또는 '가르침'이라는 뜻이다. 산스크리트어로 쓰인 고대 인도의 대서사시 《마하바라타》 가운데 철학과 영성, 신성성을 체현한 시 부분을 《마하바라타》 편찬자로 알려진 비아사가 가려 뽑은 것이다. 크리슈나와 아르주나 사이에 이루어진 대화 형식을 띠고 있는데, 내용적으로는 인간 안의 두 본성, 즉 선과 악 사이에 벌어지는 전쟁을 서술한다. 700여 구의 시로 되어 있으며, 인도뿐 아니라 세계인의 정신적 지침서가 되고 있다.

《법구경法句經》

인도의 승려 법구法救가 석가모니의 금언金言을 모아 기록한 경전. 초기 불교의 경전으로 총 2권 423편의 시로 구성되어 있다. 석가모니의 가르침이 간명하게 표현되어 있어 널리 애송된다.

사이코메트리 Psychometry

사물에 손을 대어 그 물건과 관련된 정보를 알아내는 일종의 초능력을 말한다. 사이코메트리라는 명칭은 미국 남북전쟁 시기 유명한 지질학자였던 윌리엄 덴튼 박사에 의해 처음으로 만들어졌다. 당시 덴튼 교수는 그의 누이가 어떤 지질학적 견본(광석, 돌멩이, 화석류)을 이마에 갖다 대는 것만으로도, 그 견본에 관계된 과거 역사를 시각적인 영상으로 볼 수 있었다고 보고했다. 그리고 이에 관한 연구 결과를 《사물의 혼The Soul of Things》이라는 제목의 책으로 출간했다. 영국과 미국에서는 사이코메트리를 채택하여 범죄현장의 유류품에서 범인이나 피해자의 행방을 추적하는 실험을 하기도 한다.

상기설想起說

플라톤의 진리 인식에 대한 학설. 인간은 전생에서 배운 지식을 기억(상기)해낸다는 주장이다. 그에 의하면 진리는 사고에 의해 이해되는 것이 아니다. 우리의 영혼이 지상의 생활을 하기 전에 자유로운 영혼에 주어졌으며, 그것이 지상 생활에서의 감상에 의해 감추어졌을 뿐이다. 따라서 우리는 유사한 것을 통한 연상을 이용하며 이미 주어진 진리를 상기anamnesis한다는 설이다.

성 아우구스티누스 St. Augustinus

중세 기독교 역사상 가장 위대한 사상가이자 문학가, 신학자, 성인으로 추대받고 있다. 독일의 신학자 '하르낙'은, 바울과 루터 사이에 교회는 아우구스티누스에 맞설 만한 인물이 없다고 평했다. 그는 북아프리카 출생으로 카르타고 등지로 유학하여 수사학 등 당시로서는 최고의 교육제도 아래 공부했다. 한때 로마제국 말기의 퇴폐한 풍조 속에서 일시적이나마 타락한 생활에 빠지기도 했으나 기독교인인 어머니 모니카의 정성에 감동하여 기독교에 귀의, 아프리카 히포의 주교가 되었으며, 그리스도교 역사상 가장 큰 영향을 끼친 신학자가 되었다. 중세만이 아니라 현대에서도 서구 정신과 동구 정신을 구분하고, 서구 정신계에 생명과 발랄한 호흡을 불어 넣은 것은 아우구스티누스의 힘이다. 그의 정신은 토마스 아퀴나스와 토마스 아 켐피스, 위클리프, 루터에 이르기까지 영향을 받지 않은 사람이 없었다. 대표 저서로 《하나님의 도성》《고백록》《삼위일체론》《기독교 교육론》 등이 있다.

성철스님(1912~1993)

우리나라 선맥의 거대한 산봉우리로 우뚝 선 성철 큰스님은 우연히 얻은 《증도가》를 읽은 후 머리 긴 속인으로 화두참선을 시작했다. 스물여섯의 나이에 당대의 선지식인 동산스님을 은사로 '이영주'라는 속인의 옷을 벗고 '성철'이라는 법명을 얻어 세속의 모든 인연을 끊고 수행의 길에 들었다. 출가한 지 삼 년 만에 깨달음을 얻어 눈부신 법열의 세계로 들어간 스님은 마하연사, 수덕사, 정혜사, 은해사, 운부암, 도리사, 복천암 등으로 계속 발길을 옮기면서 많은 선사들을 만나 정진을 했다. 장좌불와 8년, 동구불출 10년으로 세상을 놀라게 하였고, 독보적인 사상과 선풍으로 조계종 종정에 오르면서 이 땅의 불교계에 새로운 지평을 열었다. 1993년 겨울 어느 새벽 해인사 퇴설당 자신이 처음 출가했던 그 방에서 성철 큰스님은 "참선 잘 하거라"는 말을 남긴 채 법랍 59년, 세수 82세로 세상을 떠났다.

스와미 시바난다 라다 Swami Sivananda Radha(1911~1995)

영적 지도자이자 만트라에 관한 한 최고의 권위자. 1956년 산야스 법통에 입문한 후 서양 여성으로는 처음으로 스와미가 되었다. 캐나다에 있는 '야소다라 아쉬람'과 미국에 있는 '인간 잠재력 개발협회', 그리고 북미와 유럽 전역에 있는 소위 '라다 하우스'라 불리는 수많은 센터들의 창립자이다. 인도의 철학에 관한 수많은 고전들을 집필해온 그녀는 풍부한 요가 체험을 바탕으로 동양의 상징주의를 깊이 이해하며, 서양의 구도자들에게 그 지식을 명쾌하게 전달하는 능력을 개발해왔다. 전 세계에 걸쳐 대학, 교회, 심리학 관련 기관 등에서 강의를 해온 저명한 영적 스승들 중 한 사람이다.

아우로빈도 고시 Aurobindo Ghosh(1872~1950)

인도의 철학자·시인·독립운동가·요가 지도자. 캘커타에서 태어나 7세 때 부모와 함께 영국으로 건너가 오랫동안 유럽식 교육을 받았다. 귀국 후에는 민족독립을 위한 정치운동에 참가하여 투옥되기도 했다. 30세경에 돌연 계시를 받아 정치운동에서 물러나 정신적 완성을 위하여 요가에 전념했다. '통합 요가integral yoga'라는 새로운 영성의 길과 종교·국경·인종을 초월한 영성 개혁을 실천했다. 대표 저서로《신적 생활》《요가의 종합》《사비트리》등이 있다.

아카샤 기록 Akashic Records

신지학 및 인지학에서 과거, 현재, 미래의 모든 사건, 상념, 감정이 명세되어 있는 세계의 기억이다. 이 개념은 과거의 모든 사건의 흔적이 어딘가에 영원히 새겨져 있다는 발상에 기초하는 것으로서, 신지론자들은 아카샤 기록이 에테릭 평면Etheric plane이라는 비물리적인 우주론적 평면에 기록되어 있다고 믿는다. 아카샤 기록에 대한 일화적 증거는 오래 전부터 전해져 왔지만, 그 존재에 대한 과학적 증거는 밝혀지지 않았다.

업연 業緣

업보를 불러오는 인연. 중생이 받는 과보는 모두 업에 따라서 이루어지게 되고, 과보에는 반드시 과보를 가져오는 업연이 있다. 업은 업연을 따라 업과가 되고, 업과는 다시 업연을 따라 새로운 업을 지어서 끊임없이 유전하여 윤회를 계속하게 된다. 선연은 상생의 업보를 가져오고, 악연은 상극의 업보를 가져오게 된다. 따라서 악연을 멀리하고 선연을 짓도록 노력해야 한다.

에드거 케이시 Edgar Cayce(1877~1945)

미국의 사상가이자 종교철학자. '잠자는 예언자'로 불린다. 초등학생 무렵부터 자신의 초능력을 느꼈으며, 24세 때 갑자기 목소리가 나오지 않는 실성증失聲症에 걸려 최면요법을 받으면서 자신의 영적 능력을 발견하게 되었다. 그의 예언은 대부분 리딩reading(최면 상태에서 무의식으로 말하는 것)에 의한 것이었다. 그는 전인치유, 환생 등 영적 원리를 전할 뿐만 아니라, 인류의 운명에 관한 예언을 하기도 했다. 세계대전의 발발과 대공황을 예견했고, 광우병과 소련 해체를 정확히 예언했다. 일본, 유럽, 극지방의 지각변동에 대해서도 중요한 예언을 하기도 했다. 케이시의 마지막 예언은 자신의 죽음이었다. 그는 자신의 예언대로 1945년 1월 3일 영원한 잠에 들었다.

에번스 웬츠 W. Y. Evans Wentz(1878~1965)

티베트불교 연구의 개척자이자 서부 세계로 티베트불교를 전파한 미국 인류학자이며 작가이다. 옥스퍼드대학교의 예수대학에서 문학과 이학으로 박사학위를 받았다. 지은 책으로《켈트족 국가의 전설적 믿음》, 엮은 책으로《티베트 사자의 서》《티베트의 위대한 요기 밀라레파》《티베트 해탈의 서》등이 있다.

오리게네스 Origenes

알렉산드리아학파의 대표적 신학자. 성서, 체계적 신학, 그리스도의 변증적 저술 등의 내용을 담은 저서를 많이 남겼다. 그리스도교 최초의 체계적 사색가로서 이후의 신학사상 발전에 공헌했다. 그리스도교와 그리스철학을 조화, 융합하기 위해 비유적인 성서 해석법을 채택했다. 18세 때 클레멘스의 뒤를 이어 알렉산드리아교리학교의 운영자가 되었으며, 이후 팔레스타인의 카이사레아에 교리학교를 세웠다. 데키우스 황제의 박해로 254년경 순교한 것으로 알려져 있다. 대표적인 저서로는 최초의 구약 대역성서라 할 수 있는《헥사플라Hexapla》, 조직신학의 효시로 알려진《원리론De Principiis》, 그리스도교 변증서인《켈수스 논박Contra Celsum》등이 있다.

이언 스티븐슨 Ian Stevenson(1918~2007)

미국 정신의학자이며, 버지니아 의과대학의 정신과 의사를 지냈다. 영혼불멸설을 과학적으로 입증한 것으로 유명하다. 그는 세계 도처에 연락 기구를 조직하여 전생을 기억하는 아이와 성인 600여 명의 자료를 수집했으며, 그중 대표적인 20여 명에 대한 사례를 뽑아서《윤회를 암시하는 스무 가지 사례Twenty Suggestive Cases of Reincarnation》라는 책으로 출판하기도 했다.

자크 라캉Jacques Lacan(1901~1981)

정신과 의사이자 정신분석학자. 1953년 프랑스정신분석학회를 창설하였고, 1966년 논집《에크리Ecrits》의 간행으로 유명해져 미셸 푸코 등과 함께 프랑스 구조주의 철학을 대표하는 한 사람이 되었다. 라캉은 말년까지 무려 400만 명이 넘는 환자를 상담하고, 언어를 통해 인간의 욕망을 분석하는 이론을 정립하여 '프로이트의 계승자'라는 평가를 받았다. 그는 인간의 욕망, 또는 무의식이 말을 통해 나타난다고 주장하였다. 즉 "인간은 말하는 것이 아니라 말해진다"는 것이다. 말이란 틀 속에 억눌린 인간의 내면세계를 해부한다고 하여 정신분석학계는 물론 언어학계에 새바람을 일으켰다. 이것은 환자를 치료하는 수단에 머무르지 않고 철학의 수준으로 끌어올려 그의 가장 큰 업적이 되었다.

조 피셔Joe Fisher(1947~2001)

영국에서 저술 활동을 시작한 이래 대서양을 사이에 두고 영국과 미국을 오가며 여러 신문사에서 기자로 일했다.《나는 아흔여덟 번 환생했다》는《예언들Predictions》에 이은 두 번째 넌픽션으로 전 세계 30여 개국 이상에서 번역 출판되었다. 그리고 이 책을 쓰면서 알게 된 조엘 휘튼 박사와 공저로 인간이 죽어서 다음 생을 받기까지의 중간세를 다룬《생과 생 사이Life Between Life》를 출간하기도 했다.

존 바그John Bargh(1955~)

일리노이주 샴페인에서 태어나 미시간대학교에서 박사학위를 받았다. 뉴욕대학교에서 약 20여 년간 학생들을 가르쳤고, 현재는 예일대학교에서 심리학과의 제임스 롤런드 에인절James Rawland Angell 교수이자 ACME(인지, 동기, 평가의 자동성) 실험실 소장으로 활동하고 있다. 180종 이상의 간행물에 연구를 게재하는 등 사회 및 인지심리학자이자 세계적인 무의식 연구자로 널리 알려졌다. 그간 연구의 공로를 인정받아 구겐하임 펠로우십과 함께 미국심리학협회의 신인과학공헌상(1989년), 우수과학공헌상(2014년) 등 다수의 주요 상을 수상했다.

지그문트 프로이트 Sigmund Freud (1856~1939)

1896년 '정신분석'이라는 말을 처음으로 소개함으로 정신분석학 발전의 계기를 마련한 인간 정신의 탐구자. 무의식 세계를 개척하여 아인슈타인과 더불어 20세기의 양대 산맥으로 불린다. 1856년 오스트리아 모라비아에서 태어나 신경해부학, 신경생리학 분야에서 놀라운 업적을 쌓으면서 연구 활동을 시작했다. 그는 인간의 심리에 관심을 기울여 10여 년 동안 임상 연구를 한 결과 정신분석학이라는 학문을 탄생시켰다. 프로이트는 어린 시절의 정상적인 성적 발달 단계를 설명하고, 주로 꿈의 해석에 근거를 두어 인간의 일상적인 생각과 행위에 영향을 미치는 무의식적인 힘들을 발견했다. 인간의 정신을 분석하기 위한 과학적인 도구를 최초로 체계화했다.

차크라 chakra

산스크리트어로 '바퀴', 또는 '원반'을 의미한다. 물질적·정신의학적 견지에서 정확하게 규명될 수 없는 인간 정신의 중심부를 말한다. 힌두교와 탄트라불교의 일부 종파에서 행해지는 신체수련에서 중요시하는 개념으로, 정신적인 힘과 육체적인 기능이 합쳐져 상호작용을 하는 것으로 여겨진다. 육체적 수준에서 내분비계와 직접 관련된 회전하는 에너지의 중심지점으로, 에너지를 받아 진행시키고 전달하는 기능을 담당한다. 또한 교감신경계, 부교감신경계 및 자율신경계와도 상호관계를 맺고 있으며, 인간의 온몸 구석구석과 긴밀히 연결되어 있다. 인간의 신체에는 약 8만 8천 개의 차크라가 있는 것으로 추정된다. 주요 6개 차크라로 회음부에 있는 제1차크라 물라다라, 성기에 있는 제2차크라 스와디스타나, 배꼽 근처에 있는 제3차크라 마니푸라, 가슴에 있는 제4차크라 아나하타, 목에 있는 제5차크라 비슈다, 미간에 있는 제6차크라 아즈나가 있다.

카르마 Karma

불교에서 중생이 몸과 입과 뜻으로 짓는 선악의 소행을 말하며, 혹은 전생의 소행으로 인해 현세에 받는 응보, 업業을 가리킨다. 산스크리트어 Karman의 의역으로, 음역하여 '갈마羯磨'라고도 한다. 업은 짓는다는 입장에서 보면 먼저 정신의 작용, 곧 마음속에 생각이 일어나고, 이것이 행동으로 나타나 선과 악을 짓게 되는 것이다. 세계 속에서 일체의 만상은 모두 우리의 업으로 생겨난다. 우리가 제각기 뜻을 결정하고 마음의 결정을 동작과 말로 실천하게 되면 그 결과가 업력이 되고 업력에 의하여 잠재세력이 형성된다. 이들의 세력은 없어지지 않고 반드시 결과를 불러오는데, 그래서 삶과 이 세계는 모두 업의 결과에 귀속된다.

카를 구스타프 융 Carl Gustav Jung(1875~1961)

스위스 정신과 의사이자 분석심리학의 창시자. 일찍이 단어연상 검사 연구로 콤플렉스의 개념을 정립했고, '조발성 치매(정신분열증)'의 심리적 이해와 치료를 처음으로 시도했다. 한때 프로이트의 정신분석 활동에 적극 참여했으나 그의 성욕 중심설에 이의를 제기하여 독자적인 학설을 내세워 분석심리학이라 불렀다. 여기에서 집단무의식이론이 나왔는데, 이 개념은 원형이론과 결합되어 종교심리학을 연구하는 데 중요한 토대가 되었다. 분석심리학의 기초를 세운 융의 업적은 오늘날 심리학뿐 아니라 종교와 문학 등 인문전 분야의 연구에 영향을 미치고 있다.

《카발라 Kabbālāh》

신비에 대한 유대인의 가르침을 적은 책. 오래 전부터 유대의 선택된 사람들에게만 전해졌던 비밀의 가르침을 기록한 것이라 한다. 실제로는 중세에 성립된 것으로 추측되며 그 내용은 신新플라톤학파와 유사한 유출설적 신비설이다. 중세부터 근세에 걸쳐서 퍼졌으며, 13세기의 문헌 〈조하르〉가 널리 알려져 있다.

험프리 데비 Humphry Davy(1778~1829)

영국의 화학자. 펜잰스에서 태어나 1798년 브리스톨의 기체연구소에 들어가 아산화질소의 생리작용을 발견하고 전기분해에 의해 처음으로 알칼리 및 알칼리 토금속의 분리에 성공했다. 또한 칼륨·나트륨·칼슘·스트론튬·바륨·마그네슘을 유리遊離했다. 1813~1815년 조수 마이클 페러데이를 데리고 대륙을 여행하고 귀국한 후, 산업혁명이 진행됨에 따라 광산의 재해도 증가했기 때문에 가스 폭발사고를 예방하기 위한 갱내 안전등을 고안해냈다. 1820년 왕립학회 회장이 되었으나, 1826년 가을부터 건강이 나빠져 왕립학회 회장직을 데이비스 길버트에게 물려주고 유럽에서 요양하던 중 제네바에서 급사했다.

헨리 데이비드 소로 Henry David Thoreau(1817~1862)

미국의 저술가. 1817년 매사추세츠주의 콩코드에서 태어나 하버드대학교를 졸업했으나 부와 명성을 좇는 안정된 직업을 갖지 않고 측량이나 목수 등의 노동으로 생계를 유지하면서 글을 썼다. 1845년 그는 월든 호숫가의 숲속에 들어가 통나무집을 짓고 밭을 일구면서 소박하고 자급자족하는 생활을 2년간 시도한다. 소로의 대표작《월든》은 그때의 숲 생활의 산물이다. 그러나 이 책은 단순한 숲 생활의 기록이 아니라, 자연의 예찬인 동시에 문명사회에 대한 통렬한 풍자이며, 그 어떤 것에도 구속받지 않으려는 한 자주적 인간의 독립선언문이기도 하다. 또한 인두세 납부를 거부하여 수감되었던 사건을 통해 개인의 자유에 대한 국가 권력의 의미를 깊이 성찰한 《시민의 불복종》은 세계의 역사를 바꾼 책으로 꼽힌다.

헬렌 웜백 Helen Wambach (1925~1986)

전생 치료사로 널리 알려진 임상심리학자. 최면을 통해 사후세계나 인간의 환생에 대해 밝힌 연구로 유명하다. 30여 년간 최면을 통해 전생을 연구한 결과, 전생을 통하면 잘 알려지지 않은 역사적 세부 사항을 비범할 정도로 명확히 알 수 있다고 주장했다. 보통은 개인에게 최면을 걸어 사후세계나 전생을 탐구하는데, 그는 특이하게도 집단 최면 작업을 했다. 원래 그는 역행최면이나 전생체험을 믿지 않았기 때문에 이런 주제들이 얼마나 허망한 것인지 밝히기 위해 최면을 시도했다가 외려 사후세계나 전생이 엄연히 존재함을 깨닫게 된다.

희랑대사

《가야산 해인사 고적》에는 희랑대사가 지금의 경상남도 거창군 주상면 성기리에서 태어났으며, 15세 때 해인사에 출가한 것으로 나타난다. 희랑대사의 행적은 소략하나, 고려 화엄불교의 대가 균여均如의 《균여전》을 보면 희랑대사의 위상을 살펴볼 수 있다. "옛날 신라 말기 가야산 해인사에 두 분의 화엄종 대가가 있었다. 한 분은 관혜觀惠로 후백제 견훤의 복전福田이 되었고, 한 분은 희랑으로 고려 태조 왕건의 복전이었다. 이로 인해 관혜와 희랑은 각기 화엄의 한 일파를 형성하니, 세상 사람들은 관혜의 법문을 남악파南岳派라 부르고, 희랑의 법문을 북악파北岳派라고 불렀다." 남악파와 북악파의 쟁점이 무엇인지는 알 수 없지만, 당대 강력한 정치 세력의 후원이 있었음을 알 수 있다. 특히 희랑대사의 북악파는 왕건의 후원을 받았기 때문에 후삼국이 통일된 후에도, 그 위상이 지속되었을 것으로 추정된다. 이와 관련하여 《가야산 해인사 고적》에는 왕건이 희랑대사에게 500결의 토지를 하사했다고 나타나 있다. 한편 최치원崔致遠은 희랑대사에게 시를 지어주었는데, 희랑대사를 부처와 보살에 비유하며 극찬하였다.